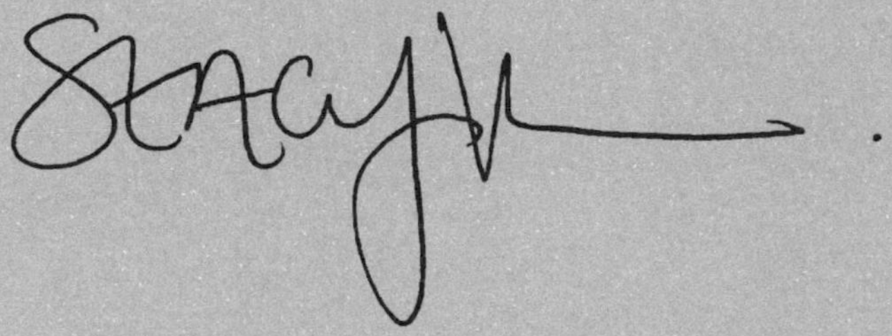

暗夜燦光
A Flicker in the Dark

史黛西．威林漢
Stacy Willingham——著
楊沐希——譯

獻給我的父母，凱文與蘇。
謝謝你們給我的一切。

對抗怪物之人都該當心，過程中自己不要變成怪物。
若你凝視深淵太久，深淵也會凝視著你。

——尼采

序曲

我自詡知曉何謂怪物。

小時候，我認為牠們有如神秘黑影，盤踞在掛著的衣物後方，躲在我的床底下，隱身在樹林之中。放學頂著刺眼斜陽回家時，我感覺得到身後的怪物，一步一步追上我來。我不知道該怎麼描述這種感覺，只知道牠們就是存在。我的身體感覺得到牠們，感覺得到危險，就跟有隻手即將搭上毫不留意的肩膀前，你的皮膚會有些許的刺癢感一樣，這一刻，你會知道對方就躲在蔓生的灌木叢後，眼睛正盯著你的後腦勺。

不過，等到你轉過身，那雙眼睛卻不見了。

校車在我身後隆隆駛開，冒出陣陣黑煙，我記得自己加快腳步走在通往自家的小石子路上，我細瘦的腳踝抵著不怎麼平坦的地面。陽光從樹枝之間透照過來，樹林的陰影不斷舞動，我自己的身影有如準備一躍而上的動物，揮之不去。

我會深呼吸幾次，數到十。緊緊閉上雙眼。

然後我拔腿就跑。

我每天都會沿著這條荒無人煙的小路奔跑，隨著我一步一步跑上去，家卻似乎離我越來越遠。我的運動鞋會踢起一塊塊的小草、石子或飛塵，而我是在跟……某個東西賽跑，無論那是什麼，「牠」都在一旁伺機而動，耐心等候。鞋帶會絆倒我，我會七手八腳爬上大門階梯，猛然跌進父親張開的臂彎之中，他炙熱的鼻息吐在我耳邊，他會低語：「有我在，有我在呢。」他的手會捧著我的頭髮，我的肺因為吸入太多空氣而刺痛。我的心臟在胸腔裡大力跳動，腦海中出現「安全」這個字眼。

或者該說，至少我以為我安全了。

學習恐懼應該是一段緩慢的進化過程，循序漸進從附近購物中心商店街的聖誕老人進步到床底下的鬼怪，從保母偶爾讓你看的限制級電影進步到坐在暗色車窗後面無所事事的男人，他一開始只是看著你乘著暮色沿著人行道前進，他的目光遲遲沒有移開。你的餘光注意到他逐漸逼近，你感覺得到心臟在胸腔裡加速跳動，然後是頸子的脈搏，然後是血液沖上雙眼深處。這是一個學習過程，依照感知到的一個個威脅，一再前進的過程，下一個「東西」總是比上一個更寫實、更危險。

不過，對我來說並非如此。恐懼的概念有如拔山倒樹般直接強壓下來，我的青少年軀體從未有過這種經驗。窒息感太強烈，光是呼吸都會痛。就在這一刻，就在強壓下來的這一刻，我因此明白怪物並沒有躲在樹林之中，他們不是樹木的陰影，甚至沒有隱身在黑暗的角落之中。

不，真正的怪物就在你眼皮子底下行動。

我十二歲那年，這些黑影開始組成形狀，拼湊出一張人臉。變得不像鬼怪，而是更具體的東西，更真實的東西。這個時候，我開始明白，也許怪物就生存在你我之間。

在所有怪物的行列裡，我明白，這一頭最可怕。

2019

•

May

•

二〇一九年五月

Chapter 01

我喉嚨癢。

一開始很輕微，就是羽毛的尖端沿著我的食道內側上下輕輕搔一下。我用舌頭抵在喉嚨裡，想要磨蹭一下。

不管用。

希望我別生病才好，我最近有跟生病的人接觸嗎？感冒的人？實在沒辦法確定。我每天都得跟人接觸，他們看起來都不像生病的樣子，但一般的感冒在症狀出現之前就有傳染力了。

我再度磨蹭起來。

也許只是過敏，豚草生長得比以往更茂盛，事實上，到了嚴重蔓延的程度。這種過敏原在滿分十分的過敏指標上占了八分，在我的天氣應用程式轉盤上抵達紅色的危險值境界。

我伸手拿玻璃杯，喝了一小口水，稍微漱漱口再吞下去。

還是不管用，我只能清清嗓。

「如何？」

我抬頭望向眼前的病人，她身軀僵硬，彷彿是綁在巨大皮革單人沙發上的一塊木板。她的手指緊緊交握，塞在大腿之間，險些就看不到雙手完美皮膚上一道道閃著光澤的傷疤。我注意到她手腕上的手鍊，企圖用來掩飾那道最嚴重的傷疤，那道鋸齒狀傷疤下刀很重，還是紫色的。木頭珠子掛在銀色鏈子上，還有一枚十字架，擺盪的樣子有如玫瑰念珠。

我抬頭望向女孩，看著她的神情、她的雙眼。沒有淚水，但現在還早。

「真抱歉。」我低頭望向眼前的筆記。「蕾西，我只是喉嚨有點癢。請繼續。」

「噢。」她說。「好吧，好啦，總之，我剛剛說到……我只是有時覺得很生氣，妳知道嗎？而我不太確定原因？就好像憤怒不斷疊加，然後，在我意識到之前，我就需要……」

她低頭看著手臂，揮動起雙手。到處都是細小的割傷，藏在她手指之間的凹陷處，彷彿出自玻璃般的髮絲。

「這是一種宣洩。」她說。「能夠讓我冷靜下來。」

我點點頭，想要無視喉嚨的搔癢。感覺更癢了，也許是灰塵，我告訴自己，這裡到處是灰塵。我轉頭望向窗臺、書架、掛在牆上的文憑，這些東西上頭都有灰濛濛的，在陽光下反射出光澤。

克蘿伊，專心點。

我轉頭面對女孩

「而妳怎麼會這麼想呢？蕾西？」

「我說了，我不知道。」

「如果要妳猜猜看呢？」

她嘆了口氣，目光移向一側，似乎沒有聚焦在任何物品上頭。她只是在逃避四目相視，眼淚就要登場了。

「我是說，大概跟我爸有關。」她的下唇微微顫抖起來。她將額頭上的金髮往後撥。「因為他離開什麼的。」

「妳爸是什麼時候離開的？」

「兩年前。」她說。彷彿是聽到指令一樣，一滴淚水從她的淚腺沿著長了雀斑的臉頰滴落。她憤怒地擦掉眼淚。「他甚至不告而別，連個理由也不說，就這樣走了。」

我點點頭，繼續做筆記。

「如果說妳還在氣妳爸以這種方式離開，妳覺得這麼說公平嗎？」

她的嘴唇又顫抖起來。

「然後因為他沒有道別，妳也沒有辦法告訴他這種行為讓妳有何種感受，對嗎？」

她對著角落的書架點點頭，依舊逃避我的雙眼。

「對。」她說。「我猜這麼說沒錯。」

「還有誰讓妳生氣嗎？」

「我猜我媽吧？我不懂為什麼。我總覺得是她逼走爸的。」

「好。」我說。「還有別人嗎？」

她沉默了一會兒，手指摳起一片翹起的皮膚。

「我自己。」她低聲地說，完全不想去擦眼角滿起的淚水。「因為我不夠好，他才不想留下來。」

「覺得憤怒沒關係。」我說。「我們都會憤怒，現在妳能夠坦然說出妳生氣的原因，我們就能一起努力，協助妳用比較妥當的方法面對這件事，協助妳用不會傷害妳的方式面對這件事。聽起來是個好主意嗎？」

「這一切都蠢透了。」她咕噥著說。

「什麼蠢透了？」

「一切，他，這場治療，來這裡。」

「蕾西，來這裡為什麼蠢透了？」

「我根本不用來這裡。」

她開始咆哮。我稀鬆平常地往後靠，雙手交握，讓她叫。

「對，我很生氣。」她說。「那又怎樣？我爸就這樣他媽的離開我了，他拋下我。妳知道這是什麼滋味嗎？妳知道沒爹的孩子是什麼樣的滋味嗎？上學的時候大家都會看著妳？在妳背後指指點點？」

「我其實很清楚。」我說。「我的確曉得那是什麼樣的滋味，一點也不好玩。」

此刻她安靜了下來，她大腿上的雙手顫抖起來，她用拇指與食指的指腹上上下下來回撫摸她的手鍊。

「妳爸也拋下妳？」

「可以這麼說。」

「妳當時幾歲？」

「十二歲。」我說。

她點點頭。「我十五歲。」

「我哥哥當時十五歲。」

「所以妳懂，對嗎？」

這次我點頭微笑。建立信任是最難的環節。

「我懂。」我一邊說，一邊靠向前，縮短我們之間的距離。她終於轉頭面對我，淚水浸溼的雙眼望著我，露出懇求的神情。「我完全明白。」

Chapter 02

我這個產業的興旺靠的是陳腔濫調，我很清楚這點，但陳腔濫調存在是有原因的。因為這種老套的話語講的都是真的。

十五歲的女孩用剃刀割皮膚大概是跟自己不夠好的感覺有關，她需要肉體的疼痛來壓過內心燃燒的情緒傷痛。擁有情緒管理問題的十八歲男孩肯定有未解的父母紛爭議題，他覺得自己遭到遺棄，需要證明自己，需要看起來很強大，但內心分崩離析。二十歲的大三生喝得醉醺醺，跟每個願意花兩塊美金請她喝伏特加通寧的男孩上床，隔天早上又哭得亂七八糟，她散發著自尊心不足的問題，渴求關注，因為在家裡得不到。內心的戰爭就在實際的她與她認為其他人希望看到的形象中展開。

父親議題，獨生子症候群，父母離異。

這些都是陳腔濫調，但都是真實案例。我這麼說沒關係，因為我也是陳腔濫調。

我低頭望向智慧型手錶，今天療程的錄音在螢幕閃爍，顯示：1:01:52。我按下「傳送至 iPhone」，然後看著小小的計時器從灰色變成綠色，檔案傳輸到我的手機去，接著同步到我的筆記型電腦裡。科技啊！我小時候，記得每位醫生都得抓起我的病歷，一頁一頁翻開，我則坐在各種不同的老舊沙發上，看著他們的檔案櫃，裡頭滿滿都是其他人的問題，滿滿都是像我一樣的人。不知怎麼著，我因此覺得比較沒有那麼孤單，覺得自己稍微正常一點。那四格上鎖的金屬抽屜象徵了我也許有一天能夠表達出我的痛苦，也許透過言語、尖叫或哭泣，六十分鐘的計時器倒數歸零後，我們就能闔上病歷，將其放回抽屜裡，緊緊鎖住，直到下次都不會想起其中的內容。

五點鐘，下班了。

我看著我的電腦螢幕，看著病人濃縮成一片森林般的圖示。現在沒有所謂的下班時間，他們總有辦法找到我，透過電子郵件，透過社交媒體平臺，至少在我屈服、刪掉我的個人檔案前他們還找得到我，要篩選他們低潮時寄來的恐慌私訊，我實在累了。我因此全年無休，總是準備好，就跟二十四小時不打烊的便利商店一樣，霓虹招牌在黑暗中閃個不停，努力活下去。

螢幕上跳出錄音通知，我點了下去，替檔案命名「蕾西．戴克勒，療程一」，接著將目光從電腦上移開，瞇著眼睛望向積灰的窗沿，夕陽西下時，此處的骯髒看起來更加顯眼。我再次清嗓，咳了幾下。我靠到一旁，握住木頭把手，拉開辦公桌最下方的抽屜，在我的辦公室私人藥房裡翻找起來。我低頭掃視藥瓶，從普通的布洛芬望向名字比較沒那麼朗朗上口的處方藥：贊安諾、氯氮卓、地西泮。我推開它們，抓起一瓶高劑量維生素C發泡錠，開了一包，加進水杯裡，用手指攪拌攪拌。

我喝了幾口，開始寫電郵。

夏儂：

週五快樂！剛結束與蕾西．戴克勒的第一次成功會面，謝謝妳轉介。想要確認一下她的用藥狀況。我看到妳沒有開過任何藥。根據我們今天的療程，我想從低劑量的百憂解開始也許會有幫助，妳有什麼想法或擔憂嗎？

我按下發送，靠在椅背上，喝完剩下帶著橘子口味的水。沉澱在杯底的發泡錠入口時跟膠水一樣，濃稠，流得又慢，在我的牙齒與舌頭上留下一層橘色的顆粒。幾分鐘後，我收到回音。

克蘿伊：

不用客氣！我沒問題，妳盡量依需求開藥。

對了，找天一起喝一杯？大日子就要到了，必須掌握所有細節！

夏儂·塔克醫學博士

我拿起辦公室的桌上電話打給蕾西的藥局，是我常去的CVS藥局分店，很方便，結果電話直接轉進語音信箱。我留下訊息。

「嗨，對，我是克蘿伊·戴維斯醫生，蘿是四維羅上面加一個草字頭，我要替蕾西·戴克勒開處方，她的出生日期是二〇〇四年一月十六日。我建議病人從一天十毫克的百憂解開始，請開八週的分量。不用自動續藥，謝謝。」

我停頓了一下，手指在桌上敲啊敲的。

「我還想開另一個病人的藥物，丹尼爾·布利克斯，生日是一九八二年五月二日，贊安諾每天四毫克。我是克蘿伊·戴維斯醫生，電話號碼是五五五二一二四五二四。非常感謝你。」

我掛斷，望向現在靜悄悄掛上的話筒。我的目光遠眺到窗口，西下斜陽讓我充滿桃花心木的辦公室多了一抹橘色，看起來有點像我杯子底下沉澱、喝不到的發泡錠。我看著手錶，七點半了，我準備關上電腦，忽然響起的電話卻嚇了我一跳。我看著電話，辦公室已經打烊了，今天是禮拜五。我繼續收拾東西，無視電話響，直到我覺得也許是藥房打來的，說不定他們對我剛剛開的處方有什麼問題。我讓電話再響一聲才接起來。

「我是戴維斯醫生。」我說。

「克蘿伊．戴維斯？」

「克蘿伊．戴維斯醫生。」我糾正對方。「對，我就是。有什麼需要幫忙的嗎？」

「老天，妳也太難找了。」

說話的是一個男人，他的笑聲中帶有一絲惱怒，彷彿是我惹火他的。

「抱歉，你是病人嗎？」

「我不是病人。」對方說。「但我已經找妳找了一天了，一整天。妳的櫃檯不肯替我轉接，我就想說趁下班時間試試，看能不能直接在妳的語音信箱留言。沒料到妳會接。」

我皺起眉頭。

「這個嘛，你打到我的辦公室來。我通常不會在這裡接私人電話。梅麗莎只會替我的病患轉接——」我沒說下去，思索起我幹嘛解釋？我幹嘛告訴陌生人我們診所內部是怎麼運作的？我操起嚴肅的口氣。「可以請問你來電的目的嗎？你是哪位？」

「我是艾倫．簡森，我是《紐約時報》的記者。」他說。

我的呼吸卡在喉頭。我咳起嗽來，但聽起來比較像嗆到。

「妳還好嗎？」他問。

「好，沒事。」我說。「我喉嚨有點不舒服，抱歉，《紐約時報》？」

這個問題一出口，我就厭惡起自己。我很清楚這個男人為什麼打電話來，說真的，我根本是在期待這通電話，期待事情發生，也許不是《紐約時報》，但就是某間媒體。

「妳知道的，我們是一間報社？」他遲疑了一下。

「對，我知道你是誰。」

「我在寫令尊的報導，我很想跟妳坐下來談談。可以請妳喝咖啡嗎？」

「抱歉。」我又說了一遍，打斷他。媽的，我為什麼一直道歉？我深呼吸，再次開口：「對此我無可奉告。」

「克蘿伊。」他說。

「戴維斯醫生。」

「戴維斯醫生。」他重複了一遍，嘆了口氣。「紀念日就要到了，已經過了二十年，我相信妳很清楚。」

「我當然很清楚。」我沒好氣地說。「二十年過去，什麼都沒有改變。那些女孩沒有活過來，我父親還在監獄之中，你為什麼還感興趣？」

電話另一端的艾倫沉默了，我知道我已經透露太多。我已經滿足了記者病態的渴望，這種渴望會撕開別人正要癒合的傷口。我所說的足以讓他嚐到金屬味，渴望更多資訊，就跟在水中受到鮮血吸引的鯊魚一樣。

「但妳變了。」他說。「妳跟妳哥。大眾會想知道你們過得怎麼樣，你們適應得如何。」

我翻起白眼。

「還有妳的父親。」他繼續說。「也許他變了，妳跟他有聯絡嗎？」

「我對他沒有什麼好說的。」我告訴他。「我對你也沒有什麼好說的，請不要再打來。」

我重重掛斷電話，力道之大，出乎我的意料。我低頭注意到自己雙手顫抖。我將頭髮塞進耳後，想要讓手有點事做，然後望回窗口，天色轉變成深邃的墨藍色，太陽有如地平線上的泡泡，隨時會爆炸。

於是我轉頭面向辦公桌，抓起包包，起身時將椅子往後推。我望向桌上的檯燈，緩緩嘆了口氣，然後才關掉燈，以動搖的腳步踏入黑暗之中。

Chapter 03

一整天下來，我們女性有很多無意識的微妙方式可以保護自己，保護自己不要受到陰影或看不見的掠食者攻擊，還有警告我們要小心的故事與都市傳說。事實上，這些方法微妙到我們幾乎不會注意到自己採取了這些措施。

天黑前就下班，一手將包包抓在胸前，另一隻手則將鑰匙握在指間，當作武器用，同時朝我們自己的車子走去，我們的車會刻意停在路燈下，以免我們無法在天黑前就下班。到了車邊，先掃視後座，然後才開前門。手機握在手裡，手指一滑就能撥打緊急報案專線。上了車，把車門鎖好，不要停留，立刻開走。

我從公司大樓旁邊的停車場把車開出來，離開市區。紅燈停，我望向後照鏡，我猜這是我的習慣，看著自己的倒影蹙起眉頭。我看起來氣色很糟，天氣潮溼悶熱，悶到我油光滿面，我平常的細軟棕色髮尾有點捲曲，這種毛躁只會出現在路易斯安納的夏天。

路易斯安納的夏天。

多麼沉重的字眼啊，我在這裡成長，呃，不是在這裡，不是在巴頓魯治，而是在路易斯安納州一個名為布羅布里治的小鎮，那裡是全球小龍蝦之都。這項特質讓我們自傲是有原因的，就跟堪薩斯州的考克市一樣，他們肯定很驕傲他們有一顆兩千多公斤重的麻繩球。這種殊榮對毫無意義的地方帶來了膚淺的意涵。

布羅布里治人口少於一萬，這意味著大家都彼此認識。特別是，每個人都認識我。

我小時候最喜歡過夏天。我有太多在沼澤地的回憶，在馬汀湖看見短吻鱷，只要牠們小小的眼珠子在藻類下方轉動，我就會尖叫起來。我跟哥哥笑著往反方向跑去，還會高喊「鱷魚鱷魚，後會有期！」拿蔓延後院好幾英畝的松蘿菠蘿來做假髮，接下來幾天，我都得從頭上摘恙蟲下來，用透明指甲油塗發癢的紅色焦痂傷口。扭下剛煮好小龍蝦的尾巴，將蝦頭吸乾。

不過夏日的回憶也會帶來恐懼的回憶。

我十二歲時，女孩一個一個開始接連失蹤，她們沒有比我大上幾歲。正值一九九九年七月，另一個溼熱的路易斯安納夏天才正要形成。

直到那天，事情並沒有跟往常一樣發展。

我記得某天大早，我睡眼惺忪拖著我的薄荷綠抱毯走進廚房。我從小就會抱著這條毯子睡覺，喜歡它的毛邊。我記得看到父母憂心忡忡依偎在電視前面，我緊張地用手指絞扭起毯子來。他們壓低聲音交談。

「怎麼了？」

他們連忙轉身，瞪大眼看著我，還在我還沒有看清螢幕前就關上電視。

應該說，在他們以為我還沒有看清楚之前。

「噢，親愛的。」父親開口，朝我走來，他把我抱得比平常都緊。「小甜心，沒什麼。」

但那並不是沒什麼，就算是那個時候，我都知道出了事。父親擁抱我的模樣，媽媽轉頭望向窗口、嘴脣顫抖的模樣，就跟今天下午的蕾西一樣，當時她逼著自己理解她一直都明白的事實。她一直想推開這個事實，想要假裝那不是真的。我的雙眼早已捕捉到占據螢幕下方的亮紅色字眼，這幾個字已經烙印在我的靈魂裡，這串文字會永遠改變我所理解的生活。

布羅布里治當地女孩失蹤

十二歲的時候，「女孩失蹤」看起來沒有長大之後感覺那麼可怕。你的思緒並不會自動轉跳到恐怖的狀況，好比說綁架，好比說性侵，好比說謀殺。我記得我當時想：失蹤去哪兒了？我以為她可能只是「走丟」了。我的老家占地超過十英畝，我經常走丟，不是忙著在沼澤裡抓蟾蜍，就是在探索沒去過的樹林，將我的名字刻在沒有記號的樹木上，或是用長了苔蘚的潮溼樹枝搭碉堡。我有次甚至困在一個小洞穴裡，某種小動物住在裡頭，不平整的出入口不知為何同時具有嚇人與迷人的特質。我記得哥哥用一條舊繩索套在我的腳踝上，我趴在地上，蠕動身軀進入又冷又黑的空無之中，只有用嘴唇含著鑰匙圈上的小手電筒。我越爬越深，黑暗吞噬了我，我驚覺我無法自己爬出去，這才曉得要害怕。因此當我看到搜救隊巡視茂密樹林、涉入沼澤時，我實在忍不住去想，要是我也「失蹤」會發生什麼事，其他人也會來找我嗎？

我心想：她會出現的。等到她出現，我敢說她會因為惹出這麼大的風波而覺得自己很蠢。

不過，她沒有出現。三個禮拜後，另一個女孩也失了蹤。

四週後，另一個女孩也不見人影。

那個夏天結束時，總共有六個女孩消失。今天她們還在，明天她們就不見了，消失得無影無蹤。

對，六名失蹤女孩真的太多了，但在布羅布里治這種地方，這個小到不能再小的鎮，只要有學生輟學、教室有空位就會顯得異常明顯，只要有人搬走，街坊就會變得異常安靜的地方，六個女孩可以說是沉重到無法忍受的狀況。要無視她們的失蹤根本不可能，空氣中彌漫著一種邪惡，彷彿是即將到來的暴風雨，讓你的骨頭隱隱作痛。在你遇見的每個人身上，你都感覺得到、嚐得到，甚至在他們眼裡都看得到這種邪惡。根深蒂固的不信任感席捲了原本容易輕信於人的小鎮，一旦開始懷疑，就難以擺脫這種心態。一個沒有說出口的疑問浮現在每個人的心頭。

下一個是誰？

宵禁開始實施，商家與餐廳傍晚就打烊。我跟鎮上其他女孩一樣，天黑後不許出門。就算白天的時候，我也感覺得到邪惡出沒在每一個角落。期待是我，下一個就是我，這種心情總是存在，總是出現，總是讓我窒息。

「克蘿伊，妳不會有事的。妳根本不用擔心。」

我記得一天早上，哥哥提起後背包準備去夏令營時，我又哭哭啼啼起來，因為我太害怕，不願離家。

「庫柏，她的確需要擔心，好嗎？這是很嚴重的事情。」

「她太小啦。」他說。「她才十二歲。兇手喜歡青少女，記得嗎？」

「拜託，庫柏。」

母親蹲下來，與我平視，替我將一縷頭髮塞進耳後。

「蜜糖，這不是鬧著玩的，但謹慎一點，提高警覺。」

「別上陌生人的車。」庫柏嘆了口氣。「別單獨走暗巷。小蘿，簡單得不得了，別耍蠢就好。」

「那些女孩才不蠢。」母親忽然發火，聲音不大但很尖銳。「她們運氣不好，在錯誤的時間出現在錯誤的地點。」

此刻的我將車子開進藥房停車場，駛向得來速取藥車道。玻璃滑艙窗口後面有個男人，他正忙著將不同藥罐分類裝進紙袋之中。他拉開窗口，頭也沒抬起來。

「名字？」

「丹尼爾・布利克斯。」

他看了我一眼，我顯然不是丹尼爾。他在鍵盤上按下幾個鍵，隨後開口。

「生日？」

「一九八二年五月二日。」

他轉頭，翻起B開頭的籃子。我看著他抓起一個紙袋，再次迎向我來，此時我的雙手緊緊握在方向盤上，不然雙手會煩躁地到處摸。他用掃描器對準條碼，我聽到「嗶」一聲。

「對於處方有什麼問題嗎？」

「沒有。」我露出微笑。「都沒問題。」

他將紙袋從他的窗口推進我的車窗裡，我一把抓住，塞進包包深處，然後連忙關上車窗，沒有道別就把車開走。

我開了幾分鐘，藥丸擺在包包裡就足以讓我的包包在副駕駛座上散發能量。我先前很不解，幫別人拿處方藥居然是這麼簡單的事情，只要你知道對方叫什麼名字，生日是哪天即可，幾乎所有的藥師都不會要求看駕照。不過，就算他們開口，三兩下也能解決。

噢，討厭，我放在另一個皮夾裡。

我是他的未婚妻，你要我提供登記的地址嗎？

我轉進我住的花園區，開始沿著這條筆直的一點六公里道路前進，每次走這裡我都會搞不清楚方向，我猜就跟潛入徹底黑暗之中的水肺潛水員一樣吧，周遭太黑，他們伸手不見五指。

完全無法搞清方向，完全失去控制。

住戶都沒有照亮自家車道，也沒有泛光燈照出街道兩排樹木的扭曲枝幹，太陽下山後，這條路讓人有駛進一潭墨水的錯覺，讓人消失進浩瀚的虛無之中，跌入永無盡頭的無底洞裡。

我屏住呼吸，稍微用力踩著油門。

終於，看到我家彎道。我打起方向燈，但明明後面就沒車，只是一片黑暗，我右轉駛進死巷，看到第一盞照亮回家之路的街燈讓我鬆了口氣。

家。

這個字眼也很沉重，家不該只是房子，不該只是用混凝土與鐵釘固定住的磚頭與木板，家帶有情感層面。家象徵著安全與保障，也是九點宵禁響起時，你可以回去的地方。

不過，要是你家不安全怎麼辦？一點保障也沒有怎麼辦？

如果在門廊接住你的那雙大手就是你該逃離的那雙手，那該怎麼辦？這雙手抓住那些女孩，掐著她們的脖子，埋了她們的屍體，然後這雙手洗得乾乾淨淨。

如果你家就是一切的起點，撼動小鎮的地震震源，那又怎麼辦？如果這裡是龍捲風的中心點，摧毀多少家庭、多少性命，以及你？還有你所知道的一切。

那又該怎麼辦？

Chapter 04

我的車子停在車道上，還沒熄火，我伸手進包包裡掏出藥局的紙袋。我扯開紙袋，從中拿出橘色藥罐，扭開瓶蓋，將一顆藥丸倒在掌心，接著將紙袋揉成一團，跟藥罐一起塞進副駕駛座的置物櫃裡。

我看著手裡的贊安諾，檢視起它小小的白色外觀。我回想艾倫·簡森那通打去辦公室的電話，二十年了。回憶讓我胸口一緊，我沒多想，就將藥丸塞進口中，沒配水就乾嚥下去。我吸了口氣，閉上雙眼。我已經感覺得到胸口舒展開來，氣管也擴張了。平靜的感覺籠罩我整個人，每次只要舌尖沾上藥丸，我就能獲得這種平靜。我不曉得該怎麼描述這種感覺，就是簡單純粹的鬆了口氣。同樣鬆口氣的感覺就是在你猛然拉開衣櫥，發現裡頭只有衣服，而你知道自己安全了，心跳逐漸放緩，大腦出現愉悅暈眩感的那種鬆了口氣。你知道黑影裡沒有東西會撲向你。

我睜開雙眼。

我下車甩上車門，多按了兩下遙控鎖上的鎖門鍵，此時我在空氣中聞到一絲香料氣味。我揚起頭嗅了嗅，想要聞出是什麼味道，也許是海鮮，有點魚腥味。也許是鄰居在搞烤肉活動，我一度覺得遭到冒犯，居然沒有邀請我。

我開始沿著長長的卵石小徑走向自家大門，面前的屋子一片漆黑。我走到半路便停下腳步，望了過去。多年前，我買這棟房子的時候，它就只是一間房子，有如洩了氣的皮球，等待生氣注入的空殼。當時這棟房子準備好要成為一個家，期待興奮的感覺宛如第一天上學的小朋友。不過，我完全不曉得該如何成家。我認知裡唯一的家已經不能稱作是家了，至少事後回來看，那裡已經失去家的功能了。我記得第一次握著鑰匙走進大門，硬木地板上的腳步聲迴盪在偌大的空屋裡，空蕩的白色牆面遺留先前掛過照片的釘子，證實了這裡成為家庭的可能。此屋可以編織回憶，可以構築生活。我打開我小小的工具箱，這是庫柏買的紅色Craftsman小工具箱，他陪我去家得寶，我打開工具箱，他則將板手、鐵鎚、鉗子扔進去，彷彿是在附近糖果店填裝又酸又甜的軟糖一樣。我沒有東西好掛，沒有照片，沒有裝飾品，於是我在牆上釘了一枚釘子，掛上串著家門鑰匙的金屬環。就這一把鑰匙，沒了。感覺像是一種進步。

如今回顧從那天之後的生活，就外表看來，我好像過得還不錯，這種膚淺的感覺可以類比為在紋路誇張的瘀青上擦脂抹粉，或是在傷痕累累的手腕上掛上玫瑰念珠。我為什麼在意鄰居牽著狗繩、經過我家院子時是否接納我？我其實不懂背後的原因。門廊上有一座鞦韆搖椅，直接固定從天花板垂掛下來，總會有一層奶油色的花粉積在上頭，根本沒辦法假裝會有人坐上去。我原本興致勃勃買的植物造景，結果後來卻疏於照顧，差不多都死光了，垂掛的兩盆蕨類植物細瘦的捲鬚變成咖啡色，猶如小型動物遭到反芻過的骨頭，我在八年級生物課上解剖貓頭鷹時見過。粗糙的咖啡色門墊上寫著「歡迎！」青銅信箱的形狀像是一個焊在牆面上的超大信封，非常不實用，開口要伸手進去都很難，更別說兩張明信片進去就差不多滿了，會寄這種明信片的人都是成為房地產經紀人的昔日同窗，原本前途似錦的學位結果沒有帶來什麼錦繡前程。

我繼續前進，決定我會扔掉這個蠢信封，跟別人一樣，用一般的信箱就好。就在這個時候，我才發覺我家看起來死氣沉沉的。整個街廓只有我家窗口沒有透出光線，緊閉的百葉窗後也沒有閃動的電視畫面。只有我家沒有顯露出任何生命存在的跡象。

我走近了點，贊安諾脅迫我的思緒平靜下來。不過，我還是覺得哪裡不對勁，有問題，看起來不一樣。我環視起自家院子，小小的，但整理得還算可以。原木圍欄旁邊是除草機跟一叢灌木，橡樹交織的枝葉將影子投在我從來沒有把車停進去過的車庫上。我抬頭看著房子，現在我距離房子不過幾公分。我覺得我看到屋內窗簾後方有什麼動靜，但我搖搖頭，逼著自己繼續前進。

克蘿伊，別傻了，實際點。

我的鑰匙插進大門，已經開始轉動，此時我才意識到問題出在哪裡，哪裡不一樣。門廊的燈沒有開。

我總會留下門廊的小燈，就算我上床睡覺，我也會無視直接從百葉窗透照在我枕頭上的燈光。我不曾關過門廊的燈，我覺得我甚至沒碰過開關。我這才明白，這就是為什麼整個房子死氣沉沉的原因。我沒見過屋子這麼黑，完全一點光也沒有。就算有街燈，屋子這邊還是很黑。任何人都可以從後方撲上來，而我絕對——

「驚喜！」

我驚叫一聲，伸手進包包裡，想要摸索出胡椒噴霧。屋內燈光亮起，我看著三、四十個擠在我家客廳的人，他們全都面露微笑看著我。我小鹿亂撞，差點說不出話來。

「噢，我的——」

我結結巴巴，環視四周。我想尋找理由，尋找解釋，但我找不到。

「噢，我的天吶。」我當下注意到包包裡的那隻手，猛然抓取胡椒噴霧的力道之大，嚇了我一跳。我鬆了口氣，連忙放開噴霧，用包包的內裡布料擦掉掌心的汗水。「這是——這是怎麼回事？」

「看起來像什麼？」我左邊傳出話語聲，我轉過去看到人群散開，一個男人走了出來。「這是一場派對。」

那是身穿黑色水洗牛仔褲與合身藍色休閒西裝外套的丹尼爾。他喜孜孜地望著我，黝黑的皮膚下是一口令人目眩的白色牙齒，他沙黃色的頭髮旁分。我感覺到心跳開始減速，我的手從胸口移到臉頰上，覺得臉好燙。他將一杯酒遞向我，我露出尷尬的微笑，用另一隻手接下。

「屬於我們的派對。」他抱了抱我。我聞到他的沐浴乳氣味，還有香料止汗劑的味道。「訂婚派對。」

「丹尼爾，你……你在這裡做什麼？」

「這個嘛，我住這啊。」

人群爆笑出聲，丹尼爾捏了捏我的肩膀，露出微笑。

「你不是該出城嗎？」我說。「我以為你明天才會回來。」

「那個啊，我撒了謊。」他引發更多笑聲。「驚不驚喜？」

我掃視這片人海，他們在位置上動作不斷，也都充滿期待聚焦在我身上。真不曉得我剛剛叫了多大聲。

「我聽起來不驚喜嗎？」

我兩手一攤，人群大笑起來。後頭有人開始歡呼，其他人也跟著叫好起來，丹尼爾將我整個人攬進懷裡，吻在我的嘴脣上，大家吹起口哨、鼓掌不斷。

「去開房間啦！」有人喊起，大家又笑了起來，這次他們解散，移動到家裡的各個角落，倒酒喝、跟其他客人交談，不然就是在免洗紙盤上堆食物。我終於曉得在外頭聞到的是什麼味道了，那是老海灣調味粉。我瞥向後院門廊野餐桌上那一整桌的燜煮小龍蝦，熱氣騰騰的，忽然覺得很尷尬，我居然以為鄰居開派對沒找我。

丹尼爾面露微笑望著我，他強忍住想要放聲大笑的衝動。我揍了他肩膀一拳。

「討厭耶。」我帶著笑容說。「你真是要嚇死我了。」

他大笑起來，歡樂宏亮的笑聲，一年前，就是這個笑聲吸引了我，現在這個笑聲對我來說還是很迷人。我將他拉過來，又吻起他來，這次少了朋友的注視禮，吻得很認真。我感覺到他的舌頭在我嘴裡，很溫暖，喜歡他光是存在就足以讓我平靜下來，就跟贊安諾一樣，讓我的心跳與呼吸都放慢速度。

「妳沒有給我選擇的餘地。」他啜起酒水。「我不得不這麼做。」

「噢，是嗎？」我問。「為什麼呢？」

「因為妳都不肯替自己計畫。」他說。「沒有單身派對，沒有婚前姊妹淘送禮聚會。」

「丹尼爾，我又不是大學生，我已經三十二了。那些活動也太幼稚了吧？」

他揚起眉毛看我。

「不，並不幼稚，感覺很好玩。」

「哎啊，你知道，我身邊沒有人能幫我舉辦那種東西。」我望向自己的葡萄酒，在杯裡晃動酒水起來。「你知道庫柏不可能策劃姊妹淘聚會，而我媽——」

「我知道，小蘿，我只是在開玩笑。妳值得一場派對，所以我替妳辦，就這麼簡單。」

我的胸口暖洋洋的，捏了捏他的手。

「謝謝你。」我說。「這場派對真的別開生面，我差點心臟病發……」

他又大笑起來，喝完剩下的酒。

「……但意義重大。我愛你。」

「我也愛妳。現在去見見人，把酒喝一喝。」他一邊說，一邊輕敲我還沒碰到嘴邊的酒杯底座。「輕鬆一點。」

我把杯子舉到嘴邊，一口喝完，然後逼著自己走進客廳的人群之中。有人拿走我的杯子，替我倒酒，有人將一盤起司與餅乾塞給我。

「妳一定餓壞了。妳都工作到這麼晚嗎？」

「當然囉，她是克蘿伊啊！」

「小蘿，夏多內可以嗎？我想妳剛剛喝的應該是皮諾，但說真的，有差嗎？」

幾分鐘過去，也許是幾小時。我每次走進另一個地方，總會有人湊上祝賀，送上另一杯酒，不同組合的同樣問題也一再出現，提問的速度遠比角落酒瓶堆疊起來的速度還要快。

「所以，這算『一起喝一杯』嗎？」

我轉過身，看到夏儂站在身後，臉上洋溢著燦爛的笑容。她歡笑起來，將我拉進懷裡，還跟以往一樣親吻我的臉頰，口紅印在我臉上。我回想起今天下午她寫來的電子郵件。

對了，找天一起喝一杯？大日子就要到了，必須掌握所有細節！

「妳這個騙子。」我一邊說，一邊想抹掉臉上感覺到的唇膏痕跡。

「我有罪。」她笑著說。「我必須確保妳不會起疑啊。」

「哎啊，妳超成功的，家裡如何？」

「都好。」夏儂把玩起手指上的戒指。「比爾在廚房倒酒，萊麗呢……」

她環視屋內，閃爍的目光掃過一片有如浪潮般起伏的軀體。似乎找到了她要找的人，她笑了笑，搖搖頭。

「萊麗在角落玩手機呢，真『意外』。」

我轉過身，看到青少女癱坐在椅子上，飛快在 iPhone 上輸入。她穿了一件短短的紅色夏日洋裝跟白色運動鞋，頭髮是老鼠般的咖啡色。她看起來一臉無趣，我實在忍不住笑出來。

「哎啊，她才十五歲。」丹尼爾說。我轉去一旁，丹尼爾笑容可掬站在那邊。他湊上來，一手環著我的腰，親吻我的額頭。他每次都能輕鬆加入對話，應答如流，彷彿剛剛一直站在旁邊一樣，這點還是讓我讚嘆。

「還要你說呢。」夏儂說。「她目前禁足中，所以我們才拖她一起過來。她很不滿，被迫要跟一群老人一起玩。」

我笑了笑，目光還擺在女孩身上，她心不在焉地用手指扭絞自己的頭髮，咬著嘴唇的一側，分析起手機上的文字。

「她為什麼禁足？」

「偷溜出門。」夏儂翻起白眼。「我們發現她午夜時分從臥房爬出去，真的跟演電影一樣，床單當繩索用。所幸她沒摔斷脖子。」

我大笑起來，用手遮住張開的嘴巴。

「我發誓比爾跟我交往，說他有個十歲的女兒時，我真的沒有多想。」夏儂壓低聲音說，望著她的繼女。「說真的，我覺得我走運了。直接在狀況裡的孩子，跳過髒尿布、鬼哭神號、夜不成眠的部分。她真的是個小甜心，神奇的是，他們一進入青春期就什麼都變了。他們變成怪物。」

「這種時期不會維持太久。」丹尼爾笑著說。「哪天他們就只是遙遠的回憶了。」

「天啊，希望如此。」夏儂大笑，又喝了一口酒。「妳知道，這個男人真的是個天使。」她是對我說話，但她戳了戳丹尼爾的胸膛。

「計畫這場派對。妳不會相信他花了多少時間才讓大家同時齊聚一堂。」

「我知道，我信。」我說。「是我高攀了。」

「所幸妳沒有早一個禮拜離職，對吧？」

她用手肘頂頂我，我則笑了起來，我跟丹尼爾首度邂逅的回憶還歷歷在目。那次偶遇很可能沒有任何發展，就只是在公車上撞到別人的肩膀，咕噥了聲「不好意思」就分道揚鑣，或是筆沒水的時候，跟酒吧裡的男人借用，或在他車子還沒開走時，在大賣場推車裡撿到他遺落的皮夾。這些時刻大多只會換來一個微笑，一句「謝謝」，不會有任何發展。

不過，有時這種巧遇的確會有後續發展，也許一輩子的發展就看這一刻。

我跟丹尼爾是在巴頓魯治總醫院認識的，他正要進來，我正要出去。我比較像是跌跌撞撞出去，因為我整個辦公室的物品裝在一個底部快破掉的紙箱裡。紙箱擋住我的視線，我低著頭看著自己的腳步，朝大門前進，原本應該會與他擦身而過。要不是聽到他的聲音，我很可能就錯過他了。

「需要幫忙嗎？」

「不、不。」我說，我將重量從一手移到另一手，甚至沒有停下腳步。自動門就在不到一百公尺外，我的車已經停在外頭。「我可以的。」

「來，讓我幫妳。」

我聽到身後傳來腳步聲，他的手臂伸進我的雙臂之間，我感覺到重量稍微減輕。

「老天啊。」他短促地說：「裡頭都些什麼東西啊？」

「主要是書。」我撥開額頭上一縷汗溼的髮絲，此時他將整個箱子接了過去。這是我第一次看清他的臉，跟頭髮同樣顏色的金色睫毛，青少年時期進行過昂貴的牙齒矯正，也許還美白過一、兩次。他將我這輩子的物品拿起來，扛在一肩上的時候，我從他淺藍色的翻領襯衫下看到結實的二頭肌。

「慘遭解僱？」

我猛然轉頭望過去，準備開口糾正他，但他轉過來，我才看到他的表情。他有一雙水汪汪的大眼睛，注視我時，這雙眼睛充滿柔情，他凝視我的臉，然後上下打量我來。他看我的神情彷彿我們是交往多年的老朋友一樣，他的眼睛眨了眨，彷彿是要在我的外觀中找到熟悉的痕跡。他的嘴脣撇起一個內行人的賊笑。

「我只是在開玩笑。」他將注意力放回箱子上。「被解僱的人才不會這麼歡樂。再說，應該會有保全架著妳，把妳扔上人行道吧？是不是都這樣演的？」

我先是微笑，然後爆笑出聲。我們此時已經抵達停車場，他將箱子放在車頂，然後交叉雙臂，活動筋骨，轉頭面向我。

「我辭職了。」我說，這句話帶來一個階段結束的感覺，我差點哭出來。巴頓魯治總醫院是我的第一份工作，我只有在這裡工作過。同事夏儂成了我最好的朋友。「今天是我的最後一天。」

「哎啊，恭喜了。」他說。「接下來有什麼規劃？」

「我要自己開業，我是臨床心理醫師。」

他吹了聲口哨，探頭進我的箱子裡。他看到了什麼，忽然撇頭，靠上去，拿起一本書。

「這麼喜歡謀殺案喔？」他望向封面。

我的目光掃去箱子裡，胸口一緊。我記得當時擺在我心理學教科書旁邊的都是一些犯罪實記的書籍：《白城魔鬼》、《冷血》、《佛羅倫斯人魔》。不過，我跟一般人不一樣，讀這種書不是娛樂性質。我是為了研究，我是為了理解，剖析不同的人為什麼會殺人，透過書頁閱讀他們的故事，將他們當成我的病人，彷彿他們坐在皮革沙發上，在我耳邊細語傾訴他們的秘密。

「我猜可以這麼說。」

「無意批判。」他補充說道，接著將手上的書翻過來，讓我看封面，那是約翰．伯蘭特的《善惡花園》，他打開書本，翻起書頁。「我愛這本書。」

我露出禮貌的微笑，不確定該怎麼回答。

我反而說：「我該走了。」比了比我的車，接著伸出手。「謝謝你幫忙。」

「這是我的榮幸，醫生怎麼稱呼？」

「戴維斯。」我說：「克蘿伊．戴維斯。」

「好啊，克蘿伊．戴維斯醫生，如果妳還需要搬任何紙箱……」他伸手去後方口袋，掏出皮夾，將一張名片塞進打開的書裡。他闔上書本，往我的方向塞過來。「妳知道該去哪兒找我。」

他笑了笑，對我使了個眼色，然後轉身走回醫院大樓。自動門在他身後關上時，我低頭看著手裡的書，用手指撫摸起亮亮的封面。夾他名片的那頁稍微浮起，我用手指伸進空隙，翻開那一頁。我低下頭，看著他的名字，感覺到胸口有種陌生的抽動感。

不知為何，我曉得那不會是我最後一次見到丹尼爾·布利克斯。

Chapter 05

我藉故離開夏儂與丹尼爾，穿過推門前往屋外。抵達後門門廊時，我已經開始頭暈，我手裡抓著的是第四杯混著喝的酒精飲料。永無止境的交談在我耳裡嗡嗡作響，短時間內喝下的酒精衝擊我的大腦。屋外還是潮溼悶熱，但微風吹起來很醒腦。屋內很悶，因為四十個醉醺醺之人的體溫開始反射在牆壁上。

我走向野餐桌，鋪在報紙上的小龍蝦、玉米、香腸、馬鈴薯還冒著熱氣。我放下酒杯，抓起一隻小龍蝦，扭開蝦頭，讓汁液從蝦頭沿著我的手腕流下來。

然後我聽到身後的腳步聲，以及講話聲。

「別擔心，是我。」

我轉過身去，雙眼適應了一下黑暗，才看清眼前的人。他手指之間拿著尖端燒成櫻桃紅的香菸。

「我知道妳不喜歡驚喜。」

「庫！」

我將小龍蝦放在桌上，朝哥哥走去，我環抱他的頸子，嗅吸他這熟悉的氣味，尼古丁加上綠薄荷口香糖。看到他我很意外，不繼續討論驚喜派對這件事。

「嘿，妹子。」

我向後退，凝望起他的臉。相較我們上次見面，他看起來又老了一點，但這對庫柏來說很正常。他似乎會在幾個月內老上好幾歲，一天一天過去，他太陽穴附近的頭髮開始轉白，他額頭上的焦慮線條變得愈發深刻。不過，庫柏就是那種越老越帥的人。大學時，我室友都說他是「銀狐」，當時他的脖子上開始冒出一片片花白的鬍碴。不知為何，我還記得這個稱號，那樣的形容一點也沒錯。他看起來成熟俐落，深思熟慮，沉默寡言。彷彿在他三十五年的生命之中，見識到的比其他人都多。我放開他的脖子。

「剛在屋內沒見到你！」我說得有點太大聲了。

「大家都圍著妳轉。」他笑了起來，抽起最後長長一口，接著將菸蒂扔到地上，用腳踩熄。「一次有四十個人湧上來的感覺如何？」

我聳聳肩。「我猜算是婚禮的排練。」

他的笑容遲疑了一下，但他隨即恢復。我們都假裝沒注意到。

他雙手塞進口袋，望向我身後，目光帶有距離感。我已經曉得他要說什麼了。

「絡兒呢？」我問。

「她已經掰掰了。」

「很遺憾聽到這個消息。」我說。「我喜歡她，她看起來人很好。」

「對啊。」他點點頭。「她的確人很好，我也喜歡她。」

我沉默了好一會兒，聽著屋內的交談聲。我們都明白在我們所經歷的一切之後，要發展親密關係有多複雜，我們也明白，通常這些關係就是行不通。

「那妳期待嗎？」他用頭比了比屋內。「婚禮什麼的？」

我大笑起來。「什麼的？庫，你真的很會講話。」

「妳懂我的意思。」

「對，我懂。」我說。「對，我的確很期待。你該給他一個機會。」

庫柏瞇起雙眼看我。我稍微退讓了一點。

「妳在說什麼？」他問。

「丹尼爾。」我說。「我知道你不喜歡他。」

「妳怎麼會這麼說？」

現在換我瞇起雙眼。

「我們又要老調重彈了嗎？」

「我喜歡他！」他舉起雙手，表示投降。「提醒我他是做什麼的？」

「藥廠銷售（Pharm sales）。」

「農地銷售（Farm sales）？」他嘲諷地說。「真的假的？沒想到他是這種人。」

「賣藥的藥廠啦。」我說。

庫柏放聲大笑，從口袋裡掏出一包香菸，將另一根菸放入嘴中。他把香菸交給我，我搖搖頭。

「這樣就說得通了。」他說。「他的鞋子太亮了，不像是待在農地的人。」

「夠了，庫。」我雙手環胸。「我就是在說這個。」

「我只是覺得一切發展得太快了。」他點開打火機，將火光湊到香菸上，吸起氣來。「你們認識彼此多久？兩個月？」

「一年了。」我說。「我們在一起一年了。」

「你們認識彼此一年。」

「所以呢？」

「一年，妳能真正了解一個人嗎？妳有見過他的家人嗎？」

「這個嘛，沒有。」我坦承。「他們不親。不過，庫，少來了，你真的要用一個人的家庭來評斷他嗎？這麼多人裡，就你最清楚家人爛透了。」

庫柏聳聳肩，又吸了口菸，沒有回答。他的虛偽讓我不滿。我的哥哥總是能夠以這種不痛不癢的方式惹怒我，彷彿是鑽進我皮膚之下的金龜子，要將我活活生吞活剝。更可怕的是他還裝作一副他沒有想那樣發展的樣子，彷彿他不清楚他的話語有多尖銳，能夠帶來多少傷害一樣。我忽然也很想傷害他。

「聽著。我很遺憾你跟絡兒沒有修成正果，或是跟任何人，但這不代表你有權利嫉妒。」我說。「如果你能讓自己保持開放的態度，而不是一直都這麼混蛋，你的成長也許會讓你意外。」

庫柏沒有說話，我知道我太過分了。我想是因為酒水的關係，酒精讓我變得比平常更直接，更惡毒。他大力吸菸，然後吐氣。我嘆了口氣。

「我不是故意要這麼說的。」

「不，妳說得對。」他朝門廊邊緣走去。他靠在扶手上，交叉腳踝。「我可以坦承這點。不過，克蘿伊，那傢伙替妳辦了一場驚喜派對。妳怕黑，見鬼了，妳基本上什麼都怕。」

我用手指輕敲酒杯。

「他關上妳家所有的燈，要四十個人在妳進屋時嚇妳。他的確嚇掉妳半條命。我看到妳伸手進包包裡，知道妳在找什麼。」

我沉默下來，尷尬他居然注意到。

「如果他真的知道妳多麼疑神疑鬼，妳覺得他還會做這種事嗎？」

「他是好意。」我說。「你知道他只是好意。」

「我相信是這樣沒錯，但這不是重點。克蘿伊，他不了解妳，而妳也不懂他。」

「他了解我。」我沒好氣地說。「他懂我，庫柏。他只是不會讓我一直害怕自己的影子，我因此很感激他，這樣很健康。」

他嘆了口氣，抽完最後一口菸，將菸屁股從扶手上方彈出去。

「我要說的是，克蘿伊，我們跟他們不一樣。我跟妳與常人不同。我們經歷過很糟糕的事情。」

他比了比屋子，我轉過頭，看著屋內的人。朋友成了家人，歡笑交流，無憂無慮，結果，忽然間，我幾分鐘前感受到的愛統統變成一種內在的空洞。因為庫柏說得對，我們的確跟常人不一樣。

「他知道嗎？」他溫柔地低聲問起。

我轉過身，望著黑暗裡的他。我咬著嘴巴裡的肉，沒有直接回答。

「克蘿伊？」

「知道。」我終於開口。「對，他當然知道，庫柏。我當然都告訴他了。」

「妳跟他說了什麼？」

「統統說了，好嗎？他什麼都知道了。」

我看著他目光瞥回屋內，面對少了我們的派對，傳出來的朦朧聲響，我再次沉默，一直咬著嘴巴裡面，感覺痛痛的。我覺得我嚐到了血味。

「你們兩個是怎麼回事？」我終於開口，聲音散發出無力感。「出了什麼事？」

「什麼事也沒有。」他說。「只是……不知道耶。因為妳的特質，因為我們家……我只是希望有正當的理由可以解釋他的出現。我只是想說這個。」

「正當的理由？」我沒好氣地說，嗓門有點太大了。「這他媽是什麼意思？」

「克蘿伊，冷靜點。」

「不。」我說。「我不要冷靜，因為你現在是在說他沒有辦法愛上真正的我，庫柏。因為他沒辦法愛上一個跟我一樣糟糕的人，因為我是『崩壞克蘿伊』。」

「噢，拜託。」他說。「不要這麼誇張。」

「我沒有誇張。」我斬釘截鐵地說。「我只是請你就這麼一次，不要這麼自私。我是在請你給他一個機會。」

「克蘿伊——」

「我希望這場婚禮裡有你。」我打斷他。「真的，我真的很希望。不過，庫柏，你來不來，婚禮都會舉行。如果你要逼我選——」

我聽到後方拉門的聲音，轉過身去，目光停留在丹尼爾身上。他笑容掛在臉上，但我注意到他來回望著我跟庫柏，沒說出口的疑問掛在脣上。我心想他在那裡待多久了？就站在玻璃拉門後面。不曉得他聽到多少。

「都沒事吧？」他一邊問一邊走向我們。他伸手攬著我的腰，我感覺得到他把我拉近，讓我遠離庫柏。

「沒事。」我逼著自己冷靜下來。「對，一切都很好。」

「庫柏。」丹尼爾伸出另一隻手。「兄弟，很高興見到你。」

庫柏笑笑，向我未婚夫握手，作為回應。

「對了，我還沒有機會向你道謝，你幫了這麼多忙。」

我看著丹尼爾，感覺到自己皺起眉頭。

「幫什麼忙？」我問。

「幫忙這一切。」丹尼爾笑著說。「派對啊。他沒告訴妳嗎？」

我轉頭望向哥哥，忽然想到剛剛出口的嚴厲話語。我覺得自己心一沉。

「沒有。」我繼續盯著庫柏。「他都沒有說。」

「噢，對。」丹尼爾說。「這傢伙救了我一命，沒有他就辦不成了。」

「這沒什麼。」庫柏低頭望著自己的雙腳。「樂意幫忙。」

「不，那不是沒什麼。」丹尼爾說。「他提早來，煮了所有的小龍蝦。他花了好幾個小時才煮出最道地的味道。」

「你怎麼什麼都不說？」我問。

庫柏尷尬聳肩。「那又沒什麼。」

「總之呢，我們該進去了。」丹尼爾拉著我朝門口走去。「有幾個人我希望克蘿伊見見。」

「給我五分鐘。」我沒有移動。我不能夠這樣拋下我的哥哥，但我又不能當著丹尼爾的面道歉，而不提他剛剛過來時，我們到底在講些什麼。「我等等進去找你。」

丹尼爾看著我，又望向庫柏。他似乎想要反駁，他口都開了，但他只是笑了笑，捏捏我的肩膀。

「聽起來不錯。」他對我哥哥再次致敬。「就五分鐘。」

滑門關上，我等到丹尼爾出了視線才轉回頭來，面對我的哥哥。

「庫柏。」我垂頭喪氣地說。「對不起，我不知道。」

「沒事的。」他說。「真的沒事。」

「不，很有事。」我說。「你該講清楚的。結果我在這裡這麼機車，說你自私——」

「沒事的。」他又哄起我來，他從扶手旁起身，走向我，縮短我們之間的距離。他擁抱著我。「克蘿伊，我會為妳赴湯蹈火。這妳很清楚，因為妳是我的寶貝妹妹。」

我嘆了口氣，也環抱著他，讓我的憤怒與內疚散去。這是我跟庫柏的雙人舞，我們意見分歧，我們吼叫，我們吵架，我們一連好幾個月不講話，但等到我們終於連絡上時，我們就跟孩提時候一樣，在後院跟著灑水器一起光腳跑跳，用地下室搬家的箱子堆堡壘，一聊就是幾個小時，完全沒有注意到身邊的人都憑空消失。有時，我覺得我會責備庫柏讓我想起自己是誰，我的本質是什麼，我們的父母又是何許人也。他的存在不斷提醒著我，我投射在世界上的形象並不真實，而是精心雕琢出來的。也提醒著我，距離展露真正的自我、進而摔成碎片不過一步之遙。

這種關係說不清楚，但我們是一家人。我們只有彼此。

「我愛你。」我用力擁抱他。「我看得出來你很努力。」

「我的確很努力。」庫柏說。「我只是想保護妳。」

「我知道。」

「我希望妳得到最好的一切。」

「我知道。」

「我猜我只是習慣了成為妳生命裡唯一的男人，妳知道嗎？能夠照顧妳的人。現在要換人來擔任這個角色了，我實在很難放手。」

我笑了笑，緊閉雙眼，不讓眼淚滴落。「噢，所以你真的還有良心喔？」

「拜託，小蘿。」他細語道：「我是認真的。」

「我知道。」我說。「我知道你是認真的。我會沒事的。」

我們靜靜站在那裡好一會兒，來派對祝賀我的人似乎都無視我消失了不知道多久。我抱著哥哥，回想起稍早《紐約時報》記者艾倫．簡森打來的電話。

「但妳變了。」記者是這麼說的。「妳跟妳哥。大眾會想知道你們過得怎麼樣，你們適應得如何。」

「嘿，庫？」我抬起頭。「可以問你一件事嗎？」

「當然。」

「你今天有接到電話嗎？」

他一臉不解地望著我。「哪種電話？」

我遲疑起來。

「克蘿伊。」他感覺到我的退縮，用力拉著我的雙臂。「什麼樣的電話？」

我正要開口，他卻打斷我。

「噢，妳知道嗎？的確有通電話。」他說。「媽那邊打來的，他們留言，但我完全忘了。他們也聯絡妳嗎？」

我喘了口氣，連忙點頭。「對啊。」我撒起謊。「我也沒接到。」

「我們該去看她了。」他說。「輪到我了，抱歉，我不該拖延。」

「沒事的。」我說。「真的，如果你忙，我可以去看她。」

「不。」他搖搖頭。「不，妳已經有很多事要顧了。我發誓我這個週末就去。妳確定就這樣嗎？」

我的思緒閃回艾倫．簡森身上，還有我們在診所辦公室電話上的對話，那實在不能算是什麼「對話」啦。二十年了，我好像該跟哥哥好好解釋狀況——《紐約時報》在打探我們的過往，這個艾倫．簡森正在寫爸還有我們的報導。不過，我又驚覺如果艾倫聯絡得上庫柏，他肯定已經找過他了。他自己說的，他找我找了一整天。如果他找不到我，難道他不會找我哥嗎？找另一個戴維斯家的孩子？而如果他還沒找上庫柏，那就意味著他沒有庫柏的電話號碼、地址、聯絡方式。

「對。」我說。「就這樣。」

我決定不要為此增加他的負擔。如果狀況好，聽到《紐約時報》記者打去診所想要侮辱我們家族，這種事只會讓他氣到一口氣抽完他塞回口袋裡的那包菸，要是狀況不好，他很可能會自己聯絡對方，叫那人滾一邊去。然後簡森就有他的聯絡方式，而我們兩個就糟了。

「哎啊，嘿，新郎在等妳了。」庫柏拍拍我的背。他向旁邊退開，放開我，沿著門廊階梯下去，朝後院前進。「妳該回去了。」

「你不進來嗎？」我問，但我已經知道答案了。

「一個晚上這樣的社交額度對我來說已經夠了。」他說。「鱷魚鱷魚，後會有期。」

我笑了笑，拿起酒杯，擺到臉旁。從我近乎中年的哥哥嘴裡聽到我們兒時的順口溜總是很有趣，可以說是很不搭，彷彿是聽到他青少年時期的聲音一樣，帶領我回到輕鬆、有趣、無憂無慮的歲月。不過，同時也很符合我們的現況，因為我們的世界早在二十年前就停止運轉了。我們孤零零擱淺在時間之中，永遠長不大，就跟那幾個女孩一樣。

我把酒喝完，朝他的方向擺擺手。黑暗吞沒了他，但我知道他還在那裡，等待。

「鱷魚鱷魚，下次再聚。」我低聲地對著黑影說。

他腳下沙沙的樹葉聲打破了寧靜，不到幾秒鐘，我就知道他走了。

2019

June

二〇一九年六月

Chapter 06

我猛一開眼，頭隱隱作痛，節奏彷彿是什麼部落在打鼓，整個房間震動起來。我在床上翻過身，望向鬧鐘，十點四十五分。我怎麼會睡到這麼晚？

我在床上坐直身子，搓揉太陽穴，瞇著眼睛看著明亮的臥室。剛搬進來的時候（當時這裡只是我的臥房，不是「我們」的臥房，這裡只是一間房子，還不是一個「家」），我希望這裡只有白色，牆壁、地毯、床單、窗簾，白色乾乾淨淨，純潔、安全。

不過，現在白色也很明亮，太明亮了。我發現，掛在落地窗前的亞麻窗簾根本一點用也沒有，完全沒辦法遮擋現在直射我枕頭的刺眼陽光。我哀號起來。

「丹尼爾？」我高喊，我靠向床邊小桌，拿出一罐安舒疼止痛藥。新的大理石杯墊上有一杯水，冰塊還沒融化，漂浮在水面，彷彿平靜日子漂在水上的浮標。我看到玻璃杯外圍凝聚的水氣，以及底部積起的一小潭水。「丹尼爾，我為什麼快死了？」

我聽到未婚夫竊笑的聲音，他走進我們臥房。他端著一個托盤，上面有煎餅跟火雞培根，我隨即思索起我到底做了什麼，能夠遇到端早餐來床上給我吃的男人。整個場景就差小花瓶裡他親手摘的野花，多像 Hallmark 頻道會播的愛情電影啊？對了，還要刪去我難受的宿醉。

我在想：也許就是因果。我原生家庭很糟，結果我有了一個完美丈夫。

「兩瓶酒就足以讓妳想死。」他親吻我的額頭。「特別是妳是混著喝。」

「大家一直遞酒水給我。」我拿起一塊培根，咬了下去。「我甚至不知道自己喝了什麼。」

忽然間，我想起了贊安諾，在眾人塞過來的一杯杯酒精前，我吞了一顆白色小藥丸。難怪我覺得想死，難怪昨晚的記憶如此朦朧，我彷彿透過毛玻璃在看昨晚的重播。我的臉頰燙了起來，但丹尼爾沒注意到。他反而笑著用手指玩弄我糾結的頭髮。相較之下，他的頭髮梳得整整齊齊。我這才發現他已經沖過澡，刮好鬍子，沙黃色的頭髮梳好、上了髮膠，細窄的髮線將他的頭髮分得整整齊齊。他聞起來有鬍後修容水跟古龍水的味道。

「你要去哪兒嗎？」

「紐奧良。」他皺起眉頭。「上禮拜跟妳講過，記得嗎？研討會？」

「噢，對。」我搖搖頭，但我真的不記得。「抱歉，我腦子還是霧霧的，但……今天禮拜六，是週末的活動嗎？你才到家耶。」

在我認識丹尼爾之前，我其實對藥廠銷售工作一無所知。真的，我對這行只知道錢，特別是，這個位置能賺很多錢，或至少如果你表現好，的確可以賺很多。不過，我現在更了解了，這份工作需要經常出差。丹尼爾的工作範圍包括半個的路易斯安納州及密西西比州，所以週末的時候，他幾乎都在車上度過。早出晚歸，一直開車穿梭在不同醫院之間。同時也有很多研討會，銷售會議、訓練會議、醫療設備的數位行銷會議，還有新型藥品的座談會。我知道他不在家的時候，他會想我，但我也知道他喜歡這種生活，美食、美酒、高檔飯店，跟醫生話家常。這也是他的強項。

「今晚酒店有一場社交活動。」他緩緩地說。「明天有高爾夫錦標賽，禮拜一才是研討會。妳該不會都不記得了吧？」

我的心臟揪了起來。我心想：對，我真的什麼都不記得。不過，我反而笑了笑，將早餐推去一旁，用雙手環抱他的頸子。

「對不起。」我說。「我記得，我想我只是酒還沒醒。」

丹尼爾笑了起來，我知道他會一笑置之，他揉亂我的頭髮，把我當要上場打簡易棒球的小朋友。

「昨晚很棒。」我轉移話題，我把頭靠在他懷裡，閉上雙眼。「謝謝你。」

「別客氣。」他說，他的指尖在我的頭髮裡畫出形狀，圓形、四方形、愛心。他靜默了一會兒，這種不語會讓空氣變得凝重，最後他終於開口。「妳跟妳哥在外頭的時候聊了什麼？」

「什麼意思？」

「妳知道我的意思。」他說。「我闖進的那場對話。」

「噢，你知道。」我的眼皮忽然覺得沉重。「就是庫柏在做自己而已，沒什麼好擔心的。」

「無論你們在談什麼……看起來都很緊繃。」

「他擔心你沒有『正當理由』娶我。」我說，還在空中用手做出引號，強調重點。「但我說了，那只是我哥，他太保護我了。」

「他是這樣講的？」

我感覺到丹尼爾把手從我頭髮裡抽開時，他的背僵硬了起來。話一出口，我就希望我能反悔，又來了，又是酒精惹的禍，還在我的血液裡鬧事。害我的思緒跟倒得太滿的杯子一樣，灑在地毯上。

「忘了這件事吧。」我睜開雙眼。我期待他低頭看我，但他卻遙望前方，沒有聚焦。「他會跟我一樣學會愛你的，我知道他會，他在努力。」

「他有說他怎麼會那樣想嗎？」

「丹尼爾，說真的。」我坐在床上。「這根本不值得討論。庫柏只是想保護我。我小時候他就這樣。你知道我們的過往，他會把人想得很不堪，這是我跟他的共同點。」

「對。」丹尼爾說。他依舊望著前方，目光呆滯。「對，我猜是吧。」

「我知道你有很好的理由跟我結婚。」我的手掌擺在他臉上。他退縮了一下，我的皮膚接觸似乎讓他從冥思中清醒過來。「好比說，我緊實的皮拉提斯屁股跟令人高潮的紅酒燉雞。」

他望向我，強忍著笑容，他果然大笑出來。他用手蓋在我的手上，輕捏我的手指，然後起身。

「週末就別工作了。」他撫平燙過的長褲皺摺。「出門逛逛，從事有趣的活動。」我翻起白眼，抓起另一片培根，中間折一半，整個塞進嘴裡。

「或規劃一下婚禮。」他繼續說。「已經開始倒數計時囉。」

「下個月就開始。」我笑了笑。我們的婚禮將在七月舉行，我很清楚這個事實（第一位女孩就是在二十年前的七月失蹤的）。我忽然想起我們走進落羽杉馬場的那一刻，橡樹枝葉沿著華美的卵石走道彎垂下來，漆成白色的椅子與巨大的農舍柱子平行。目光所及是一英畝連著一英畝綿延的處女地。我還記得看到土地邊緣改建過的穀倉，剛好可以作為婚禮舉行的空間，寬厚的木頭支柱上用一串串的燈、綠色植物與散發奶香的木蘭花妝點。白色的箭頭柵欄圈住在草原上吃草的馬兒，只有遠處的河口打斷整片綠地，在地平線上緩緩蜿蜒，彷彿粗粗的藍色的靜脈。

「太完美了。」那天丹尼爾捏著我的手。「克蘿伊，是不是很完美？」

我點頭微笑，的確很完美，但廣闊的空間讓我想起老家，想起我的父親，想起他滿身泥巴，鏟子扛在肩上，從樹林回來。想起有如護城河般環繞我們土地的沼澤，外人不能進來，但也禁錮了我們。我轉頭望向農舍，想要想像自己穿著白紗，走過巨大的紗網門廊，走下階梯面對丹尼爾。些微動靜吸引了我的目光，我這才看清楚，門廊上有個女孩，青少年，她癱坐在一張搖椅上，雙腿伸得長長的，棕色皮革馬靴輕輕踏在門廊柱子上，搖椅以慵懶的節奏搖動起來。她注意到我在看，連忙振作，將裙子往下拉，將雙腿交疊起來。

「那是我孫女。」我們面前的女人說。我把目光從女孩身上移開，聚焦在女人身上。「這塊地世世代代屬於我們家族。她有時放學後會過來，在門廊這邊做功課。」

「比圖書館有意思多了。」丹尼爾笑著說。他舉手跟女孩揮了揮。她尷尬地緩緩點頭，然後才揮揮手。丹尼爾將注意力放回老女人身上。「那就這裡吧，什麼日子方便？」

「咱們看看。」她低頭望向手裡的 iPad，她翻轉了幾次才旋轉出正確的角度。「今年到目前都滿了，你們遲了一步！」

「我們才訂婚。」我轉動起戒指，這是新的習慣。丹尼爾給我的戒指是他們家的傳家寶，從他曾曾祖母流傳下來的維多利亞時代戒指。看得出來有歲月的痕跡，但真的是古董，老舊的樣子是無法複製的。多年的家族故事在橢圓形切割的寶石上留下刮痕，旁邊則是一圈玫瑰切工的碎鑽，指環本身是光滑但有點霧面的十四K金。「我們不想成為那種等了太久才結婚，結果耽誤正事的夫妻。」

「對啊，我們年紀不小了。」丹尼爾說。「時間不等人囉。」

他拍拍我的腹部，老女人露出自以為是的笑容，然後又跟翻頁一樣滑動起螢幕。我盡量忍著臉紅的情緒。

「我說過了，今年每個週末都訂滿了。如果你們要，可以排到二〇二〇年。」

丹尼爾搖搖頭。

「每一個週末都滿了？我不相信。那禮拜五呢？」

「禮拜五也訂得差不多了，因為婚禮前還要排演。」她說。「但看來我們還有一個日期，七月二十六號。」

丹尼爾看著我，眉毛都揚了起來。

「妳覺得可以把我們塞進去？」

我知道他是在開玩笑，但提到「七月」讓我的心臟恐慌了一下。

「路易斯安納的七月。」我表情糾結。「你覺得客人能面對高溫嗎？特別是在室外。」

「我們有室外冷氣機。」女人說。「帳篷、電扇，應有盡有。」

「不知道耶。」我說。「還會有很多蟲子。」

「我們每年都在土地上噴藥。」她說。「我可以向妳保證，蟲絕對不成問題。我們每年都在辦夏季婚禮！」

我注意到丹尼爾不解地望著我，他對著我的側臉皺起眉頭，彷彿他只要盯得夠久，就能理解我腦袋裡在想什麼。不過，我不肯轉過去，不願面對他，不肯承認為什麼七月讓我的焦慮變成我疲憊的原因，如同持續進行的疾病，比漫長的夏天還嚴重，而整件事背後的理由相當不理智。我也不願留意喉頭泛起的噁心感覺，或是遠處的動物排泄物氣味似乎混合起甜膩的木蘭花氣味，或是我忽然間聽到震耳欲聾的蒼蠅嗡嗡聲，就在某處環繞的某個死掉的東西。

「好吧。」我說。我再次望向門廊，但女孩已經走了，只有她空蕩的搖椅在風中微微搖曳。「那就七月吧。」

Chapter 07

我看著丹尼爾的車從車道開出去，他的頭燈閃了一下，跟我道別，他還透過擋風玻璃向我揮揮手。我也揮手，絲質睡袍緊緊裹在胸口，手裡握著散發暖意的咖啡。

我在身後關上門，望向空蕩蕩的家，不同的桌面上還有昨晚留下的酒杯，空酒瓶在廚房垃圾桶堆了起來，一夜之間長大的蒼蠅在黏黏的瓶口盤旋。我開始收拾，洗碗，然後將碗盤放在空蕩的陶瓷流理臺上，盡量不去想藥物跟酒精引發的頭痛。

我想起車上的處方藥，也就是我替丹尼爾開的贊安諾，他不知情，也不需要這種藥。我想起我在診所辦公室抽屜裡的各種止痛藥，肯定可以麻痹我這隱隱作痛的腦袋吧。知道它們存在就非常誘人。我一方面想要開車過去，手指伸得長長的，精挑細選要吃什麼藥。然後縮在替病人準備的沙發椅上，睡個回籠好覺。

結果我卻喝起咖啡。

能夠接觸藥物並不是我做這行的原因，再說，加上路易斯安納，全美總共只有三個州的心理師可以實際替病人開處方，另外兩處是伊利諾州跟新墨西哥州，不然我們就得靠轉介的內科醫生或精神科醫師來開藥。這裡倒是不必，在這，我們可以自己開，在這，其他人都不用知情。我還沒有決定這算是歡快的巧合還是運氣不好。不過，話又說回來，這不是我做這行的原因。我不是為了鑽這個漏洞才成為心理師的，不是為了安然開車到得來速窗口，避免在市區找藥頭，用有店家商標的紙袋替換沉甸甸的塑膠袋，裡頭還附上發票以及半價牙膏與兩加侖低脂牛奶的折價券。我之所以成為心理師是因為我想幫助人，這話又是陳腔濫調，但這是真的。我成為心理師是因為我了解創傷，我了解創傷的方式課本上都沒有教。我了解大腦能夠基本上破壞人體的其他層面，你的情緒會扭曲狀況，你甚至都不清楚這種情緒存在。這種情緒會讓人無法看清現狀，無法清晰思考，無法流暢進行任何行為。這種感覺會讓你疼痛，從頭痛到指尖，永遠不褪去的隱隱鈍痛。

青少年時期我看過不少醫生，就是治療師、精神科醫師、心理師的無限循環，他們都會問起一連串制式的問題，想要修復閃現在我心靈之上的無盡焦慮失調幻燈片。我跟庫柏那時就跟教科書一樣，我恐慌、疑神疑鬼、失眠、害怕夜晚，每年都會增加一種新的症狀。另一方面，庫柏則縮進自己的世界裡。我感受太多，他卻感受太少。他大嗓門的個性縮水成細細低語，他根本像消失了一樣。

我們兩個人就像綁上蝴蝶結的兒時創傷，小心輕放到路易斯安納每一位醫生門口。大家都認識我們，每個人都知道我們有什麼問題。

大家都知道，但沒有人能夠修復我們。於是我決定自己來。

我拖著腳步穿過客廳，一屁股跌坐在沙發上，咖啡從馬克杯杯緣灑了出來。我把杯子拿到嘴邊，舔起杯壁。晨間新聞在背景播放，丹尼爾選的頻道，我拿起我的 MacBook，Return 按了又按，從深沉漫長的睡眠裡叫醒電腦。我打開 Gmail 信箱，瀏覽起收件夾裡的私人信件，幾乎每一封都跟婚禮有關。

克蘿伊，只剩兩個月了！我們來決定最終的蛋糕，好嗎？妳在兩個選項中決定了嗎？是要焦糖淋醬蛋糕，還是檸檬凝乳蛋糕？

嗨，克蘿伊。花店需要確認最後的桌面擺設。我可以請她開二十張桌子的發票，還是妳覺得十張就夠？

幾個月前，我事事都會與丹尼爾討論。每一個小小的細節都是我們該一起做的決定。不過，隨著時間推移，我想像中的小規模、只有熟人的婚禮（儀式在戶外，然後是好朋友的私人餐會，我跟丹尼爾坐在大長桌的主位，喝著粉紅酒，品嘗我們最喜歡的食物，笑到合不攏嘴）逐漸轉變成截然不同的東西，變成某種異國寵物，我們都照顧不來。一直需要做決定，一直要為看起來非常瑣碎的事情反覆用電郵聯繫。丹尼爾指望我能決定所有的事情，他大概覺得這樣才對，畢竟新娘名聲在外，就是想掌控一切。不過這些責任只讓我覺得壓力無比巨大，這些重擔統統壓在我一個人肩上。他只有特別強調他不喜歡翻糖蛋糕，也不願寄邀請卡給他父母，這兩個要求我樂得配合。

我沒跟丹尼爾說過，但我已經準備好要讓婚禮這整件事快點過去了。我很感恩快速搞定的訂婚流程，然後開始打字回信。

焦糖很棒，謝謝！

我們可以抓個中間值，十五桌嗎？

我往下捲，又看了幾封信，然後點開婚禮規劃師寄來的信，整個人愣住了。

嗨，克蘿伊。抱歉要請教一件事，但我們希望儀式的細節都討論到了，這樣我才能確認座位表。妳決定好誰牽妳走紅毯嗎？請撥冗讓我知道。

我的滑鼠停在「刪除」上頭，但討厭的心理師聲音（我的聲音）迴盪起來。**克蘿伊，這是典型的逃避因應。妳知道這樣永遠無法解決問題，只會拖拖拉拉。**

我對著自己內心的忠告翻起白眼，手指敲起鍵盤。反正老爸牽女兒走紅毯這件事也太過時了，想到有人要送我出嫁就讓我反胃，我好像是什麼物品，成交賣給出價最高的人一樣。嫁妝什麼的也不能少吧？

我想起了庫柏，自從我十二歲之後，他就是最接近父親形象的一個人。我想像他牽著我的手，引領我沿著紅毯前進。

不過，我想起他昨晚的話，他不贊同的眼神與語氣。

克蘿伊，他不了解妳，而妳也不懂他。

我關上電腦，將電腦推到沙發另一邊去，我的目光瞥回在一旁播送的電視。紅色的跑馬出現在螢幕下方：突發新聞。我抓起遙控器，將聲音轉大。

當局還在尋找奧布芮·奎維諾失蹤的相關線索，她是路易斯安納州巴頓魯治的十五歲高中生。父母在三天前通報失蹤，最後一次有人見到奧布芮是禮拜三下午，當時她獨自從墓園回家。

奧布芮的照片出現在螢幕上，照片讓我畏縮起來。我小時候，十五歲感覺好老，好成熟，好像大人。我幻想自己十五歲時能做多少事，但之後，我才被迫發現十五歲有多青澀。她好年幼，她們都是。奧布芮看起來有點眼熟，但我猜那是因為她看起來跟其他癱坐在我辦公室的高中女孩外表都沒兩樣吧，身材纖細，只有青少年的新陳代謝才辦得到，暈開的黑色眼線，頭髮還沒有接受染燙或其他老女人用來讓自己看起來年輕一點的可怕手段。我逼迫自己不要去想她現在的模樣——蒼白、僵硬、冰冷。死亡會讓肉體老化，讓皮膚變灰，讓雙眼無神。人不該這麼早死，太不自然了。

奧布芮從電視上消失，新的畫面出現，那是巴頓魯治的空拍圖。我的目光立刻找到我家與辦公室的所在位置，就在密西西比河附近的鬧區。紅點出現在落羽杉墓園，也就是最後一次有人看見奧布芮的地點。

搜救隊伍今天開始在墓園展開盤查，但奧布芮的父母還是抱持希望，認為女兒會活著回來。

地圖消失，一則影片開始播放，一對中年男女，看起來幾天沒闔眼了，他們站在講臺上，字幕說明他們是奧布芮的父母。男人靜靜站在後頭，女人，她媽對著鏡頭呼籲。

「奧布芮。」她說。「無論妳在哪，心肝寶貝，我們都在找妳。我們在找妳，我們一定會把妳找回來。」

男人抽起鼻子，用襯衫袖子擦眼睛，手背沾到鼻涕。她拍拍他的手臂，繼續說下去。

「無論她是否在你手上，或是你有任何她的消息，我們都懇求你出面。我們只是希望女兒能夠平安回家。」

男人哭了起來，啜泣聲相當沉重。女人靠向前，目光沒有從鏡頭前移開。我從經驗得知，這是警察教的技巧，看著攝影機，對攝影機講話，對加害者講話。

「我們只是希望我們的寶貝能夠回家。」

Chapter 08

麗娜・羅德是第一個女孩，原初的女孩，開始了一切的女孩。

我對麗娜印象深刻，但不是一般人對死去女孩的那種印象，不是疏遠的同學編起看似重要故事的那種印象，也不是昔日朋友在臉書貼舊照片，重新講述起只有你們知道的笑話或共享回憶那樣，這種人完全不顧他們已經多少年沒有交談過。

布羅布里治只記得麗娜那張選做「失蹤」海報的照片，彷彿凝結在時光裡的那一刻是她唯一擁有過的時刻。只有這一刻要緊。我永遠不明白一個家庭是如何選定一張照片來濃縮一個人的一生，濃縮一個人的性格。這種事情看起來是令人卻步的任務，太重要，也不可能達成。選一張照片，你就是在選擇她留下的印象。你選擇的是世人永遠記得的單一時刻，就只有那一刻。

不過，我記得麗娜，不是膚淺的記得，我是真的印象很深。我記得所有關於她的時刻，其中有好有壞。她的衝勁，她的缺點。我記得真正的她是什麼樣子的人。

她嗓門很大，粗俗，嘴巴很髒，我只有在爸爸不小心在工作坊用小斧砍掉自己拇指尖端時，才聽過他講麗娜會說的那些字眼。她滿嘴髒話，跟長相完全搭不起來，她因此更加迷人。她又高又瘦，相較於十五歲小男孩般的身材，她卻有一副很不成比例的大胸部。她外向、喧鬧，頭髮是向日葵的黃色，她還會在腦後紮兩條龍蝦辮。她經過時，大家都會盯著她看，她也很清楚這點，關注讓她膨脹，卻讓我畏縮，朝她投去的矚目讓她變得更開朗、走得更挺直。

男孩都喜歡她，我也喜歡她。我還羨慕她，布羅布里治的每一個女孩都羨慕她，直到她的臉出現在那個可怕週二早晨的電視螢幕上。

不過，我印象裡對麗娜的回憶有一則特別鮮明，無論我多努力，我永遠也忘不了那一刻。

畢竟，就是那一刻將我的父親打入大牢。

我關掉電視，看著黑暗螢幕上自己的倒影。這種記者會每一場都一樣，我看了太多場，非常清楚。

掌控局面的永遠是母親，母親會按捺住自己的情緒，母親永遠會用平穩的語氣講話，而父親則垂頭喪氣待在背景裡，帶走他女兒的人完全沒有足夠時間望向他的雙眼。社會大眾希望我們認為狀況顛倒過來，是家裡的男人掌控一切，女人才低聲哭泣，但並非如此。而我很清楚原因。

因為父親想的是過去，這是布羅布里治教會我的，那六名失蹤女孩的父親教會我的。他們非常羞愧，他們滿腦子想的都是「假如」，他們應該要成為保護家人的人，他們是男人。他們理當要保護女兒的安危，而他們失敗了。不過母親想著的則是當下，她們會有計畫。她們不能想著過去，因為過往已經不具任何意義，只會讓人分心，只會浪費時間。她們不能去想未來，因為未來同樣駭人痛苦，如果她們讓思緒飄往該處，那她們永遠回不來，她們會崩潰。

於是，她們只想著今天，她們今天能做的就是明天帶心肝寶貝回家。

伯特．羅德打擊頗深，我沒有見過哪個男人哭成那樣，全身抽搐，與折磨的哀鳴同樣頻率。他原本是個迷人的工人階級大男人，黝黑的手臂讓襯衫縫線繃緊，下巴線條分明，還有深琥珀色的皮膚。第一場電視訪談時，我幾乎認不出他來，他雙眼凹陷，淹沒在紫色的眼圈之下。他垂頭喪氣的模樣彷彿連自身重量都快承受不住。

我的父親在九月底遭到逮捕，距離他的「恐怖統治時期」差不多三個月。他落網當晚，我立刻想到伯特・羅德，當時我還沒有想起麗娜、羅萍、瑪格麗特、凱莉或其他在夏天裡消失的女孩。我記得紅藍燈光在我們客廳閃啊閃的，我跟庫柏跑到窗邊，只看到持槍的男人闖進我們大門，大喊：「不要動！」我記得父親坐在他的老舊皮革懶人沙發躺椅上，這張椅子真的好舊，中間柔軟得像毛毯，爸爸甚至沒有抬頭望向他們的方向。他完全無視我媽在角落啜泣到不能自已。我記得黏在他牙齒、下脣與手指上的葵花籽殼，這是他最喜歡的零嘴。我記得他們拖著他，他的胡桃木菸斗從嘴上翻倒，黑色菸灰撒在地上，而那包葵花籽也散落在地毯上。

我記得他先是刻意望著我的雙眼，沒有動搖，非常專注。先是我，然後他望著庫柏。

「要乖乖的。」他說。

然後他們將他拖出大門，進入到潮溼的夜晚空氣之中，將他的頭強壓在警車車頂上，掙扎之間，他的厚厚眼鏡裂了，閃爍的燈光將他的皮膚照成噁心的紅色。他們將他塞進車裡，甩上車門。

我看著他靜靜坐在車裡，盯著分隔前後座位的金屬網格，他紋絲不動，唯一看得到的動態只有從他鼻梁流下的鮮血，而他完全沒有去擦。我看著他，我想著伯特・羅德。我不確定在知道奪走他女兒的人身分後，他會比較好過，還是會更難過，更容易接受，還是更不容易。這是一個無法面對的選擇，但如果他有得選，他會寧可自己的孩子遭到陌生人殺害，好比說闖進他所住小鎮、他生命的陌生人，還是一張熟悉的臉？他曾經在自家歡迎、接待過的人？而這個人是他的鄰居，也是他的朋友？

接下來幾個月，我只能透過電視與爸爸見面，他的膠框眼鏡裂了，他總是低頭看地上，他的手緊緊銬在身後，手腕處的皮膚勒成粉紅色。我緊貼著電視螢幕，看著大家在街上排隊前往法院，他們手持寫滿不堪入目字眼的標語，他一出現就噓聲四起。

殺人犯。變態。

禽獸、怪物。

某些標語上有那些女孩的臉，那年夏天，那些女孩的臉出現在一再播放的哀傷報導之中。那些女孩沒比我大幾歲，我認得她們每一個人，我記住了她們的特徵。我看過她們的微笑，注視她們的雙眼，曾經前途似錦、生氣勃勃的雙眼。

麗娜、羅萍、瑪格麗特、凱莉、蘇珊、婕兒。

這些面容就是我晚上必須待在家度過宵禁的原因，也是因為她們，我不能一個人走在暗夜之中。這些規矩是我的父親定的，若我在黃昏過後才回家，或夜裡忘記關臥房的窗，他會把我的皮膚打到發紅。他將純粹的恐懼注入我的心臟，故意讓我懼怕起那個造成她們失蹤的人，那個看不見的人。就是因為那個人，那些女孩縮水成黏在老舊紙板上的黑白照片，那個人知道她們在哪嚥下最後一口氣，那個人知道死亡終於帶走她們時，她們露出何種眼神。

他落網時我當然就知道了，從警察闖進我們家那一刻，從我父親望著我們的雙眼，說「要乖乖的」那一刻，我就知道了。說真的，早在那之前我就知道了，當我允許自己將蛛絲馬跡拼湊出來時，我就知道了。當我逼迫自己轉過頭去，面對我感覺到身後的存在時，我就知道了。不過，就是在那一刻，我一個人待在客廳，臉貼著電視螢幕，母親在臥房逐漸崩潰，而庫柏在某處枯萎凋零時，就是這一刻，我聽著父親腳鐐的叮噹聲，看著他茫然的神情，從警車走向監獄，走進法庭，然後回來。就是這一刻，所有的重量都壓了下來，將我活埋在斷垣殘壁之中。

他，就是那個人。

Chapter 09

忽然間，我家同時變得太大也太小，坐在這裡讓我覺得幽閉恐懼症發作，四面牆好像要向我壓過來，將我困在經過循環的汙濁空氣之中。不過，感覺也很寂寞，房子太大，一個人靈魂裡沒說出口的想法都無法填滿這個空間。我忽然很想移動。

我從沙發起身，走進臥房，換下過大的睡袍，穿上牛仔褲跟灰色T恤，將頭髮在頂上紮成包頭，沒有費心化妝，只有塗上護唇膏。五分鐘內我就出了門，我狂跳不止的心臟在平底鞋踏上人行道那一刻開始放慢速度。

我上了車，發動引擎，機械性地從住所開車進城。我伸手要扭開收音機，但手停在空中，最後又放回方向盤上。

「沒事的，克蘿伊。」我自言自語起來，車上悄然無聲，我的聲音聽起來非常刺耳。「妳有什麼困擾？說出來聽聽。」

我用手指敲擊方向盤，打起方向燈，決定左轉。我用對待病人的語氣跟自己交談。

「一個女孩失蹤了。」我說。「住在附近的女孩失蹤了，我覺得難過。」

如果這是在看病，接下來我就會問：為什麼？為什麼這件事會讓妳難過？

原因再明顯不過，我很清楚。十五歲的年輕女孩失蹤，其他人最後一次見到她是距離我家、我的診所、我的生活慢跑就跑得到的距離。

「妳不認識她。」我大聲說出口。「克蘿伊，妳又不認識她。她不是麗娜，她不是那些女孩。這一切跟妳一點關係也沒有。」

我吐氣，出現的紅燈讓我放慢速度，我望向對街。我看著一對母女手牽手過馬路，右側有一群在滑直排輪的青少年，正前方是帶著狗狗一起慢跑的男人。綠燈亮起。

「這一切都跟妳無關。」我再次重申，接著穿過十字路口，向右轉。

我漫無目的前進，但我發現這是往診所的路，再過幾條街，就是辦公室抽屜裡塞滿藥丸的避風港。逐漸放慢的心跳與平穩的呼吸，只有吞下一顆膠囊的距離，還有巨大的皮革沙發，可以上鎖的門跟遮光的窗簾。

我擺脫腦海裡的念頭。

我沒有問題，我沒有上癮什麼的，我不會跑去酒吧喝到不省人事，或一身冷汗醒來，否認自己喝了一晚的梅洛葡萄酒。我可以幾天、幾週、幾個月都不吃一顆藥、不喝一杯酒，甚至不用任何化學物質來麻痺血液裡一直震動的恐懼，那種感覺就像透過我的骨頭持續撥動的吉他弦，讓骨頭震個不停。不過我處理得來，我的那些症狀，我對抗了許久的那些毛病（失眠、懼夜、疑神疑鬼）都是很常見的症狀，一個特質將它們統統綁在一起，那就是控制。

我害怕所有無法控制的狀況。我想像自己睡覺時毫無抵抗之力，可能會發生什麼事。我想像自己在黑暗裡沒有注意時會發生什麼事。我想像那些肉眼看不見的殺人魔，甚至在我發現自己窒息前就絞殺我的性命，殘害我的細胞，我想像自己活過那種經歷，存活下來，卻因為沒洗的手、發癢的喉嚨而死。

我想像起麗娜，當那雙手緊緊掐住她脖子的時候，她肯定無法控制局面。她氣管坍塌，雙眼突出，眼前變得非常明亮，忽然間一切會轉往另一個方向，越來越黑，越來越暗，直到最後她什麼也看不見。

我的「藥房」就是我的生命線。我知道開不需要的處方不對，不只不對，根本是違法行為。我可能會失去行醫執照，說不定還要坐牢。不過，每個人都需要生命線，當你覺得自己開始要溺水時，遠方有艘小筏等著來救你一命。我發現自己失去控制時，我知道藥物都在那裡，準備好要搞定我內在任何需要排除的麻煩。通常，光是想到那些藥物就讓我心安。我有次跟患有幽閉恐懼症的病患說，每次她搭機時，就隨身攜帶一顆贊安諾，光是帶在身上就足以引發精神上的反應、肉體上的回應。我說，她大概最後根本也不用吃那顆藥，只是知道逃生路線近在咫尺就足以舒緩胸口讓她窒息的重擔。

的確如此，當然是這樣。我是過來人。

此刻我看到我的診所就在遠處，老舊的磚造建築從爬滿青苔的橡樹後面探出頭來。墓園就在以西的幾條街外，我決定過去一趟，開往鍛鐵柵門，彷彿是歡迎我進去的呵欠大嘴。我將車停進街道的空位上，熄火。

落羽杉墓園，最後一個有人見到奧布芮．奎維諾活著的地方。我聽到動靜，從車窗望出去，遠處有一組尋人隊伍，他們有如螞蟻在搜索任何一絲遺人遺忘的食物一樣。他們挺進長得太茂盛的雜草之中，向側邊跨過傾倒的墓碑，運動鞋踩在沿著墓地蜿蜒的泥巴小路上。墓園占地超過二十英畝，是一片非常大的土地。至多可以說他們想找到什麼線索的機會實在非常渺茫。

我下了車，穿過柵門，逐漸接近尋人隊伍。這裡有幾棵零星的落羽杉，也是路易斯安納州的州樹，因此這裡才稱為落羽杉墓園，它們紅色的樹幹粗壯粗糙，看起來很像肌腱。它們樹枝上有一條條披掛的松蘿菠蘿，彷彿是遭人遺忘角落積累的蜘蛛網。我低頭鑽進警方封鎖線，盡量融入人群之中，同時想避開警察跟脖子上掛著相機的記者，他們漫無目的跟著幾十名尋找奧布芮下落的志工一起行動。

或該說，不要找到奧布芮，因為尋人小隊最不希望找到的就是屍體，更可怕的是一部分的屍體。

布羅布里治的尋人小隊始終沒有找到任何一具屍體，連屍塊都沒有。我求媽媽讓我一起出門找人，我看到大家在城裡集結，分發手電筒、對講機及好幾箱瓶裝水。他們喊起指令，然後跟遭到捲起報紙拍打的蚊蚋般四散行動。媽媽當然不讓我加入。我被迫待在家裡，看著遠處的手電筒光線，他們掃蕩起看似永無止境的高草牧地。看著他們，等待結果，那是最無力的感覺。不曉得他們會找到什麼。他們來到我們家後院時，感覺更糟，我的雙眼盯著窗外，警察走遍我們家十英畝的每一寸土地，此時我的父親已經遭到拘捕。不過他們還是一無所獲。

不，那些女孩還在外頭，每年壓在她們屍骨上的泥土層都會變得更厚一點。對我來說，一直沒有找到她們實在毫無新意，但我已經知道，到了這一刻，她們可能永遠沒有重見天日的一天了。重點不是找不到她們無法伸張正義，也不是家屬無法放下心中的大石，更不是因為我會想到那些女孩就跟我曾在後門門廊找到的老鼠一樣死掉腐爛，隨著她們的皮膚、頭髮、破爛衣物一起腐爛的是她們生而為人的特質。一整條命逐漸縮小成一堆骨頭，跟你的骨頭、我的骨頭，甚至是老鼠的骨頭都一樣。不，不是這些原因讓我夜不成眠，讓我放棄尋獲她們的希望。

重點在於隨時隨地，我的腳下都可能埋了幾具屍體，而上面的世界完全不曉得她們存在。

當然，此時此刻，我腳下的確埋了許多屍體，多得很，但墓園不一樣。這些屍體是刻意埋在這裡，不是遭到棄屍，他們在此受到緬懷，不是遺忘。

「我覺得我找到什麼了！」

我望向左手邊的中年女子，她穿了一雙白色運動鞋、卡其色工作褲還有過大的馬球衫，這身打扮宛如平民尋人小隊的非官方制服。她蹲在地上，端詳著身下的某個物品。她的左手瘋狂朝其他人員揮舞，右手則抓著一個可以在大賣場玩具專區買到的對講機。

我環顧四周，幾公尺內只有我最近。其他人正朝我們的方向趕來，但我就在這裡。我走向前一步，她抬頭看著我，雙眼滿是欣喜與懇求的神情，彷彿是她需要這件物品具有某種象徵、某種意涵一樣，但同時她又不希望如此。她非常不希望這件物品能夠代表什麼。

「看。」她要我過去。「妳看這裡。」

我繼續靠近，歪著脖子，當我看到地上的物品時，觸電般的感覺穿透我的身軀。我想都沒想就伸手過去，彷彿是反射動作，彷彿有人用小槌敲我的膝蓋一樣，我從地上將其拾起。一位警察從我後方跑過來，氣喘吁吁的。

「是什麼？」他靠上來。他的聲音聽起來很壓抑，好像有痰卡住他的氣息一樣，是用嘴巴呼吸的人。他看到我手裡的物品，睜大了眼睛。「老天啊，別碰！」

「抱歉。」我咕噥著說，將東西交給他。「抱歉，我沒多想，這是一只耳環。」

警察蹲了下來，氣喘吁吁，一手伸出來，阻止其他人靠近，女人則看著我。警察用戴著手套的手接過耳環，仔細檢視起來。銀色的耳環小小的，上方是三顆鑽石，向下延伸出了一個倒三角形，三角形底部的尖端則懸掛著一顆珍珠。看起來很昂貴，這種首飾在附近珠寶店裡會讓我多看一眼，對十五歲女孩來說太貴重了。

「好。」警察將頭髮從汗溼的額頭上撥開。他稍微鬆了口氣。「很好，這樣很好。我們裝袋，但記住，我們是在公共場所，這裡有幾千座墓穴，意味著每天會有幾千人經過。這只耳環可能屬於任何人。」

「不對。」女人搖搖頭。「不，不可能，那是奧布芮的耳環。」

她伸手進工作褲裡頭摸索，掏出一張摺成四等份的紙。她打開紙張，那是奧布芮的失蹤海報。我記得今早這張照片出現在我的電視螢幕上。這就是定義她這輩子存在的單一照片。她露出燦爛的微笑，眼皮上畫著暈開的黑色眼線，在鏡頭前泛起光澤的是粉紅色的脣蜜。照片只有拍到她的胸口，但我看到她戴了一條項鍊，我先前沒有注意到，這條項鍊掛在她鎖骨之間的皮膚凹陷處，就是三顆小鑽石連著一顆珍珠的款式。接著，濃密棕色秀髮塞在一隻耳朵後，而這隻耳朵上就掛著同樣款式的耳環。

Chapter 10

麗娜並不是什麼好女孩，但她對我很好。我不會替她找藉口，我不會美化她的行為。她很愛找麻煩，永遠皮得要死，惹其他人不舒服似乎是她取樂的方式，她就喜歡看別人掙扎蠕動。不然還有什麼原因會讓一個十五歲女孩穿著托高胸罩上學？用咬短的指甲扭著她的龍蝦辮，還咬起一側豐滿的嘴唇？她是一個住在女孩身體裡的女人，或是女人身體裡的女孩，兩者似乎都說得通。她同時太老又太小，她的身材跟心靈都遠超過她的實際年齡。不過，藏在她厚厚妝容，以及每天高中放學後，籠罩她的香菸雲霧之下，她似乎又有些特質讓人想起她其實只是個女孩，只是一個寂寞又迷惘的女孩。

當然，十二歲的我是看不到她這一面的。對我來說，她就跟大人一樣，但她明明就跟我哥哥同年。庫柏一點也不像大人，他會打嗝，他會玩 Game Boy，他會將一堆色情雜誌藏在床下鬆脫的地板木片下。我永遠不會忘記我翻到那些雜誌的時候，那天我在他房裡想找一點零錢。我當時想買一個眼影盒，我看過麗娜用的漂亮淡粉紅色眼影。我媽不肯在高中前買化妝品給我，但我就是想要。我想要的程度足以為它行竊。於是我溜進庫柏的房間，翻起咯吱作響的木板，卡通版的奶子迎面襲來，害我連忙起身，後腦勺直接撞在床框上。然後我立刻去向老爸打小報告。

小龍蝦節在那年五月初舉行，替夏日拉開序幕。那天挺熱的，但不至於太熱。就全美多數國民的軟弱標準來說是挺熱的，但就路易斯安納的標準來說還算可以接受。這裡要到八月才會真正熱起來，那時每天早上從沼澤往市區街道吹的潮溼氣息會跟尋找乾旱的雲雨一樣出現。

同時，八月時，六名女孩的其中三名失蹤了。

我開過布羅布里治的玩笑（全球小龍蝦之都），但小龍蝦節的確是可以吹噓的活動。我參加的最後一場慶典是一九九九年，那也是我最喜歡的一年。我記得自己一個人遊走在露天遊樂園，路易斯安納的聲音與氣味滲入我的皮膚裡。沼澤地流行歌曲從主舞臺的喇叭流瀉出來，各式各樣烹調手法的小龍蝦氣味也彌漫空中，有油炸小龍蝦、燜煮小龍蝦、小龍蝦濃湯、小龍蝦香腸。我逛到小龍蝦賽跑區，往右一轉，就看到庫柏亂糟糟的棕色頭髮出現在人群之中，一堆孩子簇擁著他，旁邊就是我爸的車。他那時似乎總有辦法讓自己周遭都是人，跟我完全是天壤之別。他們圍在他身邊，有如悶熱天氣裡追著他跑的一團蚊蚋。不過他似乎不介意，最終他們會成為他的一部分，他的群眾。通常他會覺得很煩，要他們走開。他們也都會乖乖鳥獸散，去跟隨其他人。不過，他們沒多久又會找到方法黏上庫柏。

我的哥哥好像是感覺到我在看他，因為沒多久，我就看到他從其他人的腦袋上探頭過來，注意到我。我揮揮手，露出不好意思的微笑。我不介意落單，真的不介意，但我不喜歡其他人看我落單的樣子。特別是庫柏。我看著他推開他的朋友，當一個細瘦的孩子想跟他過來時，他還擺擺手要對方走開。然後他朝我走來，一手勾搭著我的肩膀。

「用一包爆米花賭七號贏？」

我笑了笑，感激他來陪我，也感激他永遠不知道我這輩子有多少時光是自己一個人度過的。

「成交。」

我看著即將展開的小龍蝦賽跑。我記得主持人高喊「比賽開始」，群眾歡呼，紅色的小龍蝦在噴漆的三公尺木板上開始爬行，不到幾秒，我就輸了，庫柏贏了。於是我們去小攤位領取他的戰利品。

排隊的時候，我覺得自己很開心。夏天一開始的時候總是充滿期待，彷彿通往自由的紅毯在我面前展開一樣，一路延伸到遠方，永遠沒有盡頭。庫柏拿著一袋爆米花，塞了一顆到嘴裡，吸吮鹽巴，我則負責付錢。接著我們轉身，麗娜就站在那裡。

「嘿，庫。」她對他微笑，然後才望向我。她拿著一瓶雪碧，用手指扭開又闔上瓶蓋。

「嘿，克蘿伊。」

「嘿，麗娜。」

我哥很有人緣，他是布羅布里高中的運動員。大家都認識他，看著他自然而然結交各種朋友，我卻自然而然孤獨一人，我始終不懂為什麼。說到交朋友，他來者不拒，他會今天跟摔角隊的朋友一起玩，明天又跟呼大麻的癮君子聊天。他主要的方式就是讓你覺得你很重要，彷彿你是什麼重要的人，很有價值，很特別一樣。

麗娜也很有人緣，但她受歡迎的理由很奇怪。

「你們想來一口嗎？」

我小心翼翼地盯著她看，小了兩個尺碼的緊身亨利衫完全無法遮擋她平坦的腹部，還將她的乳溝從有扣子的領口給擠出來。我在她的肚子上看到亮亮的東西，那是一個臍環，我立刻將頭撇開，盡量不緊盯著。她對我微笑，將瓶子拿到嘴邊。我看著一滴液體從她嘴角流到下巴，她用中指抹掉。

「喜歡嗎？」她拉起上衣，用手指拿起鑽石，下方有一個吊墜，是某種昆蟲。

「這是螢火蟲。」她讀到了我的心思。「我最喜歡螢火蟲了，會在黑暗裡發光。」她將手交握在一起，放在肚子上，示意要我湊過去看。我望過去，額頭貼在她雙手的空隙上，裡頭的螢火蟲變成亮眼的螢光綠。

「我喜歡抓螢火蟲。」她低頭看著自己的肚子。「把牠們裝進罐子裡。」

「我也是。」我繼續望向她雙手握出的洞口。我想起晚上出現在我們家樹林間的螢火蟲，我在黑暗裡跑出去，揮開牠們，假裝自己在點點星子中遨遊。

「然後我會把牠們抓出來，用手壓碎。妳知道妳可以用牠們的螢光在人行道上簽名嗎？」我面露難色，我無法想像徒手捏爆一隻蟲，還聽著牠爆裂的聲音。不過那的確感覺滿酷的，然後將蟲汁抹在指間，近距離看著螢光。

「有人盯著咱們看喔。」她放開雙手。我猛一回頭，朝她看的地方望去，直視我的父親。他在人群對面盯著我們，盯著麗娜，她的上衣拉到胸罩上。她對他笑，用另一隻手揮手。他低下頭，走開了。

「好啦。」她把雪碧的瓶子遞給庫柏，在空中揮舞。「來一口？」

他望向我爸先前站著的位置，沒看到老爸那雙嚴密監控的眼睛，只看到一個空位，然後又探向瓶子，於是從她手裡接下，快快喝了一口。

「我也要喝。」我從他手裡搶過來。「我好渴啊。」

「不，克蘿伊——」

但哥哥的警告來得太遲，那時瓶口已經貼上我的嘴唇，液體從我嘴巴流進我的喉嚨。我沒有小啜，我是喝了一大口。這一大口嚐起來像沿著我的食道一路往下竄的電池酸液。我把瓶子從嘴邊拿開，喘起大氣，感覺到喉頭有東西湧上來。我臉頰腫脹，開始反嘔，但我沒有吐出來，我強壓住液體，這樣我才能呼吸。

「嗝。」我打起嗝來，用手背抹嘴。我的喉嚨跟著火一樣，舌頭也著火了。我一度驚慌覺得也許我喝了毒藥。「那是什麼？」

麗娜咯咯笑了起來，從我手中接過瓶子，一口氣喝完。她把那當水喝，真是太神奇了。

「傻孩子，這是伏特加啊。妳沒喝過伏特加嗎？」

庫柏張望起來，雙手深深插在口袋裡。我沒開口，所以他替我回答。

「沒，她這輩子沒有喝過伏特加。她才十二歲。」

麗娜面不改色地聳聳肩，說：「總要有個起點吧。」

庫柏將爆米花塞過來，我抓了一把放進嘴裡，想要壓掉可怕的味道。我感覺到火一路從我的喉嚨燒到胃裡去，在我的肚子裡熊熊燃燒。我開始有點頭暈，感覺很奇怪，但有點好玩。我露出微笑。

「看，她喜歡。」麗娜看著我，也露出微笑。「剛剛那一口真的很了不起，超乎十二歲的標準。」

她將上衣往下拉，遮住她的皮膚、她的螢火蟲。她把辮子甩到肩後，用腳尖轉圈，有點像芭蕾舞女伶在轉圈，她全身都動了起來。然後她就起身要走，我實在忍不住一直看著她，她的臀部跟頭髮以同樣頻率擺動，她雙腿纖細，但該緊緻的地方都很緊緻。

「你有時該開車來接我呦。」她喊回來，高舉飲料瓶。

接下來我都是醉的。庫柏一開始覺得很煩，生我的氣，氣我愚蠢，氣我幼稚，氣我講話口齒不清，偶爾會傻笑，撞到電線杆。為了我，他拋下他的朋友，現在他只能繼續照顧我了，還是醉醺醺的我。但我怎麼知道那是酒精啊？我不知道雪碧瓶是拿來裝酒精的啊？

「你得放鬆一點。」我對他說，還絆到自己。

我抬頭看著他，注意到他低頭望著我時的驚訝神色。一開始我以為他在生氣，我立刻就後悔開口。不過，他肩膀放鬆，銳利的神情融化成一個微笑，然後他放聲大笑起來。他一手搓揉我的頭髮，還搖搖頭，我的胸口滿漲起來，這應該是得意的感覺吧？之後他買了一隻小龍蝦熱狗給我，饒有興致地看著我兩口吞完。

「今天太好玩了。」我說，此時我們手牽著手走回車邊。我沒有醉醺醺的感覺了，我覺得全身軟綿綿的。天要黑了，爸媽幾個小時前先離開，只留下一張二十美金的紙鈔讓我們吃晚餐，以及我額頭上的一個吻，還叮囑我們八點前要回家。庫柏剛領到駕照，看到爸媽朝我們走來時，他特別命令我不准開口，他完全注意到我打結的舌頭跟講不清楚的話語。於是我沒有開口。我反而看著，看著我的媽媽不斷說起「又是成功的一年」、「老天啊，我的腳好酸」、「拜託，理查，讓孩子玩他們的吧」。我看著她臉頰泛紅，洋裝裙襬在起風時擺盪。我又感覺到胸口滿漲起來，但這次不是得意，而是滿意，而是愛，愛我的母親，愛我的哥哥。

然後我望向父親，幾乎是在這一刻，滿漲的感覺消散。他看起來……怪怪的，憂心忡忡，甚至有點分神，但不是因為我們周遭的狀況，他是在想腦袋裡的事情。我想要嗅一下自己的口氣，擔心他會聞到我身上的伏特加味。我懷疑他是不是看到麗娜拿瓶子給我們，畢竟，我看到他望向我們，看著她。

「我敢說是這樣沒錯。」庫柏低頭對我笑。「但別養成習慣，好嗎？」

「什麼習慣？」

「妳很清楚是什麼習慣。」

我皺起眉頭。「但你就可以。」

「對啊，我比較大，不一樣。」

「麗娜說人都要有起點。」

庫柏搖搖頭。「別聽她的，妳不會想跟麗娜一樣。」

但我想，我的確想變成麗娜。我想要擁有她的自信、她的散發的活力，她的氣質。她就跟那瓶「雪碧」一樣，從外表看來是一個樣子，但骨子裡又是另一回事，完全不同，危險，跟毒藥一樣。不過也讓人上癮，無拘無束。我淺嚐一口，她卻讓我渴望得到更多。我記得那晚到家時，看著車道上的螢火蟲，點點亮光彷彿天上的星座，牠們本來就是這樣，但那晚，感覺截然不同，螢火蟲感覺不一樣了。我記得我用掌心握住一隻，帶進屋裡時，感覺到指間上小小撲動的翅膀，我小心翼翼將牠放進水杯裡，用保鮮膜蓋上杯口。沒忘在上方戳幾個小洞換氣，然後看著受困的螢火蟲在黑暗裡閃爍上幾個小時，我則躺在床上，躲在床單下，呼吸放緩，想著她。

我記得麗娜那天的一切，她毛躁的頭髮在溼氣重的時候看起來像一團金黃色的光暈，她用揮舞的瓶子、抖動的屁股與晃動的手指戲弄別人，還對我爸揮手。以及她綁的髮型，她的打扮，特別是掛在她肚臍上的那隻小小螢火蟲發光的樣子，她用手交握起來，讓我湊過去看。

因此我對這隻螢火蟲印象深刻，四個月後，我竟然在父親的櫃子深處再次看到了牠。

Chapter 11

發現奧布芮的耳環並不是什麼好事。看到耳環埋在墓地泥土裡讓我血液凝結，也跟滅火毯一樣蓋在整個尋人小隊上頭，熄滅了幾分鐘前在墓園間傳播的烈焰氣勢。之後大家都有點垂頭喪氣。

我因此想起麗娜。

離開落羽杉墓園後，我直接驅車前往辦公室，我受不了。我受不了那些噪音，知了叫個不停，鞋子踩到乾燥的草，尋人小隊時不時發出的悶哼聲與吐痰聲，還有蚊子的嗡嗡聲，以及遠處緊接而來拍打皮膚的聲音。警察用證物袋安然將卡其工作褲女士的發現包走後，她似乎認為我們現在隸屬於同一個團隊。她從青蛙蹲的姿態起身，雙手扠腰，用期待的目光看著我，我好像應該要告訴她我們該去那裡找下一條線索一樣。那一刻，我覺得自己像個不速之客，我根本不該出現在此。我好像是在電影裡扮演某種角色，假裝我是什麼人，但我根本不是這樣的人。於是我轉身，沒有多說什麼就逕自離開。我感覺到目光一直盯著我的後背，直到我上車，把車開走，就算這個時候，我也有遭人監視的感覺。

我把車子停在辦公室大樓外頭，急忙走上階梯，將鑰匙插進鎖孔，扭轉、開門。我打開空蕩候診間的燈，走進我的辦公室，隨著一步一步接近我的辦公桌，我的手顫抖得沒有那麼嚴重了。現在我坐在位置上，緩緩吐氣，靠向一旁，拉開最底下的抽屜。一山的藥罐望著我，任我挑選。我看著它們，咬著嘴巴的內側。我選了一罐，又拿起另一罐，放在一起比較，然後決定了，一毫克的安定文（Ativan）。我研究起掌心裡的這顆五邊形小藥丸，粉粉白的，還有凸起的A字。我理論起來，這樣劑量很低，只是足以讓我的身體平靜下來而已。我把藥丸扔進嘴裡，直接乾嚥下去，然後用腳將抽屜關上。

我在辦公椅上左右轉動起來，然後望向手機，看到閃爍的紅光，是語音留言。我打開擴音，聽取熟悉的聲音在空間中傳播。

戴維斯醫生，我是《紐約時報》的艾倫．簡森。我們稍早講過電話，呃，如果能夠見面談上一個小時，我會非常感激。不管怎麼樣，文章肯定會刊，我只是希望能夠給妳機會，讓妳說妳想說的話。妳可以直接打這支號碼聯絡我。

接著是一陣靜默，我聽到他的鼻息聲，以及他在思考。

跟妳說一聲，我也會聯絡令尊。

喀啦。

我整個人沉到椅子裡面去。過去二十年，我一直想盡辦法逃避父親，不跟他講話，不去想他，不談論他。一開始的時候，在他剛遭到拘捕時很難，大家會來騷擾我們，夜裡出現在我們家，喊著不堪入目的話語，對我們揮舞標語，彷彿我們也參與了殺害那些無辜年輕女孩的暴行，彷彿我們某種程度知情，卻視而不見。他們蛋洗我們家，割開父親還停在院子裡的卡車輪胎，用滴滴答答的紅色顏料在車身上噴出「變態」這種字眼。一晚，有人用石頭砸破媽媽臥房的窗戶，她睡覺時，身上都是碎玻璃。新聞報導鋪天蓋地，原來理查．戴維斯就是布羅布里治連環殺人魔。

就是這幾個字——連環殺人魔，感覺很正式。不知為何，我從來沒有想過自己的爸爸是連環殺人魔，直到我看到這幾個字出現在報紙上，替他貼上這種標籤。這對我父親來說似乎太嚴厲了，畢竟他是一個講話輕聲細語的溫柔男人。他教我騎腳踏車，會扶著龍頭在我旁邊小跑步。他第一次放手時，我撞上了圍欄，直接撞上木頭柱子，臉頰痛痛的。我記得他連忙跑過來，將我攬在懷裡，接著是他用溼溼的毛巾壓在我眼睛下方的傷口上。他用袖子擦乾我的淚水，輕吻我打結的頭髮。然後他將我的頭盔繫得更緊，要我再試一次。夜裡他會送我上床睡覺，他會寫下他的床邊故事，他會將鬍子修成卡通般的模樣，從浴室走出來，看著我破涕大笑，還假裝他不懂我為什麼在沙發靠墊上哭，淚流滿面。那個人不可能是連環殺人魔，連環殺人魔不會做這些事……對吧？

但他會，他們都會。他殺了那些女孩，他殺了麗娜。

我記得他在小龍蝦節上看麗娜的樣子，他的目光探索她十五歲的肉體，就跟餓狼看待瀕死的動物一樣。我總是認為那一刻就是一切的開端。有時我會自責，畢竟她當時是在跟我交談。她為了我才拉起上衣，為了我才露出臍環。如果我當時不在，我的父親還會用那種眼神看她嗎？他還會那樣想她嗎？那年夏天，她偶爾會來我們家稍作停留，給我一些她不穿的舊衣服或不聽的ＣＤ，每次父親走進我的臥房看見她趴在硬木地板上、雙腿在空中踢啊踢的，翹臀在剪破的牛仔短褲裡若隱若現，他都會停下動作，盯著她看。接著他會清清嗓，最後走開。

他的審判有電視轉播，我知道是因為我看了。母親一開始不讓我們看，我跟庫柏，我們走進去，看到她縮在地上，鼻子貼在螢幕上，她那時把我跟庫柏趕出去。她說：這不是小孩該看的東西，去外頭玩，呼吸新鮮空氣。她的反應好像那只是什麼限制級電影，而不是我們的父親在電視上接受謀殺審判。

不過，有一天，就連這種狀況也不一樣了。

我記得門鈴響了，非常刺耳，我記得門鈴聲在我們這總是靜悄悄的屋子迴盪起來，與老爺鐘的頻率一起共振，微弱的嗡嗡作響讓我寒毛直豎。我們全都停下手邊的動作，望向大門。再也沒有人來找我們，而會上門的那些人老早就不來按電鈴這種禮節了。他們會尖叫，朝我們丟東西，更糟糕的是他們會一聲不響悄悄出現。我們一度會在自家土地上看到各種奇怪的鞋印，是夜裡偷溜進我們家院子的陌生人留下的，病態的吸引力讓他們從窗外窺探我們。我因此覺得我們彷彿是關在博物館玻璃櫥窗裡的珍稀物品，遭到捕獵，是平常看不見的稀奇物種。我記得有天撞見那個人，終於被我遇上，他沿著我們家的泥巴小徑走上來，他瞥向屋內，以為沒人在家，我看到了他的後腦勺。我記得我捲起袖子，帶著腎上腺素與滿腔怒火，朝他衝撞過去。

「你是什麼人？」我高聲地問，我小小的拳頭握在身旁。我們的生活攤在陽光下，我覺得噁心，更噁心的是他們不把我們當人看，我們好像不是真正的人一樣。他猛一轉身，瞪大雙眼望著我，高舉雙手，彷彿他完全沒有想過這裡還有人住一樣。原來他也不過只是個年輕小伙子，大概沒大我幾歲。

「我……」他結結巴巴地說。「我……誰也不是。」

我們逐漸習慣這一切，習慣有人闖入，習慣有人徘徊，習慣接到威脅電話，因此，那天早上當我們聽到客氣的電鈴聲時，我們害怕起來，不敢去想在那厚實雪松木門之後耐著性子等著我們邀請進屋的人是誰。

「媽。」我的目光從門口移到她身上。她坐在廚房餐桌上，雙手扭著她稀疏的頭髮。「妳要應門嗎？」

她一臉不解地看著我，彷彿我的聲音很陌生，語言無法溝通一樣。她的外貌似乎每天都在變，鬆弛皮膚上的皺紋越來越深，黑眼圈越來越重，眼睛充血迷茫。她終於一語不發起身，從小小的圓形窗口望出去。鉸鏈發出咯吱聲，她用驚恐、輕柔的聲音開口。

「噢，西奧多，嗨，請進。」

西奧多．蓋茲是我爸的辯護律師。我看著他拖著沉重緩慢的步伐走進我們家。我記得他閃亮的公事包，他無名指上那枚粗大的金色戒指。他對我露出同情的微笑，我也苦笑以對。我不明白替我父親辯護，他晚上怎麼能心安理得睡好覺。

「要喝點咖啡嗎？」

「當然，夢娜，有就最好了。」

我的母親在廚房裡踉蹌走動，陶杯碰撞到磁磚檯面，發出聲響。那壺咖啡已經放了三天，我看著她倒出液體，心不在焉地用湯匙攪拌，但她沒有加奶精，根本不用混合。她將咖啡交給蓋茲先生。他小啜一口，清清嗓子，然後將杯子放回桌面，用小指頭輕輕把杯子推開。

「聽著，夢娜，我有一些消息。我希望妳先從我這邊聽到。」

她沒有說話，只有從廚房流理臺上方的小窗戶望出去，現在窗上長了綠色的黴菌。

「我替妳丈夫爭取到了認罪協商，條件很不錯，他會接受。」

她猛然抬起頭，蓋茲先生的話語彷彿是橡皮筋，朝她後頸彈了一下。

「路易斯安納州是有死刑的。」他說。「我們不能冒險。」

「孩子，上樓。」

她看向庫柏跟我，我們還坐在客廳地毯上，我的手指摳著父親菸斗掉落時燒出的洞口。我們乖乖聽話，起身鬼鬼祟祟地經過廚房，往樓上前進。不過，當我們到了各自的臥房門口時，我們大力關門，然後才躡手躡腳回到樓梯扶手旁，坐在最上面的階梯上，拉長耳朵仔細聽。

「你該不會覺得他們會判他死刑吧？」她的聲音只剩低語。「根本沒有任何證據，沒有兇器，也沒有屍體。」

「有證據。」他說。「妳很清楚，妳親眼見過。」

她嘆了口氣，餐椅在地上發出聲響，她拉開椅子，坐了下來。

「但你覺得這樣就足夠……死刑？我是說，我們說的是死刑啊，西奧多，那是覆水難收的決定。除了合理懷疑，他們根本沒有確切——」

「夢娜，我們討論的是六名遭到殺害的女孩，實體證據是在妳家發現的，也有目擊證人證實理查的確在那些女孩失蹤前一天，至少聯絡過其中三人。夢娜，現在眾說紛紜，我相信妳也一定聽說了，麗娜不是第一位受害者。」

「那些說法根本只是臆測。」她說。「根本沒有證據顯示他必須為另一個女孩負責。」

「另一個女孩有名有姓。」他沒好氣地說。「妳該說出來，她叫泰拉．金恩。」

「泰拉．金恩。」我低聲複誦，好奇這四個字出現在我唇上的感覺。我沒聽說過泰拉．金恩這個人。庫柏的手從一旁揮過來，拍了我的手臂一下。

「克蘿伊。」他咬牙用氣音叫起我的名字。「閉嘴。」

廚房裡靜悄悄的，我跟哥哥屏住呼吸，等著母親出現在一樓階梯口，但她只是繼續交談。她肯定沒有聽見。

「泰拉・金恩是個逃家女孩。」她終於開口。「她告訴父母，她要離開這裡。差不多是在這一切開始的一年之前她就留下字條說要走，根本不符合模式。」

「夢娜，那不重要，她還是下落不明。大家都沒有她的音訊，陪審團群情激憤，他們是帶著情緒在做決定。」

她沉默了一會兒，不肯回應。我看不到廚房，但我可以想像，她坐在椅子上，雙臂緊緊抱著胸口，原本已經朦朧的目光現在凝視得更遠。我們正在失去我們的媽媽，速度非常快。

「妳知道，這個案子很棘手，因為太轟動了。」西奧多說。「他的臉成天出現在電視上，無論我們怎麼理論，每個人都會有自己的想法。」

「所以你要放棄他了。」

「不，我希望他活下來，認罪，這樣就不用去想死刑的事。我們只有這個選項。」

屋內靜悄悄，太安靜了，我開始擔心他們會不會聽到我們的呼吸聲，又淺又緩，彷彿我們只是坐在他們視線之外而已。

「除非妳手上還有我能夠操作的東西。」他補了一句。「妳沒有告訴我的事情。」

我再次屏住呼吸，對著令人震耳欲聾的靜默繃緊神經。我心臟在額頭裡跳動，在我眼睛裡跳動。

「沒有。」她終於開口，語氣非常無力。「沒有，沒有這種東西，你知道的就是一切。」

「好吧。」西奧多嘆了口氣。「我也是這麼想，然後夢娜——」

我想像母親此時抬頭望向他，淚水在眼眶裡打轉。她放棄掙扎。

「認罪協商的其中一部分就是他同意帶警察去找屍體。」

靜默再次出現，這次我們全都不發一語。因為當西奧多・蓋茲那天離開我們家時，剎那間一切都不一樣了。我的父親不再是有罪推定，而是有罪。他承認了，不只是對陪審員坦承，更是向我們坦白。慢慢的，母親不再嘗試，不再關切。隨著日子一天一天過去，她的目光變得呆滯，雙眼漸漸變成玻璃一樣。她不出門了，後來她走不出房間，最後更是連起床都辦不到了，我跟庫柏就成天貼著電視螢幕。他認罪了，最後的判決轉播了，我們目不轉睛看到最後。

「戴維斯先生，你為什麼做出這種事？你為什麼要殺害那些女孩？」

我看著父親低頭望著自己的大腿，沒有看著法官。全場鴉雀無聲，每個人都屏住了一口凝重的氣。他似乎在思考這個問題，真的在想，他反覆思忖，彷彿這是他第一次真正停下來，思考「為什麼」。

「我內在有一片黑暗。」他終於開口。「這片黑暗會在夜裡出現。」

我看著庫柏，想在他臉上尋找任何解釋，但他只是著魔般看著電視。我把頭轉回來。

「什麼樣的黑暗？」法官問。

我的父親搖搖頭，一滴淚水從他眼角滴落，沿著他的臉頰滑下。法庭靜悄悄的，我發誓我聽到那滴淚落到桌上的聲音。

「我不知道。」他低聲地說。「我不知道。黑暗太強烈，我無法與之抗衡。許久以來，我不斷嘗試，非常久，但我再也沒有辦法繼續對抗下去。」

「你這是在說，是這個『黑暗』逼迫你殺害這些女孩？」

「對。」他點點頭。淚水沿著他的臉一路流淌，涕淚縱橫。「對，就是這樣，跟陰影一樣。總是籠罩在角落的巨大的黑影，每一個空間裡都有，我想要離開，我試過待在光明之中，但我再也辦不到了。它將我吸進去，吞沒我整個人。有時我覺得那就是惡魔本人。」

我一直到這一刻才驚覺我從來沒有見過父親哭過。我們住在同一個屋簷下的十二年間，他從來沒有在我面前掉過一滴淚。看父母哭是很痛苦的經驗，甚至可以說是很不舒服。我阿姨過世的時候，有次我闖進父母的臥房，看到媽媽在床上哭。她抬起頭，臉上有枕頭的印子，鼻涕眼淚滿臉都是，很像什麼遊樂園裡的笑臉，但染上奇怪的顏料。整個場景很不協調，幾乎可以說是很不自然，她皮膚髒髒的，鼻子紅紅的，又想把溼頭髮從臉上撥去一旁，看起來很不自在，同時她還想要對我笑，假裝一切都沒問題。我記得站在門口，相當錯愕，於是我沒有說話，關上門後就撤退離開。不過，在國家電視臺上看到父親啜泣，看著他的淚水積在他的人中，然後滴到他眼前桌面的筆記本上，我只覺得噁心。

我心想，他的情緒似乎很真實，但他的解釋聽起來是硬擠出來的，好像打過稿一樣。他彷彿是在唸劇本，扮演起連環殺人魔的角色，自白闡述他的罪行。我發現他是在尋求同情。他責任到處推，就是不追究自己的責任。他並不是為自己的行為感到抱歉，而是遺憾他落網。他現在將自己行為怪罪在這個虛構的東西上頭，這個躲在角落的惡魔，逼迫他用手掐死那些女孩……這樣的推卸責任讓我全身充斥著令人費解的憤怒。我記得自己雙手握拳，指甲都在掌心戳出血來。

「他媽的懦夫。」我氣呼呼地說。庫柏看著我，詫異我講這種話，詫異我這麼生氣。

那是我最後一次見到我的父親，他的臉出現在電視螢幕上，描述起逼他掐死那幾名女孩的隱形怪物，還逼著他把她們的屍體埋進我們家後方這十英畝的樹林之中。他的確遵守承諾帶警察過去。我記得聽到警車車門甩上的聲音，他帶領一群警探走進樹林，我不肯看窗外。他們找到一些女孩遺留下來的痕跡，頭髮、衣物纖維，但沒有屍體。肯定有什麼動物先來過了，鱷魚啦，郊狼啦，還是其他躲在沼澤地想飽餐一頓的低調生物。不過我知道真相就是如此，因為有天晚上我看到他，一個黑色的身影從樹林走回來，渾身是土。他肩上扛著鏟子，拖著腳步回我們家，完全沒有注意到我從臥房窗戶看著他的背影。想到他埋屍後回家，親吻我，向我道晚安，我就覺得毛骨悚然，想逃去別的地方，距離很遠的地方。

我嘆了口氣，安定文讓我四肢刺癢。那天關上電視後，我決定要當父親死了。他當然沒死，認罪協商確保了這點。他因此在路易斯安納州州立監獄服刑，六個無期徒刑，不得假釋。不過，對我來說，他就是死了，我喜歡這麼想。不過，忽然間，現在要相信這個謊言越來越難了，也越來越難忘記一切。也許是因為婚禮，想到他不能陪我走紅毯，也許是因為二十週年紀念日就要到了，而艾倫．簡森逼著我注意到這可怕的里程碑，我根本不想參與其中。

或者，也許是因為奧布芮．奎維諾，另一個年紀輕輕就失蹤的十五歲女孩。

我看著辦公桌，目光落到筆記型電腦上。我打開電腦，螢幕亮了起來，我點開新的瀏覽器視窗，手指停在鍵盤上，然後我開始輸入。

我首先 Google 起「《紐約時報》、艾倫．簡森」，螢幕上出現一篇又一篇的文章。我點開一則，又點開另一則，然後是另一則。非常清楚，這個男人就是靠書寫謀殺及其他人不幸的命運維生。中央公園灌木叢發現的無頭屍體，「淚之公路」上一連串失蹤的女人。我點開他的個人介紹，有一張小小圓形的黑白頭像照片。他是那種長相跟聲音搭不起來的人，這兩者好像是後來縫合在一起的，差了兩個尺寸。他聲音低沉，非常陽剛，但他的形象不是這樣。他看起來瘦瘦的，戴著咖啡色的玳瑁眼鏡，看起來不像經過驗光開的處方眼鏡。比較像是抗藍光眼鏡，就是給那種沒必要，但想戴眼鏡的人戴的眼鏡。

一好球。

他穿了一件合身的格紋翻領襯衫，袖子捲到手肘，細瘦的胸膛上有一條窄窄的領帶。

兩好球。

我看著文字，尋找三好球，尋找下一個理由，認為艾倫．簡森只是另一個想要亂寫我家人的記者。我接受過這種採訪要求過，很多次。我聽過太多「我想聽聽妳的說法」這種說詞。我當時也都相信他們，讓他們進門，告訴他們我的說法，結果卻在幾天後驚恐讀到報導，上頭將我的家人描繪成父親的犯罪的共犯。他們責怪我的母親外遇，這是在調查早期就發現的事情，她對我父親不忠，因此害他精神脆弱，對女性憤怒。他們責備她讓這些女孩走進我們的家，滿腦子只有她的那些外遇對象，根本沒有注意到父親打量這些女孩、夜裡偷溜出去，回家時滿身泥巴。一些報導還暗示媽媽其實一直以來都知情，她很清楚父親的陰暗面，卻視而不見。也許就是因為他的戀童癖與憤怒才讓媽媽勾搭起其他人。而罪惡感逼瘋了她，她對自己角色的罪惡感讓她整個人蜷起來，在孩子最需要她的時候，拋棄他們。

接著就是兩個孩子，咱們甚至不用開始說兩個孩子。金童庫柏，我的父親理當很羨慕他。父親看到女生看庫柏的樣子，他那男孩般帥氣的外表，摔角選手的二頭肌，還有迷人的咧嘴笑容。庫柏跟其他正常的青少年男孩一樣，會在家裡藏色情刊物，但多虧了我，我的父親也發現這件事。也許就是因為這樣，黑暗才從角落爬上來，也許翻閱那些雜誌釋放了他內在壓抑多年的東西，潛伏的暴力。

最後就是我，克蘿伊，青春期的女兒，開始化妝、刮腿毛，把襯衫綁得高高的，露出肚臍，就跟麗娜那天在小龍蝦節一樣。而且我這副模樣在家裡走動，在父親身邊走動。

這是很典型的責備受害者行為。我的父親，另一個圖謀不軌的中年白人男子，這種惡意他自己都無法解釋。他沒有提供任何確切的解釋，也沒有實際的理由。他只有說那片黑暗。當然，那行不通，一般人不願相信普通的白人男子會在沒有理由的狀況下殺人。因此我們成了理由，無視他的妻子、嘲諷他的兒子、正在發育的放蕩女兒。這一切對他脆弱的自我來說太超過了，終於有一天，他就崩潰了。

我還記得那些問題，多年前他們問我的問題。我的回應遭到扭曲、印刷，接下來這輩子，這些回應都記錄了下來，只要電腦一開，想看就能看。

「妳覺得妳的父親怎麼會做這種事？」

我記得我那時用筆敲打我的名牌，名牌非常閃亮，一點刮痕也沒有，那次訪問是在我於巴頓魯治總醫院工作第一年時進行的。原本那只是禮拜天早上會刊的感人報導：理查·戴維斯的女兒成了心理學家，用自身兒時的創傷經歷來協助其他受困的年輕靈魂。

「我不知道。」我最後是這麼回答的：「有時這些事沒有明確的答案。他顯然需要掌控一切，操控一切，但我小時候不是這麼看他的。」

「妳的母親難道沒有注意到嗎？」

我停頓下來，盯著對方看。

「我媽媽的工作不是要注意我父親展露出來的各種危險徵兆。」我說。「有時警告徵兆很不明顯，直到一切都來不及，看看泰德·邦迪、丹尼斯·雷德這種連環殺人魔就知道了，他們有女朋友、妻子，家人完全沒有注意到他們夜裡都從事哪些行為。我的母親不用替她丈夫或她丈夫的行為負責，我的母親有自己的人生。」

「聽起來令堂的確有很精采的人生呢。等待宣判的過程中，妳的母親證實有過多段婚外情。」

「對。」我說。「顯然她並不完美，但沒有人是……」

「其中一段婚外情對象還是伯特．羅德，麗娜的父親。」

我沒有答腔，伯特．羅德崩潰的畫面在我腦海裡還清晰可見。

「她是不是在情感上無視妳父親？她打算離開妳父親嗎？」

「沒有。」我搖搖頭。「不，她沒有無視我父親。他們很幸福，或該說，我以為他們很幸福，他們看起來很——」

「妳媽媽是不是也不在乎妳呢？判決結果出爐後，她打算自殺。你們兄妹倆還沒成年，還需要仰賴她。」

這一刻，我曉得他們的報導早就寫好了，我再說什麼都不會改變他們敘事的方向。更糟糕的是，他們還引用我的話語，我身為心理學家的話語，我身為他女兒的話語，來加強他們輕率的概念，證實他們的觀點。

我關掉《紐約時報》網站，打開新的視窗，在我能輸入任何文字前，突發新聞通知出現在螢幕上。

尋獲奧布芮．奎維諾的屍體。

Chapter 12

我完全沒有費心點開新聞通知。我反而從座位上起身，闔上電腦，安定文的迷霧讓我穿過辦公室，坐上我的車。我彷彿毫無重量，漂浮在路上，穿過市區，回到我家附近，進入我家大門，最後終於坐在沙發上，頭重重壓在靠墊上，眼睛直盯著上方的天花板。

剩下的週末我就是這麼度過的。

到了禮拜一早上，家裡還瀰漫著我週六一早用來擦掉廚房檯面酒漬用的檸檬清潔劑味道。我的環境感覺很乾淨，但我覺得自己很髒，從落羽杉墓園回來後，我就沒有洗過澡，我還能在指甲縫裡看到奧布芮耳環沾染上的泥土。我的髮根溼溼油油的，我伸手梳過頭髮，縷縷髮絲黏在原處，它們平常都會從我的額頭流瀉而下。工作前我得先沖澡，但我實在沒有動力。

克蘿伊，妳目前的感覺類似創傷後壓力症候群。雖然沒有任何立即的危險，但妳就是會感覺到持續的焦慮。

當然啦，施捨建議比實際接受簡單多了。我覺得自己是個偽君子、冒牌貨，羅列這些我會對病人講的話，但當我該聽取這些建議時，我左耳進右耳出。我的手機在一旁震動起來，在大理石中島上醒了過來。我望向螢幕，丹尼爾傳了一條訊息來。我滑開螢幕，看著面前的文字。

甜心，早安。我現在要去開場，今天大概沒時間陪妳。祝妳一切順利。想妳。

我的手指碰觸螢幕，丹尼爾的文字稍微舒緩了我肩上沉重的感覺。他對我就是有這種魔力，我無法解釋。他彷彿知道我此時此刻在做什麼，知道我正在涉水，累到無法抓住樹枝，而他的手正巧從樹上伸過來，扯著我的上衣，即時將我拉回岸上，回到安全的地方。

我回他訊息，把手機放回檯面上，開了咖啡機，然後走進浴室，扭開蓮蓬頭。我站進熱水之中，猛烈的水花彷彿是沖刷我赤裸身軀的無數細針。我讓水燙我一下，刺激我的皮膚。我盡量不去想奧布芮，不去想她的屍體出現在墓園。我盡量不去想她的皮膚，滿是刮傷與泥巴，還有湊上來吃大餐的蛆。我盡量不去想是誰找到她的，也許是那個警察，講話帶著鼻音，喘著大氣，將她耳環拿回上鎖警車的那位警察。也許是卡其工作褲女士，跳著步子到水溝邊或濃密的馬唐草旁，尖叫聲卡在她的喉頭，喊出來時只是一陣低沉的卡痰哽咽聲。

我反而想起丹尼爾。想像起他此刻在做些什麼，走進紐奧良冰冷的大講堂之中，手上大概還握著免洗杯，裡頭是免費的咖啡，而他掃視人群，想找空位，他脖子上掛著名牌。我想像他對於見人完全沒有障礙。丹尼爾可以與任何人交談，畢竟他有辦法在幾個月的時間裡，就將他在醫院大廳裡認識的陌生人變成他的未婚妻，更別說這位陌生人在情感上處處充滿戒心。

不過，我們的首次約會則是我主動出擊，這點功勞算我的。畢竟，那天塞在書本裡的是他的名片。我有他的聯絡方式，他卻沒有我的電話。我依稀記得將那本書塞回車頂的紙箱裡，接著將箱子搬進後座，驅車離開，同時在後照鏡裡看著他消失進巴頓魯治總醫院的身影。我印象裡的他人很好，長得又帥。名片上寫著「藥廠銷售代表」，這解釋了他為什麼會出現在醫院。我也因此懷疑起他是不是因為這樣才跟我攀談，我可能是他的下一個客戶，下一張薪資單。

我並沒有忘記他的名片，我一直知道東西在哪，還從角落靜靜呼喚我。我始終沒有去動它，過了很久，那箱書就這樣擺著，直到三個禮拜過後，裡頭就只剩那些書。我記得一一抽起書本的書脊，上頭沾滿灰塵，充滿摺痕，將它們放進書架上的位置，直到最後一本。我低頭望進空蕩蕩的紙箱，封面上的小鳥女孩雕像用她冰冷的青銅雙眼看著我，這本書就是《善惡花園》。我彎腰拾起書，翻到側邊，用手指沿著書頁邊角摩挲，碰到他名片卡住的位置。我用拇指壓進去，翻開書本，再次望向著他的名字。

丹尼爾．布利克斯。

我用手指拿起名片，思索了起來。他的電話號碼瞪著我，彷彿無聲的挑戰。我明白我的哥哥為什麼不喜歡約會，為什麼不喜歡親近任何人。話又說回來，我的父親讓我明白，在完全不了解一個人的狀況下，還是可以愛對方的，而這想法讓我晚上難以入眠。我每次發現自己對某個男人感興趣時，我都會忍不住這麼想——他們隱藏了什麼？他們有什麼事情沒告訴我？他們埋藏在黑暗中的骸骨放在哪一座衣櫥裡？就跟在我爸爸櫃子深處的盒子一樣，找到這種東西讓我害怕，了解他們真正的本質也讓我害怕。

不過，另一方面，麗娜讓我明白，愛上一個人又因為莫名其妙的理由失去他們，這也是會發生的事情。找到一個完美的好人，結果一覺醒來卻發現他們消失得無影無蹤，可能是因為暴力，可能是出於他們自己的意志。要是我找到這個人，這個好人，而我也失去了他，那怎麼辦？

一個人度過漫長的生命，會不會輕鬆一點呢？

於是多年來我就這樣過日子，孤單寂寞一個人。我在朦朧的狀態下過完高中，庫柏畢業後，我只能靠自己，我在體育館被人欺負，幾個兇狠的男孩想要證實他們鄙視對女性的暴行，於是拿彈簧折疊刀劃我的手臂。他們會惡狠狠地說：「這是給妳爸的教訓。」實在有夠諷刺。我記得走回家的時候，鮮血沿著指尖滴下，彷彿是蠟燭融化的蠟，點點虛線好似藏寶圖上蜿蜒的小鎮。X記號代表寶藏的位置。我記得我告訴自己，只要上了大學就好，我就能離開布羅布里治。就可以逃離這一切。

於是就這麼辦。

我在路易斯安納州立大學開始與男孩交往，但主要都是很膚淺的關係，在擁擠酒吧後頭醉醺醺的性行為，溜進兄弟會宿舍，房門虛掩，這樣我才能聽到外頭持續進行的派對聲音。難聽的音樂與牆壁共振，走廊上傳來一群群女孩的笑聲，她們拍起房門。我們從臥房出來時，頭髮亂糟糟，拉鍊沒拉好的模樣會引發她們的竊竊私語與怒目而視。我先前聚焦的那個男孩會吐出幾句口齒不清的話語，他符合我精心設計的確認清單，這樣才能減少所有風險，他不會具有攻擊性，也不會在宿舍臥室陰暗角落謀殺我。他不能太高，不能太壯。如果他在我上方，我也得以輕鬆將他推開。他必須有朋友（我不能冒險遇上憤怒的獨行俠），但他不能是派對玩到很誇張的那種人（我也不能冒險遇到那種很愛吹牛的人，有人就是把女性的身體當成他的玩物）。他必須醉到剛剛好，不能太醉「起不來」，而是醉到站不太穩、眼睛也看不清楚。而我也要微醺到恰到好處，愉悅、自信、麻痺，得以讓他輕吻我的脖子，不退縮，但又不會醉到失去警戒、身體的協調能力、識別危險的能力。也許到了早上，他不會記得我的長相，但他肯定記不住我的名字。

我喜歡這樣，身分不詳，我的童年裡，匿名這件事完全不存在。另一個貼著我胸膛脈動的心跳，與我交握的顫抖手指，這是不會受傷而得到親密感這種奢侈品的方式。我唯一一段還算認真的關係進展並不順利，我還沒有準備好與人交往，我還沒有準備好完全信任另一個人，但話又說回來，我這樣是想感覺自己很普通，我這麼做只是想壓過孤獨的感覺，另一具實際存在的肉體得以讓我覺得自己沒有那麼寂寞。

不知怎麼著，這種行為竟然造成反效果。

畢業後，醫院提供了我朋友與同事，白天工作時，身邊有我的社群，晚上才回家，回到我一個人的例行公事之中。這種模式一度行得通，但自從我開始自己開業後，我發現自己完全只剩一個人，白天晚上都一樣。我再次拿起丹尼爾名片那天，我已經好幾個禮拜沒有跟另一個人交流過了，只有偶爾跟庫柏、夏儂傳的訊息，或是接到媽媽那邊打來的電話，提醒我去看她。我知道狀況會在病患逐漸出現後好轉，但感覺並不一樣。再說，他們找我談是想尋求我的支持，我不希冀從他們身上得到慰藉。

丹尼爾的名片感覺起來很燙手。我記得我走到辦公桌旁，好好坐下，靠在椅背上。我拿起手機撥打他的號碼，另一端的撥號聲響了好久，我差點就掛斷了。忽然間聲音出現。

「我是丹尼爾。」

我在這頭說不出話來，呼吸卡在喉嚨裡。他等了幾秒鐘，又開口。

「喂？」

「丹尼爾。」我終於開口。「我是克蘿伊．戴維斯。」

電話另一端的靜默讓我的胃翻攪起來。

「我們幾週前見過。」我面露難色提醒著他。「在醫院。」

「克蘿伊・戴維斯醫生。」他回應起來。我聽到他笑逐顏開。「我開始以為妳不會聯絡了呢。」

「我忙著整理東西。」我的心跳速度開始放慢。「我……你的名片不見了，但我剛找到，就在箱子最底下。」

「所以妳都搬好了？」

「差不多。」我看著雜亂的辦公室。

「哎啊，這值得慶祝。妳想出來喝一杯嗎？」

我從來不會答應與陌生人一起喝酒，我先前的約會都是朋友安排的，我知道他們是好意，但我知道主要是因為一群人裡每次都只有我形單影隻。我遲疑了一下，差點就編藉口說我在忙之類的。不過，雖然我的嘴巴跟後面控制的大腦方向相反，我卻聽到自己答應赴約。如果我那天不是那麼渴望與人對話、任何形式的人類交流，那通電話大概就是我跟他之間的句點了。

但事情沒有那樣發展。

一個小時之後，我坐在「河室」的吧檯裡，搖晃著手中的葡萄酒酒杯。丹尼爾坐在旁邊的吧檯椅上，端詳我的側臉。

「怎樣？」我有點不太自在地將一縷頭髮塞到耳後。「我牙齒上有食物還是怎樣？」

「不是啦。」他大笑起來，搖搖頭。「不是，只是……真不敢相信我跟妳一起坐在這裡。」

我看著他，想要評斷他這句話。他是在跟我調情，還是別有邪惡企圖？我在約會前Google過丹尼爾・布利克斯（廢話，當然），這一刻，我就可以知道他是不是也Google過我了。搜尋丹尼爾的名字只找到一個臉書頁面，上頭有幾張他的照片，在不同的幾間頂樓酒吧拿著威士忌，還有一手抓著高爾夫球桿，另一隻手則是冒著水珠的啤酒。或是他翹腳坐在沙發上，抱著一個嬰兒，文字說明那是他好朋友的孩子。我還找到他的 LinkedIn 個人檔案，證實了他的確是藥廠銷售代表。二〇一五年的一篇新聞報導寫到他，因為他在四小時十九分裡跑完路易斯安納馬拉松。他的一切都看起來普普通通、無害，甚至可以說是無聊，我要的就是這樣。

不過，要是他 Google 我，他大概會找到很多資訊，超級無敵多。

「好啦。」他說。「克蘿伊．戴維斯醫生，跟我介紹介紹妳自己。」

「你知道，你不用一直那樣叫我，克蘿伊．戴維斯醫生，太正式了。」

他笑了笑，喝了一口威士忌。「那我該怎麼稱呼？」

「克蘿伊。」我看著他。「克蘿伊就好。」

「好的，『克蘿伊就好』——」我笑著用手背拍了他手臂一下。他也笑了起來。「不過，說真的，跟我自我介紹一下。我簡直是跟陌生人一起喝酒，妳至少可以保證一下妳不是什麼危險人物吧？」

我感覺雞皮疙瘩爬了起來，寒毛直豎。

「我是路易斯安納州人。」我試起水溫。他沒有反應。「不是巴頓魯治，是距離這裡一個小時車程的小鎮。」

「巴頓魯治土生土長。」他用酒杯比比自己的胸膛。「妳怎麼會搬來這裡？」

「念書。」我說。「我在路易斯安納州立大學念博士。」

「了不起。」

「謝謝。」

「我得先留意妳有沒有占有慾很強的哥哥嗎？」

我胸口再次緊起來，這些話語可能都只是無心的挑逗，但也可能是一個人想要從我嘴裡問出他已經知道的事實。其他那些失敗的首次約會經歷一下全湧上心頭，我驚覺跟我聊的對象已經知道他們該知道的一切那種瞬間。他們會直接問我：「妳是理查．戴維斯的女兒對不對？」他們渴望得到資訊，有人會不耐等待，在我講其他話題時，他們會用手指敲著桌面，彷彿坦承我跟連環殺人魔擁有同樣的DNA是我應該迫不及待要分享的情報。

「你怎麼知道？」我想保持輕鬆的語氣。「有這麼明顯嗎？」

丹尼爾聳聳肩。「不是啦。」他轉頭面向吧檯。「只是我也曾經有過一個小妹妹，我知道我占有慾很強。我會想認識每一個注視她的男人。真是的，如果妳是我妹，我大概此刻就埋伏在這間酒吧的角落裡。」

之後交往時，我才知道他沒有Google過我。我對他一連串問題的疑神疑鬼就只是疑神疑鬼而已。他甚至沒有聽說過布羅布里治、理查．戴維斯跟那些失蹤的女孩。事發當時他十七歲，根本不看新聞。我想像他的母親不讓他得知相關消息，就跟我媽一樣。某天晚上，我們躺在我家沙發上時，我告訴了他一切，我不曉得我為什麼會選那一刻跟他說。我猜我了解，到了某一刻，我必須跟他把話講清楚，也就是真實的我，我的過往，可能是成就或摧毀一切的時刻，這一刻決定了我們一起的生活、我們的未來，或是不存在的未來。

於是我開口，看著隨著每一分鐘過去，每一則駭人的細節出現，而他的眉頭皺得更深。我把一切都說給他聽，小龍蝦節上的麗娜、我在客廳看著親生父親被捕、還有他遭人扯進夜色前說的那句話。我告訴他，我從臥房窗口看過我的父親與鏟子，還有我兒時的家依舊在原址，空空蕩蕩，廢棄在布羅布里治，我兒時的回憶扭曲成真實存在的鬼屋，成了鬼故事，年輕人經過時都會屏住呼吸快速跑過去，生怕呼喚出隱身在我老家牆壁裡的鬼魂。我告訴他，我的父親正在坐牢，他接受認罪協商，得到好幾個無期徒刑。而我已經將近二十年沒有見過他、與他說過話了。我完全迷失在那一刻裡，讓回憶湧出，有如開膛破肚的魚，內臟流了一地。我沒有意識到我多需要宣洩的出口，這些過往從內在傷得我多深。

說完後，丹尼爾靜默不語。我尷尬地扯起沙發上磨損的線頭。

「我只是想說你必須知道這些事。」我低著頭說。「如果我們要，你知道，繼續交往還是什麼的。而我完全明白這一切實在太沉重了。如果你嚇到，相信我，我非常——」

我感覺到他捧起我的臉，將我的頭往上抬，逼著我注視他的雙眼。

「克蘿伊。」她溫柔地說。「不沉重。我愛妳。」

丹尼爾說起他明白我的痛楚，不是親朋好友聲稱「明白你經歷」過什麼的那種膚淺理解，而是真的明白。他十七歲時失去了他的妹妹，她也失蹤了，跟布羅布里治那些女孩同一年失蹤。在這驚恐的一秒鐘裡，父親的臉出現在我的腦海之中。他在我們鎮外行兇？他開了一個小時的車，跑來巴頓魯治，在這裡殺人？我立刻想起泰拉．金恩，另一個跟其他女孩不一樣的失蹤女孩，作案模式不相符，多年後，還是一個未解之謎。雖然丹尼爾搖起頭，卻沒有多做解釋，只說他妹妹叫做蘇菲，那年十三歲。

「發生什麼事？」我終於開口，我的聲音是遙遠的低語。我懇求的是一個解答，不是我父親犯案的確切證據，但我始終沒有得到。

「我們其實不清楚。」他說。「這樣才是最糟的。一天晚上，她去朋友家，天黑後走路回家。其實就隔幾條街而已，她每天都走同樣的路，壞事從沒發生過，直到那天。」

我點點頭，想像蘇菲一個人走在荒無人煙的路上。我不曉得她長什麼模樣，所以她的面孔是一團模糊，只是一具肉體，女孩的肉體，麗娜的肉體。

我的皮膚現在感覺燙燙的，不自然的又紅又熱，我的腳趾踩在浴室門墊上。我用浴巾包裹自己，走向衣櫥，我的手指選起一件件翻領襯衫，然後隨機選了一件，掛在門把上。我解開浴巾，開始穿衣，想著丹尼爾的那三個字：我愛妳。我不曉得我一直渴望聽到這三個字，直到那一刻之前，這三個字顯然在我的生命中缺席。當丹尼爾在我們交往一個月後說出這三個字時，我的腦袋一度飛快運轉起來，思索上次聽到它們是什麼時候的事，上次聽到有人對我一個人講這三個字是什麼時候的事。

我完全想不起來。

我走進廚房，倒了一杯咖啡到隨行杯裡，用手抓了抓還溼溼的頭髮，希望能快點乾。你也許會覺得我跟丹尼爾之間這詭異的巧合會疏遠我們，畢竟我的父親是加害人，他的妹妹是受害人，但事實正好相反。我們因此更緊密，我們之間有了一層難以言喻的連結。丹尼爾對我的占有慾更強，但這是好事，他會關心我、保護我，我猜就跟庫柏對我一樣，因為他們兩人都明白身為女人就是會遇上這種與生俱來的危險。因為他們都明白死亡能在短時間內剝奪你心愛的人，而它又會帶走下一個受害者，真的很不公平。

他們兩人都了解我，他們了解我為什麼會是現在這副模樣。

我一手拿著咖啡，一手提著包包，走去門口，踏進溼熱的早晨空氣之中。光是丹尼爾的一則訊息就能對我產生這麼大的作用，真是太神奇了，想著他就能改變我的心情、我對生活的展望。我覺得精神抖擻，彷彿是沖澡的水洗刷掉的不只是我指甲縫裡的泥巴，也帶走了伴隨的回憶一樣，這是自從奧布芮·奎維諾的照片出現在電視螢幕上的頭一遭，盤旋在我頭上的急迫恐懼就這樣煙消雲散。

我開始覺得自己很正常，我開始覺得自己很安全。

我上了車，發動引擎，開車上班是很自動的反應。我沒有聽收音機，我知道自己一定會忍不住轉去新聞臺，了解尋獲奧布芮屍體的駭人細節。我不需要知道那種事，我不想知道。我想像那已經是大頭條，躲都躲不掉。不過，此時此刻，我想清靜一下。我把車子停好，打開大門，裡頭的燈光說明了我的櫃檯接待人員已經到了。我走進大廳，轉頭面向空間中央，期待看到通常會擺在她辦公桌上的超大星巴克外帶杯，聽到她銀鈴般的聲音向我道早。

但我眼前卻是另一番景象。

「梅麗莎？」我忽然停下腳步。她站在辦公室中央，臉頰又紅又腫。她一把鼻涕一把眼淚的。「一切都還好嗎？」

她搖搖頭，將臉埋在雙手之中。我聽到吸鼻聲，然後她對著掌心號哭，淚水從指間滴到地上。

「太可怕了。」她不斷搖頭。「妳看新聞了嗎？」

我吐了口氣，稍微放鬆了一點，她是在說奧布芮的屍體。我一度覺得很煩，我現在不想談那個，我想前進，我想遺忘。我繼續往前，直直走向我緊閉的診間。

「看了。」我將鑰匙插進鎖孔之中。「妳說得對，的確很可怕，但至少她的父母現在可以放下懸著的一顆心了。」

她從手上抬起頭，一臉不解盯著我看。

「她的屍體。」我解釋起來。「至少他們找到她了。有時失蹤人口會一直失蹤下去。」

梅麗莎知道我父親的事，了解我的過往。她清楚布羅布里治的女孩失蹤案，以及那些運氣不夠好的父母，沒辦法找回屍體。如果能用滑動指標表格來評估命案，「假定死亡」肯定是在最遠的一端，天底下沒有比得不到答案更慘的事，無法劃下句點。雖然所有的證據都攤在眼前，而你的心很清楚可怕的真相是什麼，但因為沒有確定，沒有屍體，根本沒辦法證實。總是會有一絲疑慮，一絲希望。不過，虛假的希望比完全沒有希望還要慘。

梅麗莎又吸起鼻子。「妳——妳在說什麼？」

「奧布芮．奎維諾。」我的口氣有點太嚴厲了。「他們禮拜六的時候在落羽杉墓園找到她的屍體了。」

「我不是在講奧布芮。」她緩緩地說。

我轉頭面向她，現在換我面目扭曲了。我的鑰匙還插在門上，但我還沒轉開。我的手臂反而懸在空中。她走向茶几，抓起黑色的遙控器，對準固定在牆上的電視機。白天上班時，我通常不會開電視，但她現在開了，黑色的螢幕活了過來，出現的是另一條鮮紅跑馬字幕：

突發消息：第二名巴頓魯治女孩失蹤。

跑馬燈移動的資訊上方是另一位青少女的臉。我仔細看著她的面容，沙黃色的頭髮遮住她藍色的雙眼，淺色的睫毛，如陶瓷般蒼白的皮膚上有點點低調的雀斑。她完美無瑕的五官迷惑了我，她的皮膚有如娃娃，不可褻玩……此時我的肺裡沒氣了，我的手臂落到身旁。

我認得她，我認識這個女孩。

「我說的是蕾西。」她看著女孩的雙眼，淚水又沿著臉頰流下。三天前，這名女孩就坐在這個大廳裡。「蕾西．戴克勒失蹤了。」

Chapter 13

羅萍．麥基爾是我爸爸的第二個女孩，他的續集。她文靜，沉默寡言，皮膚蒼白，瘦得跟竹竿一樣，還有一頭像燃燒夕陽般顏色的頭髮，她整個人看起來就像是會走路的火柴棒。她在任何方面都不像麗娜，但這不打緊，因為這樣也救不了她。因為在麗娜失蹤的三個禮拜之後，羅萍也不見了。

羅萍失蹤所帶來的恐懼是麗娜的兩倍。當一個女孩失蹤，你可以把責任推到很多原因上。也許她在沼澤地玩耍，失足落水，什麼水下生物把她拖進水裡之類的。意外的悲劇，但不是謀殺。也許是一時情緒激動而造成的犯罪行為，她可能就是惹毛了一個不該惹的男孩。說不定她懷孕逃家了，這個理論在鎮上流傳，就跟沼澤霧氣一樣又濃又臭，直到這天羅萍的臉出現在電視螢幕上，而大家都知道羅萍不是會懷孕、逃家的女孩。羅萍很聰明，充滿書卷氣息。羅萍很低調，裙襬都會超過小腿。直到羅萍失蹤前，我其實也信了其他那些說法。一個青少年逃家？並不是不可能，而且她是麗娜。再說，這種事又不是沒發生過，泰拉就是這樣。在布羅布里治這種小鎮裡，謀殺似乎是更荒謬的情況。

不過，一個月裡，兩個女孩相繼失蹤，這就不是巧合了，也不是意外，更不是什麼命運的安排，而是遠超乎我們每個人生活經驗與想像的恐怖事件，經過算計與精心策劃。

蕾西．戴克勒的失蹤並非巧合，我打從骨子裡知道這點，就跟二十年前我看到羅萍的臉出現在新聞上一樣，現在，我站在自己的辦公室裡，眼睛盯著螢幕上蕾西長著雀斑的臉，我也許又回到了十二歲，黃昏時分走出從夏令營回來的校車，一路沿著老舊的泥巴路往上跑。我看到我的父親，為了我，他在門廊上蹲低身子，我跑向他，但我更該逃離他。恐懼跟緊緊掐著我脖子的手一樣，讓我喘不過氣來。

又有人作案了。

「妳還好嗎？」梅麗莎的聲音讓我從恍惚中清醒過來，她看著我，臉上滿是擔憂。「妳看起來有點蒼白。」

「我沒事。」我搖搖頭。「只是……妳知道，想起了過往。」

她點點頭，她知道不該繼續追問下去。

「可以請妳替我取消今天所有的預約嗎？」我問。「然後妳就可以回家，休息一天。」

她再度點頭，看來鬆了口氣，然後拖著腳步回到座位，拿起頭戴式麥克風。我轉身看著電視，拿起遙控器，放大音量。主播的聲音逐漸變大，從輕柔到大聲，充斥整個空間。

如果您是剛開電視的觀眾，我們目前掌握到路易斯安納州巴頓魯治地區又有另一名女孩失蹤，這是本週第二起。我們確認，奧布芮．奎維諾的屍體在六月一日禮拜六於落羽杉墓園尋獲，僅僅兩天後，又傳出另一名女孩失蹤的消息，這次是十五歲的蕾西．戴克勒，也住在巴頓魯治。我們的記者安潔拉．巴克正在巴頓魯治重點高中，安潔拉？

鏡頭從新聞臺跟螢幕上的蕾西照片移開，我現在看著距離診所不過幾條街的高中。記者對著鏡頭點點頭，她用手壓了壓耳機，然後才開口。

迪恩，謝謝。記者人在巴頓魯治重點高中，蕾西．戴克勒剛在此完成高一課程。蕾西的母親簡寧．戴克勒告訴當局，她週五下午在田徑練習後來學校接女兒，之後送蕾西去幾條街外就診。

我的呼吸卡在喉頭，我望向梅麗莎，看她有沒有注意到這條訊息，但她沒有在聽。她在講電話，還敲著筆電，更改今日約診的病患。像這樣取消一整天的掛號，我很過意不去，但我實在無法想像自己現在與病人會面。這樣不公平，他們花錢買我的時間，但他們得不到我的專注，完全得不到，因為我的心思會飄去別的地方。我會想著奧布芮、蕾西跟麗娜。

我又望回電視。

就診過後，蕾西會步行前往朋友住所，她原本要在朋友家過週末，但她始終沒有抵達。

鏡頭現在切到標示為蕾西母親的女人身上，她對著鏡頭哭泣，解釋起她以為蕾西只是關了手機，因為她偶爾就會這樣：「她不像其他孩子，成天盯著 Instagram。蕾西有時需要斷線一下，她太敏感了。」她回想起在奧布芮的屍體出現後，她覺得需要正式報案她的女兒失蹤了，而她也以典型的女性方式辯解起來，她必須向世人證明她是一位好母親，關心孩子的母親。這不是她的錯。我聽著她哭哭啼啼地說：「在我最誇張的夢裡，我都難以想像她會出什麼事，不然我就會早點報警……」然後我忽然驚覺蕾西是在週五下午結束與我的會診後，她就沒有抵達下一個目的地。她走出我的診間大門後就消失了，這意味著，這間辦公室，我的辦公室，是最後一次有人目擊到她活著的地方，而我可能是最後一個看見她活著的人。

「戴維斯醫生？」

我轉過身，這不是梅麗莎的聲音，她現在站在座位後方，盯著我看，握著擱在脖子上的頭戴式麥克風。這是低沉的男人聲音。我的目光眺到門口，看到兩名警察站在外頭。我嚥了嚥口水。

「有什麼事嗎？」

他們一同走進，左邊身材比較矮小的那個人伸手亮出警徽。

「我是麥克．湯瑪斯警探，這位是我的同事柯林．道爾警員。」他歪著頭比向右邊的大漢。「我們想跟妳談談蕾西．戴克勒失蹤的事情。」

Chapter 14

警察局裡很熱，熱得很不舒服。我記得警長辦公室裡各處都擺了小小的電風扇，吹動每個角落凝滯、循環的空氣，他辦公桌上的便利貼隨著溫暖的微風拍打起來。我的胎毛跟著飄動，搔著我的臉頰。我看著杜利警長脖子上的汗珠，領口吸收，留下深色的溼溼印痕。秋季的第一天來了又走，但天氣還是很熱。

「克蘿伊，親愛的。」我的母親用汗溼的手掌捏了捏我的手指。「妳為什麼不讓警長看妳今早讓我看的東西呢？」

我低頭看著大腿上的盒子，避開目光的交錯。我不想讓他看，我不想讓他知道我知道的事。我不想讓他看我所看到的物品，在這個盒子裡的物品，因為他只要看一眼，一切就結束了。一切都會不一樣了。

「克蘿伊。」

我抬頭看著警長，他從辦公桌上靠向我。他的聲音低沉、剛毅，同時卻又聽起來很甜膩，大概是因為他操著明顯的南方腔調，每個字唸起來都渾厚緩慢，有如滴下的糖蜜。他看著我大腿上的盒子，那是老舊的木頭珠寶盒，媽媽之前會把鑽石耳環跟外婆的老胸針放在裡頭，直到去年聖誕節，爸爸買了一個新的珠寶盒給她。盒蓋打開後，裡頭有一個芭蕾舞女伶，她會隨著輕盈的叮叮噹噹清脆音樂節奏翩翩起舞。

「甜心，沒事的。」他說。「妳做得很好。從頭開始說，妳是在哪裡找到這個盒子的？」

「我今天早上很無聊。」我緊緊抱著盒子，指甲刨起一塊木頭碎片。「天氣還是很熱，我不想去外頭，所以我決定玩點化妝，弄弄頭髮什麼的。」

我覺得自己臉紅了，我媽跟警長假裝沒注意到。我一直都很像男生，總是喜歡跟庫柏一起在院子裡打打鬧鬧，但自從那天見過麗娜後，我就開始注意到一些之前沒注意過的事情。好比說當我把劉海往後撥，鎖骨就會比較突出，或是當我擦了香草脣蜜後，嘴脣就會看起來比較豐滿。我放開盒子，用手臂抹抹嘴脣，忽然間意識到嘴上還有脣蜜。

「克蘿伊，我懂，繼續。」

「我去爸媽的房間，開始翻箱倒櫃，我不是要特別偷看什麼——」我看著媽媽繼續說下去。「說真的，我真的沒有要偷看什麼。我只是想說找條絲巾綁頭髮，結果我就看到妳裝外婆漂亮別針的珠寶盒。」

「甜心，沒關係。」她低聲地說，淚水沿著臉頰滴落。「我沒有生氣。」

「所以我拿起盒子。」我低頭看著珠寶盒。「打開。」

「而妳在裡面看到什麼？」警長問。

我嘴脣顫抖，我把盒子抱得更緊了。

「我不想打小報告。」我低聲地說。「我不希望讓任何人惹上麻煩。」

「克蘿伊，我們只是想看看盒子裡有什麼，還沒有人會惹上麻煩。我們看看盒子裡的東西，然後再決定。」

我搖搖頭，我終於明白眼前狀況有多嚴重。我一開始就不該拿著盒子去找我媽，我根本什麼也不該說。我該關上盒子，將它塞回原本積灰的角落，完全遺忘這件事。不過，我沒有那麼做。

「克蘿伊。」警長坐直身子。「這很嚴肅，妳的母親進行了嚴重的指控，我們必須看看盒子裡有什麼。」

「我改變主意了。」我驚慌起來。「我覺得我只是搞不清楚狀況，我相信這沒什麼。」

「妳跟麗娜・羅德是朋友，對嗎？」

我咬起舌頭，緩緩點頭。消息在小鎮傳得很快。

「是的，先生。」我說。「她對我總是很好。」

「這個嘛，克蘿伊，有人謀殺了那個女孩。」

「警長。」我的母親稍微靠向前。他伸手擋著，繼續注視著我。

「有人謀殺了那個女孩，將她扔在某個可怕的地方，可怕到我們至今還找不到她的地方。我們沒辦法將她的屍體還給她的父母。妳覺得怎麼樣？」

「我覺得太可怕了。」我低聲地說，淚水沿著我的臉頰滴落。

「我也這麼想。」他說。「但事情遠不止如此。當這個人殺害麗娜之後，他沒有就此罷休。同一名兇手又殺害了五個女孩，也許在今年結束之前，他會再殺五人。所以如果妳知道這個人可能是誰，我們也得知道，克蘿伊。我們必須在事情再度發生前確認這個人的身分。」

「我不想讓你看會讓我爸爸惹上麻煩的東西。」我說，眼淚掉個不停。「我不要你帶走他。」

警長向後靠在椅背上，雙眼流露出同情的神色。他沉默了一分鐘，然後靠向前，再度開口。

「就算那樣可以救人一命？」

此刻的我抬頭看著眼前的兩個男人，湯瑪斯警探跟道爾警員。他們在我的診間，坐在通常都是保留給病患坐的沙發椅上，他們盯著我看，耐心等候，等著我開口說點什麼，就跟杜利警探二十年前等我一樣。

「抱歉。」我在位置上稍微坐直。「我剛剛迷失在思緒裡，可以麻煩你再問一次嗎？」

兩個男人互看一眼，然後湯瑪斯警探將一張照片推過來。

「蕾西．戴克勒。」他敲了敲照片。「妳有聽過這個名字嗎？」

「有。」我說。「有，蕾西是我的新病患。上週五下午我才見過她。從新聞看來，我猜這大概是你們來訪的原因。」

「的確如此。」道爾警員說。

這是我第一次聽到這位警員開口，我猛然轉頭望過去。我認得他的聲音，我聽過他的聲音，那個粗啞、壓抑的聲音。我週末在墓園聽過，他就是當我們找到奧布芮的耳環時，急忙跑過來的那位警察。那位警察從我手中將耳環搶過去。

「蕾西差不多是在週五下午幾點的時候離開妳的辦公室？」

「她，呃，她是我那天最後一位病患。」我瞥了道爾警員一眼，然後又望向警探。「所以我猜她應該差不多六點半離開。」

「妳有看著她離開嗎？」

「有。」我說。「呃，也不算，我看著她走出我的診間，但我沒有看見她走出大樓。」

警員不解地看著我，彷彿他也認出我來了。

「所以，就妳所知，她並沒有離開大樓？」

「我想假設她離開大樓應該是很安全的說法。」我嚥下煩躁的情緒。「一旦出了大廳，外面沒有多少空間，就只能出去了。那邊有一個清潔人員的儲物間，但通常會從外面上鎖，門口有一間小小的洗手間，就這樣而已。」

兩位警察點點頭，似乎滿意了。

「妳們見面時談了什麼？」警探問。

「恕我無可奉告。」我在座位上調整坐姿。「醫病關係必須嚴格保密，我不能分享病人在這裡告訴我的任何內容。」

「就算那樣可以救人一命？」

我感覺到胸口遭到重擊，彷彿是被打到肺裡都沒氣了一樣。失蹤的女孩，警察問個不停，太超過了，太像了。我用力眨了眨眼睛，想要擺脫從餘光冒上來的亮光。我一度覺得自己就要暈倒。

「抱……抱歉。」我結結巴巴地說。「你剛剛說什麼？」

「如果蕾西在禮拜五與妳約診見面時，講了什麼可能救她一命的內容，妳會告訴我們嗎？」

「對。」我的聲音顫抖起來。我低頭望向辦公桌抽屜，望向我那充滿藥丸的聖殿，近在咫尺。我需要來一顆，我現在就需要來一顆。「對，我當然會。如果她說了什麼會讓我懷疑她有危險的資訊，我肯定會告訴你們。」

「所以她一開始為什麼會來看治療師？如果她沒什麼問題的話？」

「我是心理學家。」我的手指顫抖起來。「那是我們第一次約診，只是很初步的認識彼此過程而已。她有……家庭議題需要我協助處理。」

想的。

「家庭議題。」道爾警員複述起來。他還是用狐疑的眼神看著我，或至少，我是這麼

「對。」我說。「我很抱歉，但我真的只能透露這些。」

我站起身來，這是暗示他們該離開的肢體語言。我出現在尋獲奧布芮屍體的犯罪現場，而我眼前這位警察還走過來「接下」物證，真是拜託喔，然後現在蕾西失蹤前，我又是最後一個見過她的人。這兩起巧合，加上我的姓氏，完全能夠讓我處在案件調查的中心位置，我完全不想待在這種地方。我環視周遭，想要尋找能夠透露我身分與過往的線索。這裡沒有私人的紀念物，沒有家人的照片，沒有任何提到布羅布里治的物品。他們知道我的名字，只有我的名字，但如果他們想要查更多關於我的資訊，光是我的名字也就夠了。

他們再次互視，椅子滑過地板的刺耳聲音讓我寒毛直豎。

「好吧，戴維斯醫生，感謝妳撥冗與我們談。」湯瑪斯警探點點頭。「如果妳想到任何也許跟調查有關的事情，妳覺得我們應該要知道的事情——」

「我會跟你們聯絡。」我露出客氣的微笑。他們朝門口走去，開門瞥見如今空蕩蕩的大廳。道爾警員轉過身，遲疑了一下。

「抱歉，戴維斯醫生，還有件事。」他說。「妳看起來非常面熟，但我一下想不起來是在哪裡。我們見過嗎？」

「沒有。」我雙手環胸。「不，我覺得我們沒有見過。」

「妳確定嗎？」

「我很確定。」我說。「好了，請容我失陪，我今天一整天都排滿了。九點鐘的病患隨時會到。」

15 Chapter

我走進大廳，靜悄悄的感覺放大了我的呼吸聲。湯瑪斯警探跟道爾警員離開了。梅麗莎的包包不見了，她的電腦螢幕是黑的。電視持續播放，蕾西的臉以肉眼看不見的方式霸占每一處空間。

我向道爾警員說謊了。我們的確見過，就在落羽杉墓園，他從我手裡接過死去女孩的耳環。對於今天約見的病患，我也撒謊了。梅麗莎統統取消了，我特別請她取消的，而現在是星期一早上九點十五分，我無事可做，只能坐在空蕩的辦公室裡，讓黑暗的念頭吞噬我，還把我的骨頭反芻出來。

不過，我知道我不能這麼做，不能繼續這樣下去。

我握著手機，想著可以跟誰聊聊，可以打給誰。庫柏就別想了，他會非常擔心。問我各種我無法解答的問題，還直接得出我一直積極避開的結論。他會憂心忡忡地看著我，他的目光會眺到我的辦公桌抽屜，又望回來，暗自思索，我在那個黑暗的抽屜裡藏了什麼樣的藥物。那些藥物會製造出多麼扭曲的想法，在我腦袋裡打轉。不，我需要冷靜，我需要理性，安慰。我下一個想到的是丹尼爾，但他在研討會。我不能用這種事來煩他，他不會忙到不聽我講話，問題恰恰相反。他會扔下手邊所有的事情，跑來安慰我，我不能讓他這麼做，我不能把他拖進這一切，何況，「這一切」到底是什麼？頂多就是我自己的回憶，我自己那未竟的惡魔，又浮出水面。要解決我的問題，他束手無策，他要說的話，他以前都說過了。我現在不需要那些，我只是需要有人能聽我傾訴。

我猛一抬頭，忽然間，我知道我該去哪裡了。

我抓起包包跟鑰匙，鎖上辦公室的門，跳上車，往南部前進。不過幾分鐘，我就經過一個告示牌，上頭寫著「河岸輔助生活園區」，遠處有一整區相似的花粉色建築。我總認為選擇這個顏色是因為它像陽光，反映出快樂、令人感覺良好的事物。我一度真的相信如此，說服自己油漆的顏色能夠人工提升困在裡頭的居民心情。不過，現在亮黃色開始褪色了，人行道的裂痕裡鑽出了野草，彷彿它們也掙扎著想要逃離這裡一樣。我走進建築，再也看不到朝著我照來的陽光，感覺不到溫暖顏色帶來能量與雀躍。我反而看到疏於照料，彷彿是染髒的床單，或沒有好好照料的泛黃牙齒一樣。

如果我是病患，我已經知道我會怎麼對自己開口。

克蘿伊，妳這是在投射。妳在這片建築裡看到疏於照料，是不是因為妳把誰扔在這裡，疏於照料？

對啦，對啦，我知道答案是肯定的，但這樣也不會輕鬆一點。我轉進大門附近的停車格，稍微有點太大力甩上車門，然後走向自動門，抵達大廳。

「哎啊，妳好啊，克蘿伊！」

我朝櫃檯前進，對著向我揮手的女人微笑。她身材高大，體型豐滿，頭髮向後紮成一個緊緊的髮髻，她身上有圖案的護理人員制服看起來褪色、柔軟。我揮揮手，然後手臂靠上櫃檯。

「嘿，瑪莎，妳今天好嗎？」

「噢，不錯、不錯。來看妳媽？」

「是的，女士。」我笑了笑。

「好久沒見到妳囉。」她一邊說，一邊攤開訪客登記表，往我這邊推過來。她的語氣裡帶有一絲批評，但我假裝沒聽到，我反而看著登記表。這是新的一頁，我在最上方寫下名字，注意到右上角註記的日期，六月三日，星期一。我用力嚥嚥口水，想要無視胸口的緊繃感。

「我知道。」我終於開口。「我在忙，但這不是藉口。我該早點過來。」

「婚禮就要到了，是不是？」

「下個月。」我說。「妳能相信嗎？」

「親愛的，妳真棒，真是太好了。我知道妳媽會替妳高興的。」

我再次微笑，感謝她說出這等謊言。我願意相信我媽替我高興，但事實是，我根本看不出來她的情緒。

「去吧。」她將登記簿抱回懷裡。「妳認得路，現在房內應該有位護理師跟她在一起。」

「謝了，瑪莎。」

我轉過身，面對大廳的內部，這裡有三座走廊，通往不同方向。左手邊的走廊可以前往食堂與廚房，居民每天同一時間會在那裡吃到各種大量製造的餐點，好比說各種太稀的炒蛋啦，肉醬義大利麵啦、罌粟籽雞肉燉菜啦，還會配上凋零的生菜葉，加了太多太鹹的沙拉醬。中間那條走道可以前往起居室，開放式大空間，有電視跟桌遊，還有非常舒適的沙發椅，我在上頭不小心睡著好幾次。我踏上最右邊的道路，這條走道上都是臥房，也就是三號走廊，然後沿著永無止境的大理石亞麻油地氈地板一直前進，直到我抵達四二四號房。

「叩叩叩。」我一邊說，一邊輕敲起虛掩的門。「媽？」

「請進，請進！我們正在稍微清理一下呢。」

我貼進房裡，這是我這個月來第一次見到她。她跟平常一樣，看起來沒變，但感覺不一樣。她的神情這二十年來沒有變過，但跟我選擇記得她的樣子有所不同，我印象裡的她年輕貌美，生氣勃勃，穿著五彩繽紛的夏日洋裝，裙襬掃到她曬得黝黑的膝蓋，長長的鬈髮從側邊往後夾，臉頰因為夏季的高溫而紅通通的。現在我看到她蒼白、細瘦的雙腿從敞開的袍子下露出來，她坐在輪椅上，毫無表情。護理師正在替她梳頭，把她的頭髮剪到肩膀高度，而她呆滯的目光從窗口望出去，看著停車場。

「嘿，媽。」我走近一點。我坐在床邊，露出笑容。「早安啊。」

「蜜糖，早安。」護理師說。這位護理師是新來的，我不認識她。她似乎也察覺到了這點，連忙說：「我是雪洛。妳媽媽跟我在這幾個禮拜裡變得很熟，是不是啊，夢娜？」

她輕敲我媽的肩膀，笑了笑，又替她梳了幾下頭髮，將梳子放在床邊桌上，將她轉過來，面向我。就算過了這麼多年，看到母親的面容還是讓我驚嚇。她並沒有毀容什麼的，她並沒有受傷到認不出來的境界。不過，她看起來還是不一樣，成就她的那些小特徵都變了，她曾經精心修剪的眉毛現在長得亂七八糟，讓她的臉多了一絲陽剛的氣息。她皮膚蠟黃，脂粉未施，頭髮是用便宜的市售洗髮精洗的，髮尾又毛躁又亂翹。

而她的脖子，那道又長又粗的疤痕還是留在她的皮膚上。

「我就不打擾妳們了。」雪洛朝門口走去。「如果需要什麼，喊一聲就行。」

「謝謝。」

如今我跟媽媽獨處了，她望著我的雙眼，疏於照料她的感覺又湧上心頭。自從媽媽自殺未遂後，她就進入布羅布里治的安養機構。當時我跟庫柏一個十二歲、一個十五歲，根本沒辦法獨自照顧她，我們被送去郊外的阿姨家，但原本的計畫是等我們能力許可後，將媽媽接出來，在我們能力許可後，自己照顧她。後來庫柏十八歲成年時，她顯然不能跟他一起住，因為他自己都定不下來，連靜坐都辦不到。她需要固定的例行公事，明確、簡單的每日行程。所以當我進路易斯安納州立大學時，我們把她接來巴頓魯治，我原本要在讀完大學後帶她回家……但我們又找到新藉口。如果我要照顧一個毫無行為能力的殘障母親，我要怎麼念博士？這樣我要怎麼認識對象、與人交往、結婚？但我明明就在沒有照顧媽媽的狀況下，搞砸了一個又一個機會。於是我們到了這裡，河岸園區，還不斷告訴自己，這裡只是暫時的安排。等到我畢業，等到我們存夠錢，等到我自行開業……一年一年過去，我們每週來看她，平息我們的罪惡感。之後我跟庫柏開始輪流，一週是他，一週是我，我們會急匆匆趕來，一直看手機，因為探視母親這件事塞在生活的其他義務之間。現在我們主要只會在護理師打電話叫我們來的時候過來一趟。他們是好人，但我確信他們會在我們背後講閒話。對我們拋下母親這件事指指點點，將她扔給陌生人照顧。

不過，他們不明白的是，一開始是她先拋棄我們的。

「抱歉我沒有早點來。」我說，我的目光在她臉上尋找動靜，任何活著的跡象。「婚禮會在七月舉行，所以我們有很多最後的規劃。」

我們之間的靜默拖得老長，但我現在已經習慣了。我是在自言自語，我知道她不會回應。

「我發誓我會找一天帶丹尼爾來看妳。」我說。「妳會喜歡他的，他人真的很好。」她眨了幾下眼睛，一根手指在椅子扶手上輕輕敲起。我的目光移到她的手上。我看著她的手，又問了一遍。

「妳會想見他嗎？」

她又敲起手指，動作很輕柔，我露出微笑。

在父親罪名成立後沒多久，我有天發現媽媽倒在臥房衣櫥旁邊地上，就是我找到那個盒子的衣櫥，而盒子決定了父親的命運。就算只有十二歲，我也看得到其中詩意的象徵。她想用他的皮帶自殺，但木頭橫梁斷了，她摔在地上。等到我找到她的時候，她的臉呈現紫藍色，雙眼突出，雙腿抖個不停。我記得大喊庫柏，尖叫要他說點什麼、做點什麼。我記得他站在門口，非常吃驚，毫無作為。我再次尖叫：「做點什麼！」我看著他眨起眼睛，搖搖頭，然後跑向衣櫥，想要進行心肺復甦術。到了某一刻，我驚覺該叫救護車，於是我連忙去打電話。我們的確救下了一部分的她，但不是全部的她。

她昏迷了一個月，我跟庫柏年紀太小，不能做任何醫療決定，所以這些決定交給了人在監獄裡的父親。他不想拔插頭，他沒辦法來看她，但她的狀況再明顯不過，她永遠都沒有辦法行走、說話，或自理了。不過，他還是不肯放棄她。我也注意到了這裡的詩意象徵，監牢外的他度過了恣意殺人的日子，如今他進了大牢，顯然想要開始救人了。我們連續看著母親在病床上躺了好幾個禮拜，在機器的輔助下，她的胸口得以上下起伏，直到一天早上，她自己有了動靜，她的雙眼緩緩睜開了。

她一直沒有恢復行動力，她再也不能講話，她因為經歷大腦嚴重缺氧，因此處在醫生所謂的最小意識狀態。他們用了「大面積」跟「不可逆」這種字眼。她並沒有恢復，但她也沒有全然離開。她的理解深度還是個謎，有時，當我胡言提起我跟庫柏的生活，聊到自從她決定我跟庫柏沒有重要到阻止她自殺後所看到、從事的一切時，我會看到她的眼睛眨啊眨的，這是在告訴我，她聽到了。她明白我在講什麼，而她覺得很抱歉。

然而，其他的時候，當我望向她墨黑色的瞳孔時，望著我的就只有我自己的倒影。

今天是個好日子，她聽到了，她可以理解。她不能透過口語溝通，但她可以移動手指。在這幾年間，我明白敲手指是有意義的，我想類似點頭的行為，是幽微地暗示她有跟上。

或者，也許那只是我一廂情願的想法，也許這種行為根本什麼意義也沒有。

我看著母親，她是活生生的化身，父親造成的傷痛實際體現在她身上。如果要我老實說，我會說這是多年來一直把她扔在這裡的真正原因。這的確是龐大的責任，沒錯，照顧一個跟她一樣嚴重失能的人，但如果我真的想做，我也辦得到。我有錢可以請幫手，也許甚至可以雇用住進我家的護理師。事實是，我並不想這麼做，我無法想像每天望著她的雙眼，被迫一再重回我們發現她自殺的那一刻。我無法想像回憶跟洪水一樣沖刷我家，這個我竭盡所能維持其看似正常表象的地方。我遺棄母親，因為這樣比較輕鬆。就跟我遺棄了我們兒時的房子一樣，拒絕挖出我們的物品，重回在那裡發生過的恐怖感受，就讓房子放在那裡爛，彷彿這樣可以拒絕承認它存在，也許感覺起來就不會那麼真實。

「婚禮前我會帶他過來一趟。」我這次是真心的。我希望丹尼爾見見我的母親，我希望我媽見見他。我把手搭在她的腿上，她的腿好虛弱，我差點把手抽回來，二十年不良於行，肌肉已經退化，只留下皮膚跟骨頭。不過，我逼自己繼續把手搭在上頭，輕輕捏了捏。「不過，事實上，媽，這不是我這趟來的目的。」

我低頭看著自己的大腿，非常清楚一旦話語出口，我就收不回來也嚥不回去了。它們會永遠卡在我母親的心靈之中，而她的心靈是掉了鑰匙的上鎖盒子。一旦話語鑽了進去，她就無法擺脫，她沒辦法跟我此時此刻一樣把話說出來，宣洩情緒。忽然間，這種行為感覺起來無比自私。不過，我實在忍不住，我還是開了這個口。

「現在又出現了更多失蹤的女孩，死掉的女孩，就在巴頓魯治這裡。」

我想我看到她雙眼圓睜，但話又說回來，可能只是我在幻想。

「週六時，他們在落羽杉墓園尋獲十五歲女孩的屍體。我當時人就在現場，跟尋人小隊一起行動。他們找到了她的耳環。然後是今天早上，另一個女孩通報失蹤，又是十五歲。而這次我認識這個女孩，她是我的病人。」

靜默蔓延整個房間，這是我打十二歲來第一次渴望聽到母親的聲音。我渴望聽到她實際但充滿保護色彩的話語，彷彿這種話語能像冬天蓋在肩上的毯子一樣，讓我安全，讓我溫暖。

蜜糖，這不是鬧著玩的，但謹慎一點，提高警覺。

「感覺很眼熟。」我望向窗外。「感覺起來好像……不知道耶，一模一樣。我有這種似曾相識的感覺。警察來我的辦公室找我談話，讓我想起……」

我就此打住，看著母親，思索她是不是也回想起我們在杜利警長辦公室的對話。溼熱的空氣，隨風拍動的便利貼，擱在我大腿上的木頭盒子。

「整場對話都浮出水面。」我說。「我好像再度進行了一樣的對話。不過，我想起自己上次有這種感覺的時候……」

我再度住口，回想起「那件事」，我媽並不知道。她不曉得上一回發生了什麼事，當時我在念大學，兒時的回憶又再度重演，回憶太真實，我無法分辨過往與現在、彼時與此時、真實與想像。

「週年紀念日要到了，我知道我可能只是想太多。」我說。「妳知道，我的意思是，比平常想得還多。」

我大笑起來，將手從她腿上移開，掩住笑聲。我的手滑過臉頰，發現溼溼的，一滴眼淚沿著我的臉頰滾下。我都沒注意到自己哭了。

「總之呢，我猜我只是想講講這件事吧。說出來可以讓我知道這話聽起來有多蠢。」我抹去臉頰上的淚水，在褲子上擦手。「天啊，我很慶幸跟別人講之前先來找妳。我不曉得自己到底在擔心什麼。老爸在監獄裡，他又不可能跟這件事有關什麼的。」

母親緊盯著我，她的雙眼充斥著她想問的問題，我知道她有疑問。我低頭望向她的手，看著她幽微顫動的手指。

「我回來啦！」

我嚇了一跳，轉身面向後方的聲音。原來是雪洛，她站在門口。我用手壓在胸口，喘起大氣。

「小姑娘，不是故意要嚇妳的啦！」她大笑起來。「聊得愉快嗎？」

「很好。」我點點頭，轉頭望向母親。「對，能夠聊一聊很好。」

「夢娜，這禮拜大家都來看妳耶。」

我笑了笑，聽到庫柏兌現承諾讓我鬆了口氣。

「我哥哥是什麼時候來的？」

「不對，不是妳哥。」雪洛說。她走到母親後方，手放在輪椅後方，腳踩放開輪子的煞車功能。「是另一個男人，他說他是你們家族的朋友。」

我看著她，眉頭糾結。

「什麼另一個男人？」

「看起來有點時髦，不是附近的人，他說他是打紐約來的？」

我胸口一緊。

「咖啡色頭髮？」我問。「玳瑁眼鏡？」

雪洛彈指然後指著我說：「就是他！」

我連忙起身，抓起床上的包包。

「我得走了。」我急忙走向母親，伸手抱向她的脖子。「媽……一切我都很抱歉。」

我跑出開啟的房門，沿著長長的走廊前進，每走一步，胸口的怒氣就更上一層樓。他好大的膽子，他怎麼敢幹這種事？我走到接待櫃檯，撲上去，氣喘吁吁的。我大概知道這位神秘訪客是誰，但我必須確定。

「瑪莎，我得看看簽到簿。」

「親愛的，妳已經簽過了。記得嗎？妳進來的時候。」

「不，我得看一下週末的訪客有誰。」

「蜜糖，我不確定可以讓妳看耶……」

「在這個機構裡，有人讓一個男人進去看我媽，而這個人並沒有權利見她。他說他是家族朋友，但他根本不是什麼朋友。他很危險，我必須知道他是不是來過。」

「危險？甜心，我們不會讓沒有——」

「拜託。」我說。「拜託，讓我看一眼就好。」

她望著我一秒，然後靠向前，抓起桌上的登記本。她把本子從櫃檯另一邊推過來，我悄聲道謝，然後翻起過往的簽到頁面。我翻到昨天，也就是我在自家客廳沙發上虛度光陰的那天，掃視起人名，當我看到我完全不想看到的名字時，我的心跳忽然停止。

就是這個，潦草字跡寫下的就是我在尋找的證據。
艾倫．簡森的確來過。

Chapter 16

電話響了兩聲，熟悉的聲音才打起招呼。

「我是艾倫．簡森。」

「你這個混蛋。」我懶得自我介紹。我急忙穿過停車場，朝車子前進。我將訪客紀錄本還回去的同時，便打電話回公司聽取語音留言，播放起週五晚上艾倫留的訊息。

妳可以直接打這支號碼聯絡我。

「克蘿伊．戴維斯。」他說，語氣裡還帶有一絲笑意。「我就想說今天可能會接到妳的電話。」

「你來找我媽？你沒有權利這麼做。」

「我在訊息裡跟妳說過，我會聯絡妳的家人，事先警告過妳了。」

「不。」我搖搖頭。「不，你說的是我爸。我他媽才不在乎我爸，但找我媽就太過分了。」

「咱們見個面吧。顯然我就在城裡。我會解釋一切。」

「去你的。」我沒好氣地說。「我才不要跟你見面。你的行為罔顧道德。」

「妳真的要聊道德？」

我停下腳步，距離車子不過幾公分。

「這話什麼意思？」

「今天跟我碰面就對了，我會長話短說。」

「我很忙。」我撒謊，開了車門，坐了進去。「我有病人要看。」

「那我去妳診所。我可以在大廳等妳有空再說。」

「不——」我嘆了口氣，閉上雙眼。我將頭靠在方向盤上。我發現這樣來來回回根本沒有意義，他不會放棄。他大老遠從紐約市飛到巴頓魯治來找我，如果我希望這個男人不要再挖掘我的生活，我就得跟他面對面談談。「不，不要過來。我去找你，好嗎？現在就可以。你想約哪？」

「現在還早。」他說。「喝咖啡怎麼樣？我請客。」

「河邊有間店。」我捏了捏雙眼之間的部位。「『釀煮咖啡』，二十分鐘後見。」

我掛他電話，甩上車門，倒車出去，朝密西西比河的方向前進。我距離咖啡店只有十分鐘車程，但我希望搶先抵達。他走進店門的那一刻，我要坐在我選擇的位置上。我想要主導這場對話，而不是手足無措配合演出。不是我現在這樣猝不及防的樣子。

我把車停在附近的停車格，閃進這間位於河岸路鮮為人知的小小咖啡店，彷彿璞玉，好幾棵橡樹的灰綠色枝葉遮蓋了部分門面。裡頭燈光昏暗，我點了一杯拿鐵，目光停留在放奶精與糖的櫃子上方，那裡有一片貼著各種傳單的公告欄。出現在小小摺頁小提琴廣告與即將舉行的演奏會海報之間是蕾西．戴克勒的臉，上頭用簽字筆寫著大大的「失蹤」二字。底下還浮貼著另一張紙，邊角露了出來。我伸手過去，拉開傳單，底下出現的是奧布芮的海報，她已經被取代了，就跟壞掉的販賣機一樣，用膠帶打了個叉叉。

我走向角落的桌子，選擇正對大門的座位。我的手指焦慮地敲起馬克杯杯緣，我逼迫自己緊緊握好，但緊張的情緒還是從我的每一個毛孔裡發散出來。然後我靜靜等候。

十五分鐘後，我的拿鐵已經涼了，我考慮要不要請店員替我加熱，但在我能夠移動之前，我就看到艾倫走了進來。我立刻從網路上的照片認出了他，他穿了另一件格紋翻領襯衫，同樣的抗藍光蠢眼鏡，但他沒有圖示照片上看起來那麼瘦。我沒料到他的衣服那麼繃，他的皮革電腦包重重地掛在肩上，將二頭肌部位的布料扯得很緊，真是沒想到。我在想那張照片是多久以前拍的，大概是大學剛畢業的時候，當他還是個小男孩的時候。我繼續盯著他，看著他悠哉走進咖啡店，瀏覽起甜食冷藏櫃，研究起固定在咖啡吧檯後面的價目表。他點了一杯卡布奇諾，現金結帳，他還慵懶地舔著手指數起鈔票，將零錢投進小費罐。然後望向牆上的藝術品，等著他的義式濃縮咖啡泡好，蒸氣噴出的聲音讓我毛骨悚然。

不知為何，他的冷靜悠哉讓我不安。我期待他急忙跑過來，跟我一樣，急著想在氣勢上壓倒對方。我希望他氣喘吁吁、冷汗直冒，急著跟上。因為我已經到了，所以他措手不及。不過，他反而遲到，他的樣子看起來彷彿擁有全世界的時間一樣。他的行為看起來像是他才是先發制人的人，此時，我才意識到這點。

他知道我到了。他知道我在看他。

冷靜的行為、悠哉的態度，一切只是演戲給我看而已。他想讓我失常，他想惹火我。想到這裡，我就生氣，但我實在不該生氣。

「艾倫。」我高喊，激動地揮舞一隻手。他轉過頭，往我的方向望過來。「在這。」

「嗨，克蘿伊。」他露出微笑，走到桌邊，將電腦包放在椅子上。「謝謝妳跟我見面。」

「是戴維斯醫生。」我說。「而你沒有給我多少選擇。」

他露出不懷好意的笑容。

「我只是在等我的卡布奇諾。」他說。「我可以幫妳點什麼嗎？」

「不用。」我朝手裡的馬克杯點點頭。「不用了，謝謝。」

「妳到很久了嗎？」他問。「妳的咖啡看起來已經涼了。」

我望著他，好奇他怎麼可能知道。我一定看起來一臉不解，因為我看到他稍微賊笑，然後望向我杯子內緣的蒸汽水珠。

「沒有冒煙。」

「就幾分鐘。」我說。

「嗯哼。」他望向我的咖啡。「好啦，如果妳要我替妳找人加熱──」

「不用，咱們直接開始就好。」

他笑了笑，點點頭。然後回到吧檯，拿他的飲料。

我把拿鐵拿到脣邊，喝了一口室溫的咖啡，逼著自己吞下去，同時心想：哎啊，證明了，他的確是個混蛋。艾倫坐進我對面的椅子上，從包包裡抽出筆記本，我則放下馬克杯。我偷偷瞥了他的記者證一眼，整整齊齊夾在他的襯衫上，《紐約時報》的標誌在上頭大大的。

「在你開始做任何筆記之前，我想先說清楚。」我說。「這不是訪問，這場對話是我明確告訴你，請你不要再騷擾我的家人。」

「只是打兩通電話給妳，就算騷擾？」

「我去了我媽的療養院一趟。」

「對，那個啊。」他把袖子拉到手肘。「我在她房間大概頂多只待了兩、三分鐘。」

「我相信你一定問出很多有用的資訊。」我怒視著他。「她真的很健談，對不對？」

他沉默了一會兒，從對面看著我。

「說真的，我不知道她……身體狀況那麼嚴重。我很抱歉。」

我點點頭，這小小的勝利就讓我滿意。

「但跟她談並不是我的目的。」他說。「真的不是。我以為也許我能問出一點資訊，但我之所以過去是因為我知道這樣可以引起妳的注意。我知道這樣就能逼迫妳見我。」

「而你為什麼這麼急著想見我？我已經跟你說過了，我跟我爸沒有聯絡。我跟他根本毫無瓜葛。我沒辦法提供你任何有價值的資訊。真的，你這是在浪費時間——」

「報導觀點變了。」他說。「已經不是從那個角度下筆了。」

「好喔。」我不確定現在對話的方向為何。「那是從哪個角度？」

「奧布芮．奎維諾，還有現在的蕾西．戴克勒。」他說。

我感覺到心跳開始加速。我的雙眼眺向咖啡廳，店裡基本上空蕩蕩的。我壓低聲音開口。

「你怎麼會覺得我對她們會有什麼看法？」

「因為她們的死亡……我覺得不是巧合。我覺得她們跟妳父親有關，我覺得妳能幫我找出原因。」

我搖搖頭，用力握緊馬克杯，這樣我的雙手才不會顫抖。

「聽著，你這是想太多了。我知道你認為這是好報導，但我相信你肯定明白，就你負責的路線跟一切看來，這種事每天都在上演。」

艾倫讚嘆地笑了笑。

「妳研究過我了。」他說。

「這個嘛，你對我瞭若指掌。」

「公平。」他說。「但聽著，克蘿伊，其中有相似之處，無法否定的相似之處。」

我回想起今早跟我媽的對話，我才坦承其中有詭異的似曾相識感覺，令人不安的相似感。不過，這不是我第一次有這種感覺，不是我第一次在腦海裡再現父親的罪行。之前就發生過一次，而那次我錯了，可以說是大錯特錯。

「你說得沒錯，的確有相似之處。」我說。「一名青少女死在什麼街頭遊民手中，的確不幸，但我說了，這種事每天都在上演。」

「克蘿伊，二十週年馬上就要到了。綁架案動不動就在發生，但連環殺人魔不是天天有。這一切在此時此刻發生是有原因的，妳心知肚明。」

「哇，誰說到連環殺人魔了？你結論也跳太快了吧？我們只有一具屍體，就一具。就我們所知，蕾西逃家了。」

艾倫望著我，眼神中閃過一絲失望。現在換他壓低聲音了。

「妳跟我都很清楚蕾西沒有逃家。」

我嘆了口氣，望向艾倫的肩膀，看著窗外。微風輕拂，松蘿菠蘿隨風搖曳。我注意到天空從鳥蛋藍變成風暴即將到來的灰色，就算在室內，我也感覺得到即將下雨的低氣壓。蕾西從「失蹤」海報上看著我，她的目光跟隨我到這張桌子上。我實在沒辦法望向她的雙眼。

「所以你覺得到底發生了什麼事？」我還是望著外頭遠方的樹木。「我的父親在監獄裡，他是怪物，我不會否認這點，但他不是妖魔鬼怪。他已經不能再傷害任何人了。」

「這我知道。」他說。「顯然我知道這次不是他，但我覺得有人想假裝他。」

我望著艾倫，咬著嘴唇的內側。

「我想我們面對的是一個模仿犯，而我敢打賭，在這個禮拜過完前，還會有人死掉。」

Chapter 17

每一位連環殺人魔都有自己的簽名。就像畫作角落潦草的落款字跡，或電影結束後的彩蛋，藝術家希望世人認得他們的作品，希望作品能永垂不朽。多少年過去，還活在世人心目中。

這種簽名並不像電影裡演的總是那麼可怕，什麼刻死者皮膚上的謎之稱號啦，在城裡到處出現的屍塊啦。有時，這種簽名只是把犯罪現場整理得很整齊，或是屍體在地上擺放的方式。不疑有他的目擊證人會串連起潛伏的模式，一再發生的儀式性程序最終會形成犯案模式。這種模式與一般人早晨的例行公事沒有兩樣，彷彿沒有別的方式可以摺棉被或洗碗一樣。我明白人類是習慣的生物，而取人性命的行為能夠透露出一個人的諸多資訊。每一場殺戮都是獨一無二的，就跟指紋一樣。不過，我的父親沒有保留屍體留下印記，也沒有留下簽名的犯罪現場，更沒有指紋可以提取或分析。因此整個鎮都思索起來，沒有畫布，簽名要怎麼簽？

答案是，沒辦法簽。

布羅布里治警局一九九九年的夏天就在路易斯安納州查兇手的身分。他們聽取證據的細語，這些證據都指向一位可能的嫌犯，隱藏在犯罪現場的簽名似乎根本不存在。不過，當然啦，他們什麼也沒找到。六個女孩死了，一個目擊證人也沒有，沒有人看到男人在郡立游泳池畔鬼鬼祟祟的，或是夜晚開車沿著街道緩緩前進，跟蹤獵物。到頭來，找出答案的人竟然是我。一個十二歲的女孩，拿媽媽的化妝品來玩打扮的遊戲，亂翻衣櫥深處，只是想找條絲巾來綁頭髮。於是，就這樣，我看到的時候，我就抱起那個木頭小盒子，裡頭則是沒有其他人見過的物品。

我的父親並沒有留下證據，他反而帶走證據。

「克蘿伊，就算那樣可以救人一命？」

我看著汗水沿著杜利警長的脖子流下來。他專注凝視我，我沒有見過他這等嚴肅。他盯著我，又盯著我抓在手裡的木頭盒子。

「如果妳把盒子交出來，妳也許能夠救人一命。妳仔細想想，要是有人能夠拯救麗娜的性命，卻因為害怕惹上麻煩而選擇毫不作為，那會怎麼樣呢？」

我低頭望向自己的大腿，稍微點頭。然後我將雙臂向前伸，免得我改變心意。

警長用戴著手套的手壓在我手上，橡膠滑滑的，但很溫暖，然後他溫柔地將盒子從我手裡抽開。他低頭看著盒蓋，然後伸手打開，叮叮噹噹的清脆音樂充斥在辦公室裡。我避開他的目光，反而選擇望著芭蕾舞女伶，她緩慢、完美地轉起圓圈。

「裡面是各種首飾。」我說，我的目光還停留在跳舞的女孩身上。我看得入迷，她穿著褪色的蓬蓬裙轉圈，雙手高舉。她讓我想起麗娜，在小龍蝦節上的她也這樣轉圈。

「我看到了，妳知道這些東西的主人是誰嗎？」

我點點頭。我知道他要的不只是一個答案，但我實在開不了口，至少不是自願開口。

「克蘿伊，這些首飾的主人是誰？」

我聽到身旁的媽媽發出啜泣聲，我望向她。她手緊掩嘴巴，猛力搖頭。她已經看過盒子裡的東西了，我在家裡就讓她看過。我希望她能給我一個解釋，而不是我腦袋裡逐漸成形的那個想法，唯一說得通的解釋。不過，她無法提供。

「克蘿伊？」

我又看向警長。

「臍環是麗娜的。」我說。「就是中間這個。」

警長伸手進珠寶盒裡，取出小小的銀色螢火蟲。它看起來毫無生氣，畢竟在黑暗裡待了好幾個禮拜，沒有陽光能夠替它補充亮光。

「妳怎麼知道？」

「我在小龍蝦節上看過麗娜戴，她特別讓我看的。」

他點點頭，將物品放回盒子裡。

「而其他的呢？」

「我認得那條珍珠項鍊。」母親哭哭啼啼地說。警長望著她，再次伸手進盒子裡，拿出一串珍珠項鍊。珠子很大，還是粉紅色的，後方可以用緞帶固定在脖子上。「那是羅萍・麥基爾的。我……我見過她戴。某次禮拜天上教堂的時候。我說我很喜歡這串項鍊，看起來非常特別。理查當時在我身邊，他也看到了。」

警長嘆了口氣，再次點頭，然後將項鍊放回盒子裡。接下來一個小時裡，其餘的首飾都找出了主人，瑪格麗特・沃克的鑽石耳環、凱莉・霍利斯的紋銀手環、婕兒・史蒂文森的藍寶石戒指、蘇珊・哈迪的白金圈圈耳環。沒有採驗到任何ＤＮＡ，每件物品都精心清理過，盒子也擦過，但這些女孩的父母證實了我們的懷疑。這些首飾是八年級的畢業禮物、教會堅信禮的紀念物或生日禮物。原本用來紀念他們女兒成長里程碑的物品，現在卻永遠記錄下了她們過早的香消玉殞。

「克蘿伊，這樣真是幫了我們大忙。謝謝妳。」

我點點頭，清脆音樂的節奏安撫了我，讓我進入某種恍惚狀態。杜利警長闔上盒蓋的聲響讓我猛然抬頭，回神過來。他再度盯著我，他的手蓋在緊閉的盒子上。

「妳有沒有見過妳的父親與麗娜．羅德或其他失蹤女孩互動過？」

「有。」我說，我隨即想起小龍蝦節。他看著她裸露、光滑的腹部。他發現我們注意到他時，還連忙低頭的模樣。「我在小龍蝦節上看到他看著麗娜，當時麗娜讓我看她的臍環。」

「妳爸在幹嘛？」

「只是……看著。」我說。「麗娜把衣服拉起來，麗娜看到他在看，還揮手打招呼。」

我的母親在我身旁仔細聆聽，搖起頭來。

「克蘿伊，謝謝妳。」警長說。「我知道這對妳來說很不簡單，但妳做的是對的。」

我點點頭。

「在妳離開之前，關於妳的父親，妳還有什麼想說的嗎？妳認為也許對我們來說很重要、我們必須知道的事情？」

我吐出氣息，用手臂緊緊環抱自己。這裡很熱，但我忽然間感覺到自己顫抖起來。

「我有次看到他提著鏟子。」我避開母親的目光，她不曉得這件事。「他從我們院子回來，從我們屋後的沼澤地回來。天色昏暗，但……就是他。」

大家沉默不語，新揭發的狀況有如凝重的晨霧籠罩整個空間。

「妳是在哪裡看到他的？」

「在我房裡。我睡不著，我窗下有一張凳子，我會坐在上頭閱讀……抱歉我沒有早點說明狀況。」我說。「我……我不知道……」

「蜜糖，妳當然不清楚。」杜利警長說。「妳當然不會早點說。妳做得已經夠多了。」

此刻，一聲響雷撼動了我的房子，反掛在酒水櫃上的玻璃杯有如打顫的牙齒，顫抖不已。另一場夏季雷暴即將發生。我感覺得到空氣裡的電流，品嘗得到即將落下的大雨。

「小蘿，妳有在聽我講嗎？」

我從裝著半杯卡本內蘇維翁的酒杯上抬起頭來。杜利警長辦公室的回憶逐漸瓦解，我反而看到丹尼爾，站在我們家廚房流理臺前，袖子捲到手肘，一手握著菜刀。他從今天下午的會議中提早離開，我從辦公室返家時，發現他穿著我的格子布圍裙在廚房裡就著路易．阿姆斯壯的歌曲起舞，晚餐食材攤在中島上。這個畫面讓我露出微笑。

「抱歉，沒有。」我說。「你說了什麼？」

「我說，妳做得已經夠多了。」

我緊握酒杯，細細的杯柄在我手指的壓力下差點斷掉。我爬梳腦袋，想要憶起我們剛剛到底在談什麼。最近這幾天我很容易迷失在思緒之中，回憶吞噬了我。特別是丹尼爾不在家，家裡空蕩蕩的，我好像回到過去一樣。當丹尼爾開口時，我實在不確定話語是他說的，還是我想像出來的，從我心靈的隱蔽角落裡召喚出這些話語，安插在他的嘴上，讓他說給我聽。我想要說點什麼，但他打斷我。

「那些警察沒有權利那樣闖進妳的診所。」他繼續說，目光聚焦在下方的砧板上頭。他切了胡蘿蔔，下刀速度很快，動作相當流暢，然後將食材掃去一旁，開始切番茄。「所幸當時病患還沒有進來。不然這樣會有損妳的聲譽，妳知道嗎？」

「噢，對。」我說。我現在想起來了。我們剛剛提到蕾西・戴克勒，提到湯瑪斯警探跟道爾警員來診所向我問話。感覺我必須先告訴丹尼爾一聲，免得新聞報起最後有人見到她的地方就是我的診所。「哎呦，我猜我是最後一個見到她活著的人。」

「她也許還活著。」他說。「他們還沒找到她的屍體，都過了一個禮拜。」

「這倒是。」

「還有另一個女孩……她失蹤多久？三天？然後就尋獲屍體了？」

「對。」我轉動起酒杯裡的酒水。「對，三天。所以聽來你都有在關注事情的進展？」

「對啊，妳知道，新聞有報，躲都躲不掉。」

「就算在紐奧良也在報？」

丹尼爾繼續切番茄，汁液流得整個砧板都是，還在中島檯面積成一灘。另一陣響雷打在房子上。他沒有回答。

「你覺得這一切聽起來像是同一個人所為嗎？」我想要保持輕鬆的語氣。「你覺得這兩個女孩，你知道……有什麼關聯嗎？」

丹尼爾聳聳肩。

「我不知道。」他用手指抹掉刀刃上的番茄汁液，然後塞了一塊到嘴裡。「我覺得現在還早，很難說。所以他們都問些什麼問題？」

「說真的，沒問什麼。他們想要讓我透露療程的內容，顯然我不能說，他們因此有點不滿。」

「妳堅守立場，真不錯。」

「他們問我有沒有親眼看著她離開大樓。」

丹尼爾望向我，眉頭扭曲。

「有嗎？」

「沒有。」我說。「我看著她離開我的辦公室，但我沒有看著她離開大樓。我是說，我覺得有。不然也沒有別的地方可以去。除非她是從裡頭被人抓走，但是……」

我就此打住，低頭看著杯子裡紅寶石色的液體。

「那似乎不太可能。」

他點點頭，繼續低頭在砧板忙著，然後將切好的蔬菜放進炙熱的平底鍋裡。大蒜香氣瀰漫整個廚房。

「除此之外，這一趟實在沒什麼意義。」我說。「就我看來，他們似乎不曉得該從哪裡開始。」

一整片穩定的大雨在屋外噴發，我們家充滿了幾百萬隻手指在敲屋頂的聲音，好像急著要進屋。丹尼爾望向窗外，走過去打開窗戶，夏日雷暴雨的泥土氣息湧進廚房，跟家常菜的味道混合在一起。我看著他好一會兒，看著他在廚房嫻熟移動，將黑胡椒研磨到煸炒時蔬之中，在粉紅色的鮭魚魚身上塗抹摩洛哥香料。他將長長的擦碗巾甩在肩上，一切動作都如此完美，我的心暖洋洋的。他如此完美。我永遠不懂他為什麼會選擇我，選擇「崩壞克蘿伊」。他彷彿在我們第一次相遇時、得知我叫什麼名字的時候就愛上了我。不過，我還是有很多他不知道的地方，他不明白的地方。我想起藏在我診間的小小藥房，我的救生索，還有一張又一張我用他名字開的假處方箋。我想起我的童年，我的過往，我所見到的一切，我所做的一切。

克蘿伊，他不了解妳。

我想擺脫庫柏的話語，但我知道他是對的。除了我的家人，丹尼爾對我的了解遠超過世界上的其他人，但那其實也沒多深，還是表層而已。一切都是安排好的。因為我知道如果讓他看到完整的我，如果讓他看「崩壞克蘿伊」的真面目，露出我腐臭、搏動的真實自我，他只需聞一下，就會退縮了。他不會喜歡他看到的畫面。

「那個聊夠了。」他跨越中島，替我見底的酒杯倒酒。「妳這禮拜過得如何？婚禮規劃有任何進展嗎？」

我回想起週六一早，那時丹尼爾出發前往紐奧良。我原本想要做點婚禮規劃，筆電都開了，回了幾封信，然後奧布芮．奎維諾的新聞出現在我的客廳裡，回憶將我困在自己的思緒之中，彷彿是沉入水下的汽車。我記得出了門，心不在焉地穿過市區，抵達落羽杉墓園，找到奧布芮的耳環，在她屍體尋獲前幾分鐘離開。我想起艾倫．簡森，他去找我媽，他跟我分享我這禮拜一直不肯承認的理論。今天已經是禮拜五了，艾倫預言禮拜一之前會有另一具屍體出現。至今還沒，而隨著每一天過去，我肩上的重量就稍微減輕一點。他也許錯了，這樣能讓我鬆一口氣。

我稍微思索了一番，思索我該怎麼跟丹尼爾開口，而我決定我還沒有準備好要讓他知道，至少是，還沒準備好要讓他看我的這一面。這一面包括讓我冷靜下來的自我施藥，還有加入墓園尋人小隊，企圖尋找過去二十年我一直問自己的問題。因為丹尼爾不讓我躲，他甚至不讓我害怕，他替我舉辦驚喜派對，在七月舉行婚禮，朝著我所有不理性的恐懼吐口水。要是他知道這禮拜他不在時，我都在忙些什麼，他肯定會覺得很丟臉，我會覺得很丟臉，因為我忙著嗑藥進入恍惚狀態，滿足記者的幻想場景，而且明知媽媽無力拒絕，也無法回嘴，但我還是拖著她攪和進來。

「還不錯啊。」我終於開口，喝了一小口酒。「我決定了焦糖蛋糕。」

「前進了一大步！」丹尼爾高喊，然後身子靠上中島，親吻我的嘴脣。我也回吻他，接著稍微退開，凝視他的目光。他端詳著我的臉，雙眼在我的皮膚上探詢。

「怎麼了？」他伸手進我的頭髮裡。他捧著我的頭骨，我枕在他張開的掌心上。「克蘿伊，出了什麼事？」

「什麼事也沒有。」我笑了笑。一記響雷低低地打過廚房，我感覺到皮膚刺刺癢癢的，我不確定這是因為外頭正在閃電的關係，還是因為丹尼爾的手指輕撫著我的頸子，在我耳朵下方細嫩皮膚上緩緩畫圈的緣故。我閉上雙眼。「我只是很慶幸你到家了。」

Chapter 18

我起床時，雨還沒有停，溫和慵懶的雨勢威脅著不讓你起床。我躺在黑暗之中，感覺到身旁溫暖的丹尼爾，他赤裸的皮膚緊貼著我，呼吸規律又緩慢。我聽著外頭的毛毛細雨、低低的雷聲。我閉上雙眼，想像起蕾西，她的軀體半掩在某處的泥巴下，雨水沖刷掉殘存的證據痕跡。

現在是星期六早上，距離尋獲奧布芮屍體過了整整一週。距離蕾西失蹤上新聞過了五天，我跟艾倫．簡森見面也是五天之前的事。

「你為什麼會覺得這是模仿犯做的？」那天，我就著冷掉的咖啡問他。「我們此刻根本不清楚這兩起案件的狀況。」

「地點、時機，兩名十五歲女孩都符合妳父親受害者的剖繪，在麗娜．羅德失蹤的二十週年紀念日前夕，這兩個女孩失蹤、遭到殺害。不止如此，這兩起案件還發生在巴頓魯治，也就是理查．戴維斯家人如今居住的城市。」

「好，但狀況也不太一樣。警方一直沒有找到我爸的受害人屍體。」

「對。」艾倫說。「但我覺得模仿犯希望大家找到屍體。他希望他的苦工能夠得到讚賞。他將奧布芮棄屍在墓園之中，也就是最後一次有人見到她的地點。找到她只是時間的問題。」

「對，但我就是這個意思。這聽起來不像我爸的模仿犯，聽起來他只是隨機選擇了奧布芮，將她當場殺死，連忙棄屍。根本不是精心計畫的犯罪行為。」

「或者，兇手棄屍的地點具有某種意義，有什麼特殊的象徵。也許屍體上有兇手希望別人發現的線索。」

「落羽杉墓園對我父親而言沒有特殊意涵。」我覺得自己激動起來。「她命案的時機，只是巧合而——」

「所以蕾西在離開妳辦公室後幾分鐘被人綁架也只是巧合囉？」

我遲疑了起來。

「克蘿伊，就算妳在附近見過這名兇手我也不覺得意外。模仿犯，他們模仿是有原因的。也許他們崇拜他們想模仿的對象，也許想羞辱他們，但不管怎麼樣，模仿犯都會模仿原始兇手的風格，來對待他們的受害者。他們想要成為前面那一個兇手，也許在前一個兇手的遊戲裡打敗他們。」

我揚起眉毛，啜起咖啡。

「模仿犯殺戮是出自他們對另一名兇手的癡迷。」艾倫繼續說，他將手臂放在桌上，向前靠過來。「他們非常了解這位兇手，這意味著，這位模仿犯很可能對妳也瞭若指掌。他可能在一旁監視妳。他可能看著蕾西走出妳的辦公室。我只是想請妳相信妳的直覺，留意眼前的狀況，聽從妳的本能。」

我回想起落羽杉墓園，在我走回車上、驅車前往診所時，總有被人盯著背後看的感覺。我在位置上調整坐姿，隨著一分一秒過去，覺得越來越不自在。每次提到老爸總會讓我充滿內疚，但我就是無法理解讓我內疚的對象是誰。我內疚是因為我背叛了他嗎？因為我的一根手指比向了他，讓他要坐一輩子的牢？或者，是因為我跟他流著同樣的血液、同樣的

DNA，還用他的姓氏？多少次提到我父親時，我就急著想道歉，我想向艾倫道歉，向麗娜的父母道歉，向整個布羅布里治道歉。我想為了自己的存在跟所有人道歉。如果理查·戴維斯不存在，那世界上就會少一點痛苦。

不過，他存在，因為如此，我也存在。

我感覺到身邊的動靜，轉頭望向丹尼爾，他醒了，盯著我的方向看。他望著我，看著我的目光掠過天花板，因為我正在腦海裡重播我與艾倫的對話。

「早安。」他溫柔地說，他的聲音因為睡意還非常沙啞，他環抱起我，將我拉近。他的皮膚很溫暖，感覺放心。「妳在想什麼？」

「沒什麼。」我移到他的懷抱深處。我緊貼著他的髖骨，露出微笑，他鼓起的四角褲磨蹭我的大腿。我轉過身去，面對他，然後雙腿緊緊貼著他，沒多久，我們就在同樣充滿睡意的寧靜下做起愛來。我們的身體貼在一起，清晨的汗水稍微潺溼我們的軀體，他吻我吻得很大力，舌頭伸到我的喉嚨裡，牙齒咬著我的嘴脣。他的手開始在我身上游移，從我的雙腿開始，向上到我的腹部，然後壓在我胸口，最後一路伸到我的頸子上。

我繼續吻他，希望無視他環繞我脖子的雙手。我等著他把手移開，哪裡都好。不過，他沒有移開，他的手繼續擱在我的脖子上，同時，他挺進的速度越來越快，力道越來越大。他的手開始施力，我尖叫一聲，猛力向後退開，盡可能距離他遠一點。

「怎樣？」他連忙坐起身來。他用驚嚇的神情看著我。「我弄痛妳了嗎？」

「沒有。」我的心臟狂跳。「沒有，你沒有，只是……」

我看著他，看到他臉上不解的表情，看著他雙眼流露的關切，懷疑自己弄痛了我，看著他受傷的神情，因為我居然會逃避他的碰觸，他的手指宛如火柴，在我的皮膚上留下火烤的疤痕。不過，我又想到他昨晚在廚房吻我的模樣。他用手指在我下巴畫圈，感覺我的脈搏，他剛剛溫柔卻堅定地掐著我的喉嚨。

我將頭靠在枕頭上，嘆了聲氣。

「抱歉。」我緊閉雙眼，需要逃離自己的思緒。「我只是最近有點緊繃，不知為何就是很容易受到驚嚇。」

「沒事的。」他伸手攬著我的腰。我知道我毀了那一刻，他跟我的興致都沒了，但他還是抱著我。「現在事太多了。」

我知道他明白我在想奧布芮與蕾西，但我們都沒有說出口。我們靜靜躺在床上好一會兒，聽著雨聲。就在我覺得他可能睡著時，他呢喃開口。

「克蘿伊。」他說。

「嗯？」

「妳有什麼事想告訴我嗎？」

我沒有說話，蔓延的靜默已經回答了他想知道的答案。

「妳可以告訴我。」他說。「什麼都可以說。我是妳的未婚夫，這就是我在這裡的原因。」

「我知道。」我說，而我相信他。畢竟，我跟丹尼爾說過父親的事、我的過往。不過，抽離描述過往回憶是一回事，僅僅將它們視為發生過的事實重新訴說一遍而已。在此時此刻重新經歷一次則是完全不同的感覺。在每一個黑暗角落都看到父親的臉，聽到母親的話語與其他聲音迴盪在一起。更糟糕的是因為這一切發生過，這種似曾相識的感覺。我永遠忘不掉多年前那天庫柏看我的表情，當時的我想解釋，想要提出我的理由。他臉上出現的是關切與無比恐懼的神情。

「我沒事。」我說。「真的沒事，只是一下發生太多事。兩個女孩失蹤了，我爸的紀念日又要到了——」

我的手機在床邊桌上猛烈震動起來，螢幕的亮光稍微照亮了還很昏暗的臥室。我用手肘撐起身子，瞇著眼睛看起想要聯絡我的電話號碼。

「誰啊？」

「不確定。」我說。「禮拜六一大早應該不是工作。」

「妳接吧。」他翻過身去。「誰曉得呢？」

我拿起手機，讓它在掌心震動，然後才滑開螢幕，貼到耳朵上。我清了清嗓才開口。

「我是戴維斯醫生。」

「嗨，戴維斯醫生，我是麥克．湯瑪斯警探。我們週一時因為蕾西．戴克勒失蹤案在妳的辦公室見過面。」

「好。」我望向丹尼爾的方向。他正在用手機瀏覽信箱。「我記得。有什麼需要幫忙的嗎？」

「我們尋獲蕾西的屍體了，就在妳診所後面的小巷裡。抱歉必須透過電話通知妳這件事。」

我倒抽一口涼氣，我的手本能地移到嘴上。丹尼爾看著我，放下手機。我不作聲，搖搖頭，但淚水已經在眼眶打轉。

「我們需要妳今天早上來停屍間一趟，看看屍體。」

「我，呃……」我遲疑起來，不太確定我是不是誤會他的意思了。「抱歉，警探。我只見過蕾西一次。你們肯定會希望讓她母親認屍才對吧？我根本不認識——」

「身分已經確認了。」他說。「但既然她是在妳診所外面被人發現，她媽最後一次見到她就是送她去你的診所，保險起見，我們此刻可以假設妳就是最後一個見到她活著的人。我們希望妳看看她，告訴我們她現在相較於跟妳約診時身上有沒有什麼異樣，有沒有奇怪的地方。」

我緩緩吐氣，手從嘴邊移到額頭上。臥室變得越來越熱，外頭的雨下得越來越大。

「我真的不知道我能幫上什麼忙。我們只相處了一個小時，我根本不記得她的打扮。」

「什麼都好。」他說。「也許看到她就能勾起妳的回憶。妳越早過來越好。」

我點頭同意，然後掛斷電話，重重倒回床上。

「蕾西死了。」我說，不是說給丹尼爾聽，而是說給我自己聽的。「他們在我的診所外頭找到她的屍體，她就死在我的辦公室外頭。我當時可能還在樓上。」

「我已經知道妳會怎麼想了。」他靠在床頭板上，手在床單上碰觸我的手，我們雙手交握。「克蘿伊，妳無力回天，一點辦法也沒有。妳根本不可能知道她會出事。」

我回想起我的父親，鏟子擱在肩上。黑黑的身影緩緩沿著我們後院走過來，他彷彿擁有全世界的時間。我在樓上，蜷縮在我的凳子上，就著小小的閱讀燈望向窗口偷看。在場，但完全不明白自己目擊了什麼事件。

抱歉我沒有早點說明狀況。我……我不知道……

蕾西有沒有像我提到什麼能夠救她一命的事情？我那天有看到可疑人士嗎？在診所附近遊蕩？但我沒有看出來？就跟之前一樣？

艾倫的話語迴盪在我的腦海。

這位模仿犯很可能對妳瞭若指掌，他可能在一旁監視妳。

「我該走了。」我放開丹尼爾的手，雙腿往床下移。出了被毯，我覺得自己暴露了，我的赤裸不再是幾分鐘前強烈的親密象徵。現在赤裸散發著脆弱與羞恥的感覺。我察覺到丹尼爾看著我，而我穿過臥房，走出臥室，在黑暗裡連忙在身後帶上門。

Chapter 19

「死因是勒死。」

我站在蕾西屍體旁，她蒼白的臉龐呈現冰藍色。驗屍官站在我左邊，拿著一個寫字板，我右手邊則是靠得太近的湯瑪斯警探。我不曉得該說什麼，所以我沒有開口，我的目光在這位我幾乎不認識的女孩身上掃視。一個禮拜前，她走進我的診間，告訴我她的問題。她信任我能解決的問題。

「從她這裡的瘀青就看得出來。」驗屍官繼續，用筆指著她的脖子。「這裡有指印，尺寸跟間距都與奧布芮身上的一樣。她們手腕跟腳踝上有同樣的繩索痕跡。」

我望向驗屍官，嚥起口水。

「所以，你覺得這兩個案子有關？是同一名兇手？」

「這個得下次再聊了。」湯瑪斯警官打岔。「現在我們要聚焦在蕾西身上。我說了，她是在妳診所後面的巷子被人發現，妳會去那邊嗎？」

「不會。」我低頭看著面前的屍體。雨水打溼了她金色的頭髮，髮絲有如蜘蛛網狀靜脈曲張結在她臉上。她原本就很蒼白的皮膚現在看起來更慘白了，她的疤痕看起來顯眼無比，紅色的格紋攀在她的手臂、胸口與腿上。「不。我基本上不會去那邊，那裡是讓垃圾車來收垃圾用的，大家都把車子停在前面。」

他點點頭，發出明顯的吐氣聲。我們靜靜站在原地一分鐘，他讓我消化眼前駭人的場景。這一刻我才意識到雖然死亡糾纏了我一輩子，這還是我第一次實際看到屍體。我第一次真正凝視死人的雙眼。我想像此刻的我該回想起來，記得蕾西的臉，那天下午她在我診間的模樣，在這一切發生前的模樣，但我的腦海是一片空白。我完全無法想像蕾西有著紅潤的皮膚、顫抖的手指，淚水在眼眶打轉，而她坐在我的皮革沙發上，談起她的父親。我只看得到這個版本的蕾西，死掉的蕾西，躺在輪床上的蕾西，任由陌生人撥弄她的屍體。

「有什麼看起來不一樣的地方嗎？」他終於開口，逼得我配合。「有少了什麼衣物嗎？」

「我真的看不出來。」我檢視起她的軀體。她穿了黑色T恤、褪色牛仔短褲、髒髒的帆布鞋，鞋身上還有塗鴉。我試著想像她在學校無聊到用原子筆在鞋子上作畫，打發時間，但我真的什麼也想像不出來。「我說了，我真的沒有特別留意她的打扮。」

「好吧。」他說。「沒關係，妳就試試看，慢慢來。」

我點點頭，思索起麗娜死後一週是否看起來也這副模樣。她倒在田地或某處的淺墳之中，皮膚還沒有脫落，衣服還沒有分解，我在想她看起來是不是也像這個樣子，跟蕾西一樣，在又熱又悶的空氣裡蒼白浮腫。

「她跟妳有談到那個嗎？」

湯瑪斯警探扭著頭，比向她的兩條手臂，皮膚上有很多細小的傷痕。我點點頭。

「稍微提到。」

「那個呢？」

他望向她手臂上最粗大的傷疤，也就是我幾天前注意到的紫色閃電痕跡。

「沒有。」我搖搖頭。「沒有，我們沒來得及談那個。」

「真他媽遺憾。」他壓低聲音說。「她年紀輕輕就得承受這等痛苦。」

「對。」我點點頭。「對，真的很遺憾。」

現場又靜默了一分鐘，我們三人都沒有說話，靜靜哀悼起來，不只哀悼她的死，也惋惜她的生命。

「你們之前沒有檢查過那條巷子嗎？」我問。「我是說，一開始得知她失蹤的時候？」

湯瑪斯警探看著我，我看得到他臉上閃過一絲憤怒的情緒。畢竟這個女孩的屍體就出現在最後有人見到她的場所附近，警方卻花了幾乎一個禮拜才找到她，這種工作效率實在令人不敢苟同，而他也很清楚。

「有。」他終於開口，發出明顯的嘆息。「我們檢查過了，要麼我們漏了，要麼就是之後有人把她搬過去的。在別處殺害，移動到巷子去。」

「那裡空間不大。」我說。「很窄。垃圾車幾乎就能占據整個空間。如果你們檢查過那裡，我實在很難想像你們怎麼會沒看見她，那裡實在沒有多少空間可以藏——」

「如果妳不常過去，妳怎麼會知道？」

「我可以從診間大廳看到那邊。」我說。「我的窗戶對著那個方向。」

他望著我好一會兒，我看得出來他正在評估我是不是在說謊。

「顯然我那邊視野不是太好啦。」我補了一句，想要微笑。

他點點頭，不曉得是滿意我的答案，還是準備等會兒再深究。

「就是垃圾清運人員找到她的。」他終於開口。「她就卡在子母車後面。清潔人員升起子母車清除垃圾時，就看到屍體滾出來。」

「那肯定有人移動過她。」驗屍官打斷我們，敲起她的手臂外側。「這裡有屍斑，如此集中說明她死時是躺著，不是坐著，也沒有卡在什麼地方。」

我胃裡忽然一陣翻攪，我不想繼續檢視她的屍體、評估她的傷勢，但我沒辦法。她身上大多是瘀青，慘白的皮膚有幾處看起來有大理石花紋，我現在明白那是地心引力迫使血液流過去的痕跡。驗屍官提到屍斑，我的目光沿著她的雙手，從她的肩膀一路看到她的指尖。

「你還掌握了什麼？」我問。

「她遭到下藥。」驗屍官說。「我們在她髮絲樣本裡找到大量的地西泮。」

「地西泮，就是煩寧，對嗎？」湯瑪斯警探問。我點點頭。「蕾西有在吃焦慮症或憂鬱症的藥？」

「沒有。」我搖搖頭。「沒有，我開了處方，但她還沒有開始吃。」

「頭髮的成長速度暗示了藥物是在一週前使用。」驗屍官補充道。「所以應該就是她遭到謀殺的時候。」

這個新發現讓湯瑪斯警探望向驗屍官，我忽然感覺到空間中瀰漫著不耐的情緒。

「正式的驗屍什麼時候可以完成？」

男人看著警探，然後又望向我。

「越早開始就能越早給你結果。」

我感覺到兩個男人望過來，沒有明說的暗示是我完全沒有幫上任何忙。不過，我的目光還是緊盯著蕾西的手臂，看著她皮膚上的零星小小切口，看著她手腕的繩索痕跡，以及沿著血管劃過去的鋸齒狀紫色傷疤。

「好了，不好意思，戴維斯醫生，但我真的不是請妳來話家常的。」湯瑪斯警探說。「如果妳想不起其他事情，那妳可以先行離開。」

我搖搖頭，目光盯著她的手腕。

「不，我想起來了。」我想像起她剃刀的路徑，這樣才能造成鋸齒形的傷痕。場面一定很恐怖。「那天的蕾西跟現在不一樣。」

「好。」他變換重心，仔細盯著我。「說來聽聽。」

「她的傷疤。」我說。「我週五注意到她的這道疤，我注意到她打算用手鍊遮蓋住，木頭珠子手鍊，上頭有小小的銀色十字架。」

警探連忙低頭看向她光溜溜的手腕。我記得掛在血管部位上方的玫瑰念珠，也許在她下次衝動想要劃破皮膚前，能夠提點她一下。那天下午她在診間的皮革沙發上激動不安時，手鍊的確就掛在她的手腕上。接著她起身離開，在我的診所外頭被人抓走。那時她遭人下藥、謀殺。

不過，這一刻手鍊不見了。

「有人拿走了。」

Chapter 20

我終於走到停在停屍間外頭的車上時，我的呼吸非常不順。我抽噎吸起大氣，想要讓我的思緒遠離我剛剛看到的景象，及其所代表的意義。

蕾西的手鍊不見了。

我想告訴自己，手鍊大概只是掉了，就跟奧布芮的耳環一樣，出現在落羽杉墓園的泥土中，蕾西的手鍊肯定是在掙扎時弄掉的，或是警察將她的屍體從子母車後頭拖出來時勾到掉了。也許被垃圾埋住了，永遠找不回來了。不過，我相信艾倫不這麼想。

我只是想請妳相信妳的直覺，聽從妳的本能。

我喘起大氣，想要止住顫抖的手指。我的本能想告訴我什麼？

驗屍官對於蕾西脖子瘀青、手上屍斑的說法闡述了一個無法辯駁的事實——奧布芮．奎維諾跟蕾西．戴克勒命案的兇手是同一個人。同樣的殺人手法，在脖子上留下了同樣的指印。雖然我先前極力否認，說服自己蕾西只是逃家，說不定她是自殺（畢竟她之前就試過），但我內心還是有一部分一直都很清楚。綁架案的確會發生，特別是年輕貌美女孩子的綁架案，但兩起綁架案在同一週內發生？兩起綁架案事發距離這麼接近？

這也太巧了吧？

當然，奧布芮與蕾西死在同一個人手裡並不意味著這是模仿犯的行為。也不代表兇手跟我父親、跟我有什麼關係。

他將奧布芮棄屍在墓園之中，也就是最後一次有人見到她的地點。

我想到蕾西，棄屍在我診所後方暗巷的子母車後，也是最後一次有人看到她的地點。就藏在每個人的眼皮子底下，不止如此，現在我知道她是被人移過去的。兇手並不是隨機抓住她，當場殺害，我原本以為奧布芮是這樣。結果她卻是在我診所附近被人抓走、下藥，在別處殺害後才移回來。

我的心臟一度忘了要繼續跳動，一個想法在我腦海中成形，思緒太恐怖了，實在難以多想。我想擺脫這個想法，想要把這個想法當成妄想、似曾相識或只是原始、沒有過濾過的恐懼。只不過是我的腦袋發展出來的另一個不智因應機制，想要在如此說不通的狀況裡找到合理的解釋。

我試了，但我辦不到。

如果兇手就是希望有人找到屍體……但不是希望警察找到？要是希望是由我找到呢？奧布芮的屍體在我離開尋人小隊後沒多久就尋獲。我在場。兇手居然知道我在場？更可怕的是，難道他也在場？

我想起蕾西，幻想起她的屍體就藏在距離我辦公室幾公尺的地方。我跟湯瑪斯警探說的是實話，我真的很少去那條巷子，但從我的辦公室窗戶的確看得到那裡，非常清楚。我看得到子母車，如果我這個禮拜沒有這麼心不在焉，我也許從大廳的視角就能注意到蕾西的屍體塞在子母車後頭。

也許兇手也知道這點？

也許屍體上有什麼兇手希望別人發現的線索。

我的腦袋飛快運轉，我都跟不上了。屍體上的線索，屍體上的線索，也許掉了的手鍊就是線索。也許兇手是故意拿走的，也許他知道，如果我發現屍體，我也許會注意到遺失的手鍊，我就能將一切拼湊起來。我就會明白。

車內很熱，溫度高達三十度，但我還是雞皮疙瘩爬滿身。我發動引擎，讓冷氣吹向我的頭髮。我望向副駕駛座的置物箱，想起裡頭有我上週拿回來的贊安諾。我想像起自己將藥丸放在舌頭上，苦味在我下顎散發，蔓延至我的血液之中，鬆弛我的肌肉，覆蓋我的心靈。我打開櫃門，藥瓶滾到前面來。我伸手拿起，用雙手把玩起來。我扭開瓶蓋，倒了一顆在掌心。

手機在一旁震動起來，我轉頭看著亮起的螢幕，丹尼爾的名字跟照片望著我。我低頭看著掌心的藥丸，又看了看手機。我嘆了口氣，拿起手機，滑開接聽。

「嘿。」我還握著那顆贊安諾，在手指之間檢視起來。

「嘿。」他遲疑了一下。「妳那邊結束了嗎？」

「都結束了。」

「怎麼樣？」

「太可怕了，丹尼爾，她看起來……」

我的思緒回到桌面上的蕾西屍體，她的皮膚是凍瘡的顏色，眼珠子像是由蠟結成的一樣。我想起她皮膚上有如櫻桃小糖果般的切痕，還有她手腕上最大的那道傷痕。

「她看起來太恐怖了。」我把話說完。我實在想不出其他詞彙來形容。

「我很遺憾妳必須經歷這一切。」他說。

「對，我也是。」

「妳有幫到什麼忙嗎？」

我回想起失蹤的手鍊，正要開口，此刻卻發現少了前後脈絡，這項發現沒有任何意義。要解釋遺失手鍊的重要性，我就得先提我去過落羽杉墓園，在她屍體出現前幾分鐘找到了她的耳環。我得說起我與艾倫．簡森的會面，以及他對模仿犯的理論。我必須重回那些黑暗的地方，我的思緒這一個禮拜都待在那裡，我得在丹尼爾面前重返，跟丹尼爾一起回去那裡。

我閉上雙眼，手指大力壓在眼皮上，直到我眼冒金星。

「不。」我終於開口。「沒什麼幫助。我跟警探說了，我跟她相處不過才一個小時。」

丹尼爾嘆了口氣。我想像他用手梳過頭髮，而他坐直在床舖上，裸露的後背靠在床頭板上。我想像他把手機靠在肩上，用手指搓揉雙眼。

他終於開口：「回家吧，回床上來。咱們今天好好放鬆，好嗎？」

「好。」我點點頭。「好啊，聽起來是個好主意。」

我在座位上坐立難安，將藥丸放回罐子裡，將罐子擺回置物箱。我準備要轉進馬路，此時艾倫的聲音再次出現在我的腦海。我遲疑了一下，懷疑我該不該回停屍間，將一切解釋給湯瑪斯警探聽，跟他分享艾倫的理論。如果我知情不報，還會有多少女孩失蹤？

但我辦不到，還不行，我還沒準備好蹚進這潭渾水之中，向警察解釋艾倫的理論，我就得先說明我是誰，我的家人是誰，我有何種過往。我再也不想開啟那道門，因為一旦開啟，就再也關不上了。

「我得先去辦點事。」我反而說。「應該不用一個小時。」

「克蘿伊——」

「沒事的，我沒事，午餐前我就到家。」

我在丹尼爾還來不及勸我回心轉意前就掛斷電話，我撥打起另一個號碼，我的手指不耐地敲著方向盤，直到另一端熟悉的嗓音接起。

「我是艾倫。」

「嗨，艾倫，我是克蘿伊。」

「戴維斯醫生。」他的口氣聽起來很歡快。「這次語氣顯然比妳上次打來愉快多了。」

我望向窗外，露出淺淺的微笑，這是自從今早湯瑪斯警探的電話號碼出現在我手機上，我第一次笑。

「聽著，你還在城裡嗎？我想聊聊。」

Chapter 21

在我與杜利警長談過後，他給我們兩個選擇，一是待在警局，直到警方取得拘捕令，前去逮捕我父親，二是直接回家，什麼也不要說，耐心等候。

「申請拘捕令要多久？」我的母親問。

「實在說不準，可能是幾小時，可能要幾天，但有這些證據，我猜今晚就能將他捉拿歸案。」

我的母親看著我，彷彿是在等我的答案，彷彿我是該做決定的人，我，十二歲的女孩。聰明的做法，安全的做法，應該是留在警局。她很清楚，我也很清楚，連杜利警長也明白這點。

「我們回家。」她居然這麼說。「我兒子在家，我不能留庫柏跟他獨處。」

杜利警長在椅子上調整坐姿。

「我們可以去接孩子，帶他過來。」

「不。」我的母親搖搖頭。「不，那樣會看起來很可疑。如果理查起疑，而拘捕令還沒下來……」

「我們會請警員過去附近臥底巡邏，我們不會讓他跑了。」

「他不會傷害我們。」母親說。「他不會的，他不會傷害他的家人。」

「沒有冒犯的意思，女士，但我們討論的是連環殺人兇手。他涉嫌殺害了六個人。」

「如果出了什麼事讓我覺得我們有危險，那我們會立刻離開。我會報警，請警員過來。」於是她決定好了，我們這就回家。

從杜利警長的表情看來，他不明白她為什麼堅持要回到我父親身邊。我們剛剛才提供了物證能夠證實她的丈夫就是一名連環殺人兇手，結果呢？她還是要回家？不過，我明白，我清楚得很。我知道她之所以要回家是因為她永遠會回家，就算在她勾搭了這麼多男人進我們家、進她的房間後，每天晚上，她還是會回到老爸身邊，替他張羅晚餐，端到他座位前，然後才靜靜回到她的臥室，在身後帶上房門。我望向我的母親，她臉上寫滿倔強的神情。我心想，也許她也懷疑，也許她想見他最後一面，也許她想以自己幽微的方式向他道別。

或者，說不定事情沒有那麼複雜，說不定她只是不曉得該怎麼離開。

杜利警長嘆了口氣，顯然不贊同，然後從辦公桌旁起身，打開辦公室大門，讓我與母親同樣不發一語、神情呆滯地離開警局。我們坐了十五分鐘的車，彼此都沒有開口，我繫著安全帶，坐在她二手的紅色 Corolla 前座，車子噗噗噗地往家的方向前進。坐墊上有個破洞，我伸手進去，將洞扯大。他們逼我把盒子留在警局，那個裝滿我父親戰利品的盒子。我喜歡那個珠寶盒，有叮叮噹噹清脆音樂，以及隨著樂曲轉圈跳舞的芭蕾舞女伶。我在想我能不能把盒子拿回來。

「甜心，妳做的是對的。」我的母親終於開口。她的聲音讓人放心，但不知為何，她的話語感覺很空洞。「但，克蘿伊，我們現在需要假裝正常一點，盡量正常一點。我知道這很困難，但我們不用裝太久。」

「好。」

「也許我們到家後，妳可以回到妳的房間，把房門關上。我跟妳爸說妳不舒服。」

己聽。

「好喔。」

「他不會傷害我們的。」她又說起同樣的話，我沒有答腔。我覺得這次她是說給她自

我們把車子開向我們家長長的車道，這條我以往會跑上來的石子路，我的鞋子會踢起飛塵，森林裡的黑影會在樹木上移動。我驚覺，我再也不必跑了，我再也不用害怕了。不過，從沾滿蟲屍的擋風玻璃看出去，我們家越來越近，我卻有一種無比的衝動，想要開了車門，連忙跳車，連滾帶爬衝進樹林裡躲起來。感覺樹林比我們家還要安全。我的呼吸開始加快速度。

「我不知道我辨不辨得到。」我說。我的呼吸變得又急又淺，沒多久我就開始過度換氣，我周遭的景象變得明亮、充滿斑點。我一度覺得自己會死在車上。「我可以至少跟庫柏說嗎？」

「不行。」媽媽說。她看著我，看著我的胸部以危險的速度起起伏伏。她一手放開方向盤，讓我轉過去看她，她用手指撫摸我的臉頰。「克蘿伊，呼吸，為了我，妳可以慢慢呼吸嗎？用鼻子吸氣。」

我閉上雙眼，用鼻子深深吸氣，讓肺裡吸飽了氣。

「現在用嘴巴吐氣。」

我扁著嘴，緩緩將空氣吐出來，感覺到心跳稍微放慢了一點點。

「再來一次。」

我再來一次。鼻子吸，嘴巴吐，隨著每一次成功的吸吐，我的視線恢復正常，終於，我們的車子停到門廊前面，母親熄火。我發現自己盯著面前陰森的房子，已經能夠正常呼吸。

「克蘿伊，我們不會告訴任何人。」我的母親又說了一遍。「直到警察來再說。妳明白嗎？」

我點點頭，淚水沿著我的臉頰落下。我轉頭面向母親，看到她的目光。她凝視著我們家，彷彿我們家鬧鬼一樣。就是這個時候，看著她堅毅的神情，以及掩飾恐懼的強裝自信，我這才從她的眼眸深處看清她真正的意圖。我明白我們為什麼在此，我們為什麼回家。並不是因為她覺得她必須回來，也不是因為她很軟弱。我們回來是因為她想向自己證明，她可以挺身對抗他。她想證明她可以是堅強的那個人，無所畏懼的那個人，而不是跟她平常一樣，一遇問題就逃，躲著他們，躲著他，假裝一切都不存在。

不過，現在她害怕了，她跟我一樣怕。

「咱們走吧。」她拉開車門。我跟著開門，大力甩上，然後繞到車頭，盯著我們家有圍欄的門廊，看著搖椅隨著微風擺動，凝視我最愛的木蘭樹將樹影投在父親多年前固定在樹幹上的吊床上。我們走進室內，開門時，大門發出聲響。母親催促我上樓，就在我朝著自己臥房前進時，一個聲音打斷了我的步伐。

「妳們兩個跑哪兒去了？」

我僵在原地，扭頭看到父親坐在客廳沙發上，望著我們的方向。他握著一罐啤酒，手指摳起溼溼的標籤，一小疊碎紙片擱在活動小桌上。小桌木板上都是葵花籽。他很乾淨，沖過澡了，頭髮向後梳，還刮了鬍子。他看起來精神抖擻，穿了卡其褲跟襯衫，上衣塞進褲頭裡。不過，他看起來也很累，可以說是疲憊。他的皮膚看似鬆弛，雙眼凹陷，好像很多天沒有睡覺。

「我們去吃午餐。」我媽說。「女生的約會。」

「聽起來不錯。」

「但克蘿伊不太舒服。」她看著我。「我覺得她可能感染到什麼東西。」

「蜜糖，真是太遺憾了。過來。」

我望向母親，她微微點頭。我走下階梯，進入客廳，隨著我接近父親，我的心臟在胸腔裡大力跳動起來。他看著我，眼神裡透露著好奇，我站在他面前。忽然間，我在想，他是不是知道他的盒子不見了。我在想，他是不是就要開口問我了。他把手放在我的額頭上，輕輕貼上去。

「妳發燒了。」他說。「親愛的，妳渾身是汗，妳在發抖。」

「對啊。」我盯著地板看。「我想我只是需要躺一下。」

「來。」他抓起啤酒，貼在我脖子上，我稍微退縮，冰涼的玻璃麻痺了我的皮膚，瓶身上的水珠流到我的胸口，浸溼了我的上衣。我感覺到自己抵著酒瓶的脈搏，是冰涼的衝擊。「這樣有好一點嗎？」

我點點頭，逼著自己微笑。

「我想妳說得對。」他說。「妳是該躺一下，睡個午覺。」

「庫柏在哪？」我忽然間注意到他的缺席。

「在他房裡。」

我點點頭。他的房間在樓梯上去左手邊，我的在右邊。我在想我能不能在父母沒注意到的狀況下，偷溜去他房裡，蜷在他床上，用被子蓋著頭。我實在不想獨處。

「去吧。」他說。「去躺一下。我等下再上去看妳，替妳量體溫。」

我轉身，準備要走回階梯，這時酒瓶還貼在我的頸子上。我的母親跟了上來，她緊跟在後讓我很有安全感，直到我們到走廊的時候。

「夢娜。」我爸喊著說。「妳等一下。」

我感覺到母親轉身，面對他的方向。她沒有說話，父親再度開口。

「妳是不是有什麼事要告訴我？」

艾倫的目光鑽進我的頭顱之中，我則遠眺河景。我轉頭面對他，不確定我有沒有聽清楚他的話，還是我的記憶又湧向我的潛意識，混淆了我的判斷，困惑了我的大腦。

「怎樣？」他又問起。「有嗎？」

「有啊。」我緩緩回答。「所以我才打電話叫你出來。今早我接到湯瑪斯警探的電話——」

「不，在我們談那個之前，還有別的事。妳欺騙了我。」

我望回河景，將咖啡拿到嘴邊，我們坐在河邊的長椅上，就著沉降的霧氣，遠方的橋看起來更具工業感，更荒涼。

「騙你什麼？」

「這個。」

他將手機拿出來，我用另一隻手接下來，我看著自己的照片，我走在一群人之中。我立刻明白這是何時拍的照片，灰色T恤、包頭、扭曲樹木上飄著松蘿菠蘿，還有遠處模糊的警方黃色封鎖線。這張照片是一週前於落羽杉墓園拍的。

「你在哪找到這張照片的？」

「那是網路新聞報導。」他說。「我正在查地區報紙，想要找出一些能夠訪問的人，結果看到這張尋人小隊的照片。想像我看到妳出現在其中有多意外。」

我嘆了口氣，暗地裡責備自己居然沒注意到脖子上掛著相機的記者。我只希望丹尼爾不要看到這篇報導，或是道爾警員，他看到就糟糕了。

「我沒說過我不在那裡。」

「是沒有，但妳說落羽杉墓園對妳的家人來說沒有特殊意義，沒有理由認為將奧布芮棄屍該處會引人疑竇。」

「的確不會。」我說。「真的沒有什麼特殊意義。我只是碰巧遇上了尋人隊伍，好嗎？我開車到處轉，想要釐清思緒。我遠遠看到他們，就想說下車看看。」

他緊盯著我，雙眼瞇起。

「在我們這行裡，信任就是一切。信任是最重要的。如果妳騙我，我們就不能合作了。」

「我沒有騙人。」我舉起雙手。「我發誓。」

「妳為什麼決定下車看看？」

「我不太確定。」我又喝了一口咖啡。「我猜是因為好奇吧，我當時的確想到奧布芮，還有麗娜。」

艾倫沒有說話，目光還在我臉上。

「她是怎麼樣的人？」他終於開口，口氣裡充滿好奇。他忍不住，我知道他忍不住，誰都沒辦法按捺這種好奇。「妳跟她是朋友嗎？」

「類似吧。我小時候覺得我們的確是朋友，但我現在明白那是什麼樣的關係。」

「那是什麼樣的關係？」

「她是那種年紀比較大的酷女孩，想找個年紀小的書呆子。」我說。「她對我很好，會給我不要的衣物，教我化妝。」

「那就是朋友啊。」艾倫說。「要我說，我會說那是最好的朋友。」

「對啊。」我點點頭。「對，我猜你說的沒錯。她這個人就是有一種……不知道耶，吸引力吧？你懂嗎？」

我望向艾倫，他明白地點起頭來。我在想他是不是也有過一個麗娜？我想像每個人的生命裡都會有麗娜這樣的人。這個人光彩炫目有如流星，但也在短時間內燃燒殆盡。

「她也有利用我的地方啦，我很清楚，但我不在乎。」我繼續說，用手敲著我的咖啡杯。「她在家並不好過，所以我們家成了她的出路。再說，我覺得她暗戀我哥。」

艾倫揚起眉毛。

「每個人都暗戀我哥。」我陷入回憶，嘴角揚起淺淺的微笑。「他對麗娜沒有那種意思，但我想就是這樣，麗娜才動不動就跑來我們家。我記得有一次——」

我沒說下去，在我繞遠之前打住。

「抱歉。」我說。「你大概不在乎這種事。」

「不，我在乎。」他說。「請繼續。」

我嘆了口氣，手指伸進髮絲之間。

「那年夏天，在一切發生之前，有次麗娜來我們家，她每次都會編一堆藉口解釋她為什麼必須來我們家，然後她說服我一起闖進庫柏的房間。我真的不會幹這種事……你知道，違反規定的事。不過，麗娜就是有這種魔力。她會讓你突破界限，讓你毫無畏懼地生活。」

我對那天下午還記憶猶新，溫暖的午後陽光照在我的臉頰上，感覺刺刺癢癢的，草深深壓進我的後背，搔著我的脖子。我跟麗娜躺在後院，欣賞起雲的形狀。

「妳知道加點什麼可以讓這一切變得更美好嗎？」她用沙啞的嗓音說話。「一點大麻。」

我轉過頭去，面對她的方向。她還盯著天上的雲，目光非常專注，她的牙齒咬著嘴唇的一角。她手裡有一枚打火機，她心不在焉地用指甲咬得短短的手指點火又熄火，另一隻手則擱在火焰上頭，距離越來越近，直到她的掌心燻出了小小的黑色圓圈。

「我很確定妳哥有大麻。」

我看著一隻螞蟻緩緩爬上她的臉頰，朝她眉毛前進。我覺得她曉得螞蟻爬上她的臉，她感覺得到螞蟻愈爬越近。她只是在測試螞蟻，測試她自己。想要看看她能容忍到什麼程度，就像打火機一樣，正在灼燒她的皮膚，而她又要到什麼程度，才會逼自己伸手去把螞蟻撥掉。

「庫柏？」我把頭轉回來。「不可能，他不嗑藥的。」

麗娜嗤之以鼻，用手肘撐起身子。

「噢，克蘿伊，我就喜歡妳這麼單純。小孩子就是這點好。」

「我不是小孩子。」我也坐了起來。「再說，他的房間會上鎖。」

「妳有信用卡嗎？」

「沒有。」我又覺得尷尬了。麗娜有信用卡嗎？我不認識哪個十五歲孩子有信用卡的，庫柏顯然沒有，但話又說回來，麗娜不是一般人。「我有借書證。」

「妳當然有。」她把自己從草地上撐起來。她伸出手，手掌上都是葉片的痕跡，皮膚上還有些微的泥巴。我拉著她汗溼的手，也跟著起身，看著她一一挑起黏在大腿後方的野草。「咱們走吧。說真的，妳什麼都要我教喔？」

我們進屋，在我的房間稍作停留，抓起我放借書證的小包包，然後穿過走廊，前往庫柏的房間。

「看吧。」我扭動門把。「鎖住了。」

「他平常都會鎖門喔？」

「自從我在他床底下找到噁心的雜誌之後，他就開始鎖門。」

「庫柏喔！」她揚起眉毛。她看起來是驚艷，不是覺得反感。「真調皮呢。好啦，借書證交出來。」

我遞了過去，看著她將卡片塞進門縫之中。

「首先，檢查鉸鏈。」她推擠著卡片。「如果看不到鉸鏈，那就是對的鎖。妳要對準彈簧鎖舌的斜面才行。」

「好。」我努力壓下從喉頭升起的焦慮。

「接著，將卡片從對的角度插進去。一旦卡片的角落進去了，要讓它直立起來，像這樣。」

我沉醉地看著她將卡片往門縫中越塞越裡面，還對門施加壓力。卡片開始彎曲，我祈禱它不要折斷。

「妳怎麼知道該怎麼開門？」我終於問起。

「噢，妳知道。」她扭動著卡片。「禁足太多次，妳就學會該怎麼逃出來。」

「妳爸媽會把妳鎖在房裡？」

她沒搭理我，又扯了幾下卡片，終於，門開了。

「鏘鏘！」

她轉過身，臉上露出得意的神情，然後我發現她的表情逐漸改變。她咧著嘴，眼睛睜得老大，然後露出微笑。

「噢。」她將手插在發出喀啦聲響的髖骨上，說：「嘿，庫。」
艾倫大笑起來，喝完最後的拿鐵，將外帶杯放在他腳邊的地上。
「所以他逮到妳們了？」他問。「妳們都還沒進去？」
「噢，對啊。」我說。「他就一直站在我身後，全程從樓梯那邊看著我們。我想他只是想看看我們進不進得去而已。」
「那妳就沒有大麻了。」
「的確沒有。」我笑了笑。「那要好幾年之後的事了。不過，我覺得麗娜的目標本來就不是大麻。我覺得她只是想被他抓到，想要得到他的關注而已。」
「成功了嗎？」
「不算。」我說。「這種行為對庫柏就是沒用。事實上還會造成反效果。那天晚上他跟我坐下來，跟我談起不要嗑藥吸毒的事，還說要做好榜樣諸如此類的。」
太陽逐漸露出頭，我幾乎是立刻感覺到氣溫上升，溼度也跟著攀升，空氣有如攪動過後的牛奶那樣粘膩。我感覺到臉頰又發燙起來，我不曉得是因為太陽照著我的臉，還是因為跟陌生人分享這私密的回憶。我實在不曉得讓我提起這事的動機為何。
「所以，妳為什麼找我出來？」艾倫感覺到我想要換話題的欲望。「為什麼改變主意？」
「我今天早上看到蕾西的屍體了。」我說。「我們上次見面時，你要我相信我的直覺。」
「等等，倒回去一點。」他打斷我。「妳說妳看到蕾西的屍體？怎麼看到的？」
「警方在我辦公室後面的巷子裡找到她的屍體，就塞在子母車後面。」
「老天。」
「他們要我看看屍體跟我上次見到她時有沒有什麼不同，有沒有掉了什麼東西。」

艾倫沒有說話，等著我繼續。我喘了口氣，轉頭面向他。

「她的手鍊不見了。」我說。「而我在墓園的時候，我撿到一只耳環。那是奧布芮的耳環。一開始，我以為是她的屍體在拖行途中不小心掉落什麼的，但我後來發現那只耳環是一組的，還有一條類似款式的項鍊。我沒見到奧布芮的屍體，但如果她屍體上沒有那條項鍊——」

「妳覺得兇手拿走了她們的首飾。」艾倫插嘴道：「類似某種戰利品。」

「這符合我爸的模式。」我說，就算過了這麼多年，坦承這回事還是讓我作嘔。「他們會逮到他全是因為我找到了他藏在衣櫥後面的盒子，而盒子裡都是受害者的首飾。」

艾倫睜大雙眼，然後低頭看著自己的大腿，消化起我剛提供的資訊。我等了一分鐘才繼續講下去。

「我知道這樣很牽強，但我想這至少值得仔細研究。」

「不，妳說得對。」艾倫點點頭。「這是我們無法忽視的巧合。還有誰知道這件事？」

「這個嘛，我家人顯然知道，然後是警察，還有受害者的父母。」

「就這樣？」

「我爸接受認罪協商。」我說。「並不是所有的證據都有公開，所以對，我想就這樣，除非案件細節不知怎麼走漏了出去。」

「妳能想到在剛剛這些人裡面，有誰有理由做出這種事嗎？也許是某位警察對案件太執著之類的？」

「不。」我搖搖頭。「不，警察都——」

我沒說完，我忽然想到了，我的家人，警察。

受害者的父母。

「是有一個人。」我緩緩解釋起來。「受害者的父親，麗娜的父親，伯特．羅德。」

艾倫看著我，點頭要我繼續說下去。

「他……他沒有辦法接受這件事。」

「他的女兒遭到謀殺，我覺得多數人都沒辦法接受。」

「不，這不是一般的哀傷。」我說。「那是不一樣的情緒，那是憤怒。甚至在命案出現之前，他就有些……不對勁。」

我回想起麗娜，撬開我哥哥上鎖的房門。她說溜嘴，不情不願地承認，卻又在我追問時，假裝沒聽到。

妳爸媽會把妳鎖在房裡？

艾倫點點頭，撅起的嘴脣吐出一口穩定的氣流。

「你那天是怎麼說模仿犯的？」我問：「他們不是崇拜，就是想羞辱一開始的兇手？」

「對。」艾倫說。「整體而言，模仿犯有兩種不同的類型。有人是崇拜殺人兇手，想要模仿他們的犯罪，作為一種致敬，另一種人則是對兇手有所不滿，也許是有相反的政治信仰，或是認為他們過譽了，想要超越他們。所以模仿犯都會模仿一開始的罪行，將注意力從原本的兇手身上引開，聚焦到自己身上，不管是哪種模仿犯，對他們來說，這都只是一場遊戲。」

「好啊，伯特．羅德的確不滿我的父親。他有合適的理由，但是呢，感覺起來很不健康，很像一種耽溺。」

「說得通。」艾倫說。「好，謝謝妳告訴我這件事。妳會去報警嗎？」

「不。」我的反應大概有點太快。「至少現在還不會。」

「怎樣？還有別的狀況嗎？」

我搖搖頭，決定不要提到我理論的另一個部分，那就是綁架這兩個女孩的人是在向我對話，奚落我，考驗我，要我拼湊出這一切。我不希望因為我太越界，而艾倫開始質疑我的理智，對我剛剛說的一切打折扣。我想先自己做點功課。

「不，我只是沒有準備好，還太早了。」

我站起身來，風把我的包頭吹亂，我將一縷髮絲從額頭上撥開。我喘了口氣，轉向艾倫，向他道別，我在他眼裡看到前所未見的神情。他的雙眼流露出關切。

「克蘿伊。」他說。「等等。」

「怎樣？」

他遲疑了一下，彷彿還在決定該不該繼續說下去。他決定了，然後靠向前，聲音低沉又可靠。

「答應我，妳會好好照顧自己，好嗎？」

Chapter 22

我記得見過麗娜的父母一次，他們是伯特與安娜貝兒，當時我們坐在布羅布里治高中歲末年度話劇的觀眾席裡。就是命案發生的那一年，上演的是《火爆浪子》（Grease），麗娜飾演女主角莎蒂，她的緊身皮褲只要禮堂的燈打對角度，就會反射出光澤。她平常的龍蝦辮換成電棒燙，耳朵後面塞著一根假菸（但我懷疑那不是假的，謝幕後她大概會去停車場把菸抽掉）。庫柏也有演，所以我跟爸媽才會來看。他是運動好手，但演戲不是他的強項。手冊上只有說他飾演「三號學生」這種不起眼的角色。

但麗娜不一樣，麗娜是耀眼之星。

我跟爸媽一起在一排一排的座位間移動，尋找連著的三張空位，撞到已經入座的父母膝蓋還要不斷道歉。

「夢娜。」爸爸喊起，揮著手。「這邊。」

他比著觀眾席中央的三個位置，旁邊就是羅德夫婦。我看著母親稍微瞪大雙眼，然後揚起微笑，用手壓著我的背，有點用力把我往前推。

「嘿，伯特。」爸爸微笑著說。「安娜貝兒。這邊有人坐嗎？」

伯特．羅德對我父親微笑，比了比空位，完全無視我媽的存在。那一刻，我覺得他很失禮。他又不是沒見過我媽，幾個禮拜前，我才看他來過我們家。裝設警報系統是他糊口的方式，我記得他有雙黝黑、粗糙的手臂，他蹲在我們家後院泥巴地上忙碌著，然後母親輕拍他的肩膀，邀請他進屋。我從我的窗戶看出去，他抬頭望向她，用手臂抹去額頭的汗水，她拉著他進屋時，發出不自然的大笑。他們進了廚房，我聽到壓低聲音的急切交談聲，我從樓梯扶手上看到她靠在流理臺上，胸部擠在一起，拿著一杯又冰又甜的茶。

我們剛入座，燈光就暗了，麗娜大搖大擺地走在舞臺上，她扭動的臀部讓白色圓裙轉到腰際。父親在座位上調整坐姿，翹起雙腿。伯特．羅德則清了清嗓。

我記得我望過去，他整個人的姿態非常僵硬。而母親的目光始終盯著舞臺。我的父親坐在他們之間，完全沒有注意到。我後來才發現，伯特．羅德並不是失禮，他是不自在，他在隱藏什麼，我媽媽也是。

父親遭到逮捕後，他們的婚外情讓我震驚，我懷疑天底下的孩子都認為父母是幸福快樂的人，過著類似人類的生活，卻沒有七情六慾、意見、問題和需求。十二歲的時候，我還不懂人生、婚姻、關係的複雜。我的父親鎮日工作，母親則一人在家。我跟庫柏不是在學校，就是在摔角、去夏令營度過我們大部分的時間，我從來沒有停下腳步思索我媽到底一整天都在忙些什麼。我們無趣的夜晚例行公事就是在活動小桌上吃晚餐，然後是父親在他的懶人椅上打盹，母親整理廚房，之後拿著書回到他們的臥房，這一切對我來說就是這樣，例行公事。我從來不會想這種生活有多寂寞，有多無趣。他們之間沒有親密舉動，看似很正常，我從來沒有見過他們親吻、牽手，因為我從來沒有見過別種相處模式。我根本不曉得其他的相處模式存在。所以當她那年夏天開始固定邀請一連串的男人來我們家時（園丁、電工、替我們安裝警報系統的人，女兒後來失蹤的人），我頂多只覺得這是南方人的好客態度罷了。用一杯手工自製甜茶替他們消消暑。

有人懷疑我的父親殺害麗娜是為了報復，在他發現我媽跟伯特好上了，這是一種病態的報復手段。也許殺害第一個受害者麗娜是他展露陰暗面的序曲。也許之後，黑暗又從角落爬了出來，變得巨大，變得恐怖，更難控制。伯特．羅德肯定相信這點。

我回想起第一次電視記者會時，他站在麗娜母親身邊，那時麗娜的狀態只是失蹤，還不是「假定死亡」。他心煩意亂，女兒失蹤才不過四十八小時，他就已經無法說出合理的完整句子。不過，當我父親證實就是殺害麗娜的兇手時，伯特的理智終於斷線。

我記得一天早上，庫柏攔著我，不讓我出門，因為伯特．羅德在屋外，跟得了狂犬病的動物一樣在我們家前院踱步。他跟其他來我們家的人不一樣，他們會從遠處丟東西過來，當我們趕他們時，他們會倉皇跑開。這次卻不一樣。伯特．羅德是成年男人，他憤怒，他狂躁。此時，母親已經拋下了我們，至少她的心智如此，而我跟庫柏完全不曉得該怎麼辦，所以我們只能縮在我的臥房，從我的窗戶向外看。我們看著他踢起泥巴，對著我們家咒罵難聽字眼。看著他朝我們的方向大吼大叫，扯起衣服、扯起頭髮。最後，庫柏去外頭。我求他不要去，拉著他的衣袖，淚水直流。然後，我無助地看著他走下我們家大門的階梯，走進院子裡。我看著他吼回去，伸出的手指戳在伯特壯碩的胸膛上。最終伯特帶著報復的承諾離開了。

我聽到他吼著說：這還沒完！他粗啞的聲音迴盪在我們家這浩瀚的虛無之間。

我們後來才曉得，那天晚上砸進媽媽臥室窗戶的石頭就是出自他長繭的大手，刺破父親卡車輪胎的刀也是他的。在他腦袋裡，他認為這一切都是他的錯。畢竟，他跟有夫之婦發生關係，而在同一年的夏天裡，這個女人的丈夫謀殺了他的女兒。因果循環，他無法承受這種罪疚感。他打從心底憤怒。如果伯特．羅德在父親坦承殺害麗娜後能夠對他動手，我保證他會殺了老爸，而且是慢慢折磨他到死，一點情面也不留。他肯定會緩慢、痛苦地凌遲他。而且伯特會很享受其中的每一分、每一秒。

不過，當然了，他辦不到。他碰不到我爸，我爸在警方的拘留所，非常安全，在監獄裡，非常安全。

但他的家人不是，所以伯特盯上我們。

我開了家門，探頭進屋尋找丹尼爾的身影。我遵守諾言在午餐前到家，在廚房裡聞到現泡咖啡香。我望向客廳裡的筆記型電腦，我想抓起電腦，打開，飛快開始輸入。

我想了解更多關於伯特・羅德的資訊。

他知道麗娜打了臍環，他知道我爸在小龍蝦節及學校話劇表演上看他的女兒，知道她會躺在我的臥室地上，那雙長腿抬得老高。其他的那些女孩，羅萍、瑪格麗特、凱莉、蘇珊、婕兒，她們的確也是受害者，但她們是隨機的對象。對她們下手只是出於方便或必然性，或是兩者混合的結果。她們出現在錯誤的時間、錯誤的地點，也就是我父親再也壓抑不住他內心黑暗的時刻，而他找到第一個手無寸鐵的無辜年輕女孩時，他就會用手掐死她們，直到黑暗如同怕光的甲蟲，退回陰暗的角落去。不過，麗娜似乎不止如此，她絕對不止如此。對麗娜下手完全是私人恩怨。她是他的第一個受害者。她之所以會死是因為她的身分，因為她讓我爸產生的感覺，因為她奚落他，對他揮手，然後消失進人群之中，因為伯特奚落他，跟他的老婆上床，還在公共場合對他笑，假裝是朋友一樣。

我穿過前往客廳的走廊，坐上沙發，將筆電放在大腿上，啟動電腦。伯特・羅德就是一個暴力、憤怒、不肯饒恕的人，他充滿惡意。二十年後，他還對此懷恨在心？他沒有忘卻我父親的罪行，也許他也不希望我們忘記。我就是擺脫不掉我掌握住什麼線索的感覺，於是我敲起鍵盤，在搜尋引擎上輸入他的名字，按下 Enter 鍵。一連串文章出現，主要都跟布羅布里治的命案有關。我將頁面往下捲，過濾起標題，都是往事，都是我讀過的報導。

我決定縮小範圍，輸入「伯特．羅德、巴頓魯治」，再試一遍。

這次出現一個新的搜尋結果，名為「安全警報系統」的巴頓魯治保全公司。我點進連結，網站載入，我讀起他們的首頁。

「安全警報系統」是一間由巴頓魯治當地人創立的保全公司，隨時隨地可配合顧客需求進行服務調整。訓練有素的安裝專家會親自架設、監控您的住家環境，一週七天，一天二十四小時，全年無休，絕不懈怠，保護您與您的家人。

我點下「認識團隊」的標籤，看到伯特．羅德的臉出現在螢幕上。我注視著他的照片，他曾經銳利的下巴線條現在有了多餘的脂肪與鬆弛的皮膚，像是披薩麵團一樣下垂，掛在那裡。他看起來老了、胖了、禿了。說真的，他看起來很糟，但就是他，絕對是他。

然後，我恍然大悟。

他住在這裡。伯特．羅德住在巴頓魯治。

我著迷地看著他的照片，看著他望向鏡頭的模樣，他的臉上完全沒有任何表情。他沒有高興，沒有哀傷，沒有憤怒，沒有不悅，他就只是這樣，只是一個人類的空殼，裡頭空空如也。他的嘴唇稍微下垂，眉頭微蹙，雙眼不帶任何情緒，是兩個漆黑的圓圈。這雙眼睛似乎將相機閃光燈的光線吞噬進眼球中央，沒有將光反射出來，其他的照片人物雙眼都會反光。我靠向顯示器，專注看著螢幕上的照片，看著這張存在於我過往生活中的人臉，完全沒有注意到朝我走來的腳步聲。

「克蘿伊？」

我嚇了一跳，一手壓在胸口。我抬頭看到丹尼爾出現在我上方，我出於本能蓋上電腦。他看了電腦一眼。

「妳在看什麼？」

「抱歉。」我的目光從筆電回到他身上。他換好衣服，雙手捧著一個巨大的馬克杯，目光緊盯著我。他將杯子往我的方向湊過來，我不情願地接下，畢竟我半小時前才跟艾倫一起喝過超大杯的咖啡，而咖啡因（至少我覺得是咖啡因的關係）已經開始讓我焦慮緊張。我沒回答，他又問起話來。

「妳上哪兒去了？」

「就辦點事。」我把筆電推到一旁。「我已經在城裡了，就想說也許我能順便處理一下——」

「克蘿伊。」他打斷我。「妳到底在忙什麼？」

「什麼也沒有。」我沒好氣地說。「丹尼爾，我沒事，真的。我只是需要開車到處轉轉，好嗎？」

「好。」他舉起雙手。「行，我明白。」

他轉過身，內疚感襲上我的心頭。我想到過往的每一段關係，因為我無法打開心房讓他們走進來、信任他們，所以那些關係都在開始前就畫下句點。因為我的偏執與恐懼扼殺了其他的情緒，我的肉體不斷尖叫，希望這些情緒能得到關注。

「慢著，我很抱歉。」我朝他伸手。我扭動手指，他轉身，朝我走回來，跟我一起坐在沙發上。我用一隻手攬著他的背，將頭靠在他的肩上。「我知道這一切我沒有處理得很好。」

「我能幫上什麼忙？」

「咱們今天找點事做吧？」我忽然坐直身子。我的手指還是想回到筆電上，研究伯特．羅德，但此刻，我必須跟丹尼爾在一起。我不能一直這樣隨意打發他。「我知道你說我們今天可以在床上待一天，但我覺得此刻的我需要做點別的。我想我們需要找點事做，出門走走。」

他嘆了口氣，手指伸進我的髮絲之中。他看我的神情結合了深情與哀傷，我已經知道我不會喜歡他接下來要說的話。

「克蘿伊，我很抱歉。我今天得開車去拉法葉。妳知道那間我一直爭取要見面的醫院？他們剛打電話來，妳剛好……在辦妳的事。他們今天下午給我一個小時，我也許得請幾位醫生吃晚餐。我得跑這一趟。」

「噢，好。」我點點頭。這是自從我走進家門後，首度看清他的衣著。他不只是換了衣服，他打扮得很得體，這是工作的打扮。「好吧，那……那當然沒關係。你該怎樣就怎樣。」

「但妳該出門走走。」他戳了戳我的胸口。「妳該從事一些活動，呼吸新鮮空氣。我很抱歉我不能陪妳，但我應該明天一早就能到家。」

「沒事的。」我說。「反正我要追一下婚禮的東西，還有信要回。我就在家，搞定這些事，也許晚點找夏儂一起喝一杯。」

「這樣才對。」他把我拉近，親吻我的額頭。他停頓了一分鐘，我感覺到他的目光盯著我身後依舊闔上的筆記型電腦。他用一隻手將我固定在他的胸口，另一隻手伸過沙發將筆電拉過來。我也想伸手，但他緊緊握著我的手腕，他將電腦移到大腿上，不發一語，攤開螢幕。

「丹尼爾。」我說，但他沒搭理我，我的手腕他還是握得很緊。「丹尼爾，拜託——」

我嚥下口水，螢幕在他面前亮起，等待他的目光掃視那個頁面，「安全警報系統」公司，還有伯特．羅德的照片。他靜默了一會兒，我確定他認得這個名字。他知道我在忙什麼。畢竟，他曉得麗娜的事。我開口準備解釋，但他直接打斷我。

「妳就是為了這個不安？」

「聽著，我可以解釋。」我還在努力將手腕掙脫出來。「尋獲奧布芮的屍體後，我就開始擔心——」

「妳想裝保全系統？」他問。「妳擔心對那兩個女孩下手的人也會找上妳？」

我沒說話，心裡盤算著我是該讓他沿著這個思路繼續前進，還是要解釋真實的狀況。然後在我能開口前，他又繼續。

「克蘿伊，妳為什麼什麼都不跟我說？天啊，妳一定嚇壞了。」他放開我的手腕，我感覺到血液恢復，指尖傳來冰冷的麻痺感。我沒注意到他握得這麼大力。然後他又把我拉進胸膛之中，手指沿著我的後頸滑向我的背脊。「這些事一定讓妳回想起……我是說，我知道妳在想這個，還有妳的父親，但我不曉得有這麼嚴重。」

「對不起。」我的嘴唇貼著他的肩膀。「就是……感覺有點誇張，你懂嗎？這麼害怕。」

這不全然是實話，但也不盡然是謊言。

「克蘿伊，妳會沒事的。妳根本沒有什麼好擔心的。」

我的思緒轉跳回二十年前，跟我媽媽還有庫柏一起的早晨。我們背著背包，蹲在門口。我哭哭啼啼的，媽媽在安慰我。

庫柏，她的確需要擔心，好嗎？這是很嚴重的事情。

「兇手，無論他是誰，他喜歡青少女，記得嗎？」

我嚥下口水，點點頭，我的思緒建構出我已經知道他接下來要說的話。我彷彿又站在那個門口，讓媽媽替我擦乾眼淚。

「別上陌生人的車，別單獨走暗巷。」

丹尼爾向後退開，對我微笑，我也勉強擠出笑容。

「但如果裝了保全系統能夠讓妳感覺好一點，我覺得我們就該裝。」他說。「打電話給這個傢伙，叫他過來。至少至少，這樣妳能得到內心的平靜。」

「好。」我點點頭。「我會研究一下，但這些東西很貴。」

丹尼爾搖搖頭。

「妳內心的平靜更珍貴。」他說。「無價。」

我笑了笑，這次是發自內心的笑容，我最後又抱了抱他。我實在不能責備他生我的氣，或是對我的行為好奇。我這幾天真的都偷偷摸摸的，他也都知道。他還是不曉得我其實不是要安裝保全系統，我是在研究螢幕上的這個男人，不是要他安裝的設備，但是呢，就這樣吧。我感覺得到他語氣裡的情緒是真心的，他是認真的。

「謝謝你。」我說。「你人真好。」

「妳也是。」他親吻我的額頭，站起身來。「現在我得出門了。搞定一些事情，我到那邊的時候再傳訊息給妳。」

Chapter 23

我一看到丹尼爾的車子駛出車道，我就跑回電腦，抓起手機，開始傳新訊息給艾倫。

伯特．羅德住在這裡，巴頓魯治。

我不曉得該拿這條資訊怎麼辦，顯然是條線索，肯定不只是巧合這麼簡單。不過呢，還是不足以去報警。就我所知，警方還沒有自行將失蹤的首飾串聯起來，而我也不想成為替他們串聯一切的人。幾秒鐘後，我的手機震動起來，艾倫回覆了。

正在查，給我十分鐘。

我放下手機，看著電腦，看著伯特依舊展示在我螢幕上的照片，他的面容就是他創傷經歷的體證。人的肉體受到傷害時，可以從瘀青或傷疤上觀察到，但當他們受到的是情緒或心理的創傷時，留下的印記則更為深刻。他們的雙眼會反照出那些無眠之夜，他們的臉頰會記住每一滴眼淚的溝痕，他們深鎖的眉頭記錄了每一次的發怒。他們皸裂的嘴唇說明了嗜血的渴望。我遲疑了一分鐘，目光又望上這個殘破的人。我開始同情他，我開始好奇，為什麼一個以如此悲慘方式失去女兒的男人，會以同樣的方式取走另一條性命？他怎麼能讓另一個無辜的家庭體驗同樣的痛苦？但我又想起我的客戶，我每天必須會面的其他痛苦靈魂。我想起我自己。我想起我在學校讀過的統計數字，這種資訊讓我血液發涼，四成在兒時受到虐待的人，長大後也會施暴。不是每個人都這樣，但有人就是如此。這是一種循環，關乎權力、控制，或該說，無法控制。關乎奪走他人的控制，任你所用。

我最該清楚這點。

我的手機震動起來，艾倫的名字出現在螢幕上。響了一聲，我連忙接起。

「你查到什麼？」我問，雙眼還盯著電腦。

「攻擊事件造成的肉體傷害、公然酗酒、酒後駕駛。」他說。「過去十五年間，他進出監獄多次，看來在一次家暴爭議後，他太太就提出離婚，還聲請了禁制令。」

「他幹了什麼？」

艾倫沉默了一會兒，我不知道他是在讀筆記，還是不想回答問題。

「艾倫？」

「他掐他老婆。」

我讓我的身體消化這句話，整個客廳彷彿降溫五度。

他掐他老婆。

「也許只是巧合。」艾倫說。

「可能不是。」

「生氣喝醉跟連環殺人魔有著天差地遠的差別。」

「他的狀況也是持續惡化的。」我說。「十五年的暴力輕罪似乎暗示了他能夠做出更多不好的事。他攻擊太太的方式，就是他女兒遭到攻擊的方式，艾倫。也是奧布芮跟蕾西遭人謀殺的——」

「好。」艾倫說。「行，我們盯著他，但如果妳真的很不放心，我覺得妳該去報警。跟他們提出，妳知道，模仿犯的理論。」

「不。」我搖搖頭。「不，還不行，我們需要更多資訊。」

「為什麼?」艾倫聽起來很激動。「克蘿伊,妳上次說過,這就是其他狀況,更多資訊。妳為什麼這麼害怕去找警察?」

他的問題刺痛了我。我想起自己對湯瑪斯警探與道爾警員撒謊的事,隱瞞案件調查的證據。我沒想過自己會怕警察,但當我回想起大學的時候,我上一次牽扯進類似事件時,結局最後並不好。我根本大錯特錯。

「我沒有怕警察。」我說。艾倫沒有講話,我覺得我必須繼續解釋。我覺得我應該要說的是,我怕的是我自己。不過,我只有嘆氣。

「我不想跟他們談的原因,就跟我不想跟你談一樣。」我說,我的口氣有點太嚴厲了。「我根本不想捲入這一切。」

「但妳就是捲進來了啊。」艾倫回口。他的語氣聽起來很受傷,這一刻,相較於他在碼頭上聽我回憶麗娜的事,我跟他的關係似乎已經超越了記者與訪問對象。感覺開始往心裡去。「不管妳喜不喜歡,妳都已經身陷其中。」

我望向窗口,剛好及時在百葉窗縫隙間看到有車影開進我家車道。我沒有在等人,所以我望向時鐘,丹尼爾不過出門半小時。我環顧四周,在想他是不是忘了東西,開回來拿。

「聽著,艾倫,我很抱歉。」我用手指捏捏鼻子。「我不是故意要這樣。我知道你只是想幫忙。你說的沒錯,不管我想不想,我都深陷其中。我爸確保了這點。」

他靜默不語,但我聽得到電話另一端凝結的沉重張力。

「我要說的是,我還沒有準備好讓警察開始挖掘我的過往。」我繼續解釋。「如果我帶領他們往這個方向前進,如果我表明我的身分,我就無法回頭了。他們會重新拆解我、檢視我。艾倫,這是我的家,我的生活。我在這裡是個正常人……或該說,我是盡量做個正常人。我喜歡現在這樣。」

「好。」他最後說：「好，我明白。很抱歉逼迫妳。」

「沒事的。如果我們找到更多證據，我就會統統告訴警察，我發誓。」

我聽到外頭傳來甩上車門的聲音，看到男人的身影走上我家車道，朝我家房子前進。

「但，嘿，我得掛了。我想丹尼爾回來了。晚點再打給你。」

我掛斷電話，將手機扔在沙發上，然後走向大門。我聽到階梯上的腳步聲，在丹尼爾開門進屋前，我猛力打開大門，一手扠在腰上。

「你就是捨不得離開我，是吧？」

我的雙眼看著面前的男人，我的笑容消失，開玩笑的神情轉變成驚恐。這個男人不是丹尼爾。我扠腰的手落下，我上下打量起這個男人，他有如空殼的身軀、骯髒的服裝、滿是皺紋的皮膚，以及毫無生氣的黑色雙眼。這雙眼睛比照片上還要黑，而照片還停留在我的電腦螢幕上。我的心跳開始加速，在這驚嚇的一秒鐘裡，我在門口喘起大氣，阻止自己暈過去。

站在我家門口階梯上的人是伯特・羅德。

Chapter 24

我們對望彼此，感覺好像過了永恆，我們默默較勁，看誰會先開口。就算我有話要說，我也說不出口。我的嘴脣凍結住了，伯特．羅德活生生站在我面前的恐懼嚇得我無法動彈。我不能動，我不能講話。我只能看著他。我的目光從他的雙眼猶疑到他的雙手，又髒又長繭的大手。我想像這雙手輕易掐上我的脖子，一開始只是微微施力，然後用力到讓我喘不過氣來。我的指甲會抓著他的手，我突出的雙眼會緊盯著他的眼睛，在黑暗裡尋找一絲生機。他皸裂的嘴脣會扭成不懷好意的笑容。湯瑪斯警探會在我的皮膚上找到手指的痕跡。

他清了清嗓。

「這是丹尼爾．布利克斯的住所嗎？」

我又盯著他兩秒，眨了幾下眼睛，彷彿腦袋是從恍惚中清醒過來一樣。我不曉得我有沒有聽錯，他要找丹尼爾？我沒回答，他再度開口。

「半小時前，我們接到丹尼爾．布利克斯的來電，說要在這個地址安裝保全系統。」他低頭望向寫字板，然後轉頭看向身後的路牌，彷彿是要確定他沒走錯地方。「電話裡說很緊急。」

我望向他停在我家車道上的車，車身上印著「安全警報系統」公司的字樣。丹尼爾肯定是一上車就打電話給這間公司，這樣的舉動很貼心，出於善意，但也同時將伯特．羅德送到我面前來。丹尼爾完全不曉得他讓我置身於何種危險中。我看著這個出現在我過往生命的男人，他就站在我家門口階梯上，耐心靜候受邀進屋。我這才慢慢理解過來。

他沒有認出我來，他不曉得我是誰。

我先前沒有注意到，但我呼吸速度很快，每次急切吸氣就讓我的胸口猛烈起伏。伯特似乎跟我同時注意到這點，他用狐疑的眼神打量我，不解為什麼他的存在會讓一位陌生人換氣過度。我知道我必須讓自己冷靜下來。

克蘿伊，呼吸，為了我，妳可以慢慢呼吸嗎？用鼻子吸氣。

我想起我的媽媽，我閉上雙眼，用鼻子深深吸氣，讓肺裡吸飽了氣。

現在用嘴巴吐氣。

我扁著嘴，緩緩將陳腐的空氣吐出來，感覺到心跳放慢了。我緊握雙拳，這樣手才不會顫抖。

「對。」我退到一旁，示意請他進屋。我看著他踏過我家的門檻，進入我的聖殿，我的避風港，我的逃生出路，精心打造出來顯示正常與自制力的地方，而當我的過往一腳踏進時，所有的假象立刻粉碎。空氣的氛圍變了，粒子的嗡嗡頻率讓我手臂寒毛直豎。他站得距離我很近，跟我的臉只隔了幾公分，此時的他比我印象中更高大，但明明我上次跟這個男人同處一室時，我才十二歲。不過，他似乎並不清楚這點。他似乎不曉得我就是那個十二歲的女孩，跟殺害他女兒的男人流著同一種血液，也不知道我就是當他的石塊砸進媽媽窗戶時，放聲尖叫的女孩。更不知道當他跑到我們家，渾身散發著威士忌酒臭、汗味與淚水時，我就是躲在床底下的女孩。

他似乎完全不清楚我們之間有相連的過往。此時此刻，他站在我家，我在想我能不能以此作為我的優勢。

他走進屋子深處，到處張望，他的目光掃視走廊，以及連接的客廳、廚房，還有通往二樓的樓梯。他走了幾步，探進每一處空間，自顧自地點點頭。

忽然間，一個驚恐的想法襲上心頭。要是他認得我怎麼辦？要是他只是在查看我是否一個人在家怎麼辦？

「我丈夫在樓上。」我的目光閃向室內梯。丹尼爾放了一把槍在我們臥房的衣櫥裡，免得有人闖進。我爬梳腦袋，想要憶起到底是在哪一個盒子裡。我在想我能不能找個藉口上樓，把槍拿下來，以防萬一。「他在開視訊會議，但如果你有什麼需要。我可以上去問他。」

他瞇著眼睛看我，然後舔舔嘴唇，露出微笑，微微搖起頭來，我明確感覺到他是在笑我、嘲諷我。他知道丹尼爾的事我是在撒謊，他知道家裡只有我一個人。他朝我的方向走回來，我注意到他在褲子上抹手，彷彿是要抹掉掌心的汗水。我開始不安，思索要不要朝屋外拔腿就跑，結果他卻轉身，指著大門，用食指在門上敲了兩下。

「不需要，我只是在評估你們家的入口。兩扇主要的門，前門與後門。這裡有很多窗戶，所以我會建議裝一下玻璃破裂感測器。妳要我上樓看看嗎？」

「不用。」我說。「樓上不用。這……這樣的安排聽起來很好。謝謝你。」

「要攝影機嗎？」

「什麼？」

「攝影機。」他又說了一遍。「可以安裝在房子看的小東西，妳用手機就能查看監視影片——」

「噢，對。」我心不在焉地連忙接話。「對，當然，那樣就太棒了。」

「那好。」他點點頭。他在寫字板上潦草寫下文字，然後往我這邊塞過來。「麻煩這邊簽名，我去拿工具。」

我接下寫字板，低頭看著訂單表格，他則出了大門，走回車上。我顯然不能簽我的本名，我真正的名字。他肯定會認得。所以，我寫下「伊麗莎白・布利克斯」，我的中間名加上丹尼爾的姓氏，然後在他回來室內時，將寫字板交給他。我看著他掃視我的簽名，然後我退到沙發附近。

「我很感謝你這麼快就趕來。」我闔上筆電，將手機塞進後方口袋。「超級快的。」

「隨時隨地，全年無休。」他背誦起網站上的廣告詞。他在我們家到處走動，於窗戶貼上感應器。想到這個人曉得該從哪裡進來可以繞過警報器，忽然讓我擔心起來，就我所知，他可能會跳過某扇窗戶，刻意記下，然後晚點爬窗戶進來。我在想他是不是這樣挑選受害者的，也許他在奧布芮、蕾西家安裝保全系統時見過她們。也許他就站在她們的臥室裡，偷窺她們放內衣褲的櫃子。了解她們的行動與作息。

他在我家移動時，我沒有開口，他探頭進各個角落，手指碰觸到每道縫隙。

他抓起腳凳，一邊爬一邊發出悶哼聲，將小小的圓形攝影機安裝在客廳角落。我盯著鏡頭，高倍率放大的眼睛也盯著我看。

「你是公司老闆嗎？」我終於開口。

「不是。」他說。我以為他會進一步解釋，但他沒有。我決定繼續施壓。

「你做這行多久了？」

他爬下梯子，看著我，開了口，彷彿要說什麼，但他想了想，又閉上嘴，往大門走去，他從工具包裡抽出電鑽，將保全面板固定在牆壁上。我看著他的後腦勺，電鑽的聲音充斥著我家走廊，我再度嘗試。

「你是巴頓魯治人嗎？」

電鑽聲停了下來，我看到他雙肩緊繃。他沒有轉身，但現在充斥著空蕩空間的是他的嗓音。

「妳真的以為我不曉得妳是誰嗎？克蘿伊？」

我僵在原地，他的回應讓我嚇到說不出話來。我繼續盯著他的後腦，直到他緩緩轉身。

「妳應門的瞬間，我就認出妳了。」

「抱歉。」我強忍情緒。「我不曉得你在說什麼。」

「不，妳很清楚。」他走近了一步，手裡還握著電鑽。「妳是克蘿伊．戴維斯，妳的未婚夫打電話來的時候已經登記過妳的名字了。他去拉法葉，他說妳會讓我進來。」

我睜大雙眼，消化著他剛剛坦承的事實——他知道我是誰。他全程都知道，他也知道我一個人在家。

他繼續前進了一步。

「而妳在訂單表格上填了假名，這就說明妳也知道我是誰，所以我實在不懂妳到底在演哪齣，東問西問的。」

我的手機在後方口袋裡感覺燙燙的。我可以掏出來報警，但他現在就站在我面前，我擔心我的任何動作都會讓他向我撲過來。

「妳想知道我為什麼來巴頓魯治？」他問。他現在生氣了，我看到他皮膚發紅，眼神變得黯淡。他的舌頭吐起小小的唾沫。「克蘿伊，我來這裡好一陣子了。我跟安娜貝兒離婚後，覺得需要換個環境，重新開始。我在那邊待在黑暗的地方太久了，所以我打包行李離開，離開那個鬼地方，以及那裡帶來的所有回憶。就狀況看來，我過得還算不錯，直到幾年前，我打開週日的報紙，猜猜我見到誰的臉盯著我看？」

他停頓了一秒，嘴唇擠出一個微笑。

「那是妳的照片。」他用電鑽指向我。「妳的照片，然後是那個不要臉的標題，說妳就在巴頓魯治搞什麼轉化童年創傷的鬼話。」

我記得那篇文章，那是我剛開始在巴頓魯治總醫院工作時接受的報紙訪問。我以為那篇文章可以成為我的救贖，重新定義的機會，寫下我自己的敘事。不過，當然了，事情沒有那樣發展。那只是另一篇對我父親的探索，另一則名為新聞工作，實則低級宣揚暴力的文章。

「我讀了那篇報導。」他繼續說。「每個字都讀進去了。而妳知道嗎？我因此又憤怒不平。妳替妳爸找了這麼多藉口，從他的行為得到實質利益，為妳的職業生涯加分。我也讀到妳媽的消息，知道她在那一切扮演的角色結束後，還像個懦夫一樣，這樣她才不用繼續面對自己活下去。」

我一語不發，消化他的言語，注意到他用充滿憎恨的目光瞪著我，也看到他大力握著電鑽的手，指節都發白了，彷彿要從皮膚底下鑽出來一樣。

「你們全家都讓我噁心。」他說。「而無論我怎麼做，似乎都逃不開妳。」

「我沒有替我的父親找藉口。」我說。「我從來沒有想從任何人那裡得到任何利益。他的行為……不可寬恕，我也覺得很噁心。」

「噢，是這樣嗎？妳覺得噁心？」他歪起頭來。「告訴我，擁有自己的診所，噁心嗎？在城裡那個高檔的小辦公室？六位數的薪水噁心嗎？他媽的這間位在花園區兩層樓高的家還有完美的未婚夫噁心嗎？妳覺得這些東西噁心嗎？」

我大力嚥下口水。我低估伯特．羅德了。邀請他進屋鑄下大錯。想要扮演偵探、向他問話就是個錯誤。他不只認得我，他對我瞭若指掌。他研究我的方式就跟我研究他一樣，但他對我的了解更深、追蹤我更久。他知道我自行開業，我的診所在哪，也許這代表他也知道蕾西是我的病人，而她走出診所消失那天，他就那裡伺機而動。

「妳倒是告訴我。」他咆哮起來。「為什麼理查．戴維斯的女兒可以長大，過上美好的生活，而我的女兒卻腐爛在那個混蛋棄屍她的鬼地方？」

「我的生活並不完美。」我忽然也覺得很生氣。「你完全不曉得我經歷了什麼，在我父親的行為之後，我整個人變得有多慘。」

「妳經歷了什麼？」他提高嗓門，電鑽又指向我。「妳想聊聊妳經歷了什麼？妳有多慘？那我的女兒呢？她又經歷過什麼？」

「羅德先生，麗娜是我的朋友，她是我的朋友。那年夏天，不止你一個人失去摯愛。」

他的表情稍微轉變，雙眼間流露出柔情，糾結的額頭也稍微鬆開了一點，忽然間，他用我好像回到十二歲的神情看我。也許是因為我稱呼他為「羅德先生」，有次傍晚夏令營結束後，我衝進廚房時，媽媽介紹我們認識，我就是這樣叫他的。當時的我汗流浹背，身上骯髒不堪，也不明白這個男人是誰，為什麼跟我母親站得這麼近。也許是因為我提到麗娜的名字。我在想他已經多久沒有聽到她的名字了，這個名字聽起來如此甜美，就像從樹皮上滴到舌尖的甜膩樹汁。我想利用這短暫變換的氣氛，繼續說下去。

「你女兒所遇到的事情，我非常遺憾。」我向後退一步，拉開我們之間的距離。「我真的很抱歉。我每天都會想起她。」

他嘆了口氣，放下電鑽，擺到大腿旁邊。他轉過頭，透過百葉窗縫隙，凝視著外頭，露出遠目的神情。

他終於開口：「妳有沒有想過那是什麼樣的感覺？我以前夜裡都會這麼想，都會好奇，都會想像，滿腦子都是這件事。」

「我也一直如此，我真的無法想像麗娜經歷過什麼。」

「不。」他搖搖頭。「我不是在說麗娜，我不會好奇失去自己的生命是什麼感覺。說真的，就算我死了，我也不在乎。」

他轉過頭來。他的目光又恢復成兩個漆黑的空無，剛剛那一絲柔情現在全數消失殆盡。他又恢復了那個表情，同樣平面、不帶情緒的冷漠神態。他看起來很不像人類，只是一個掛在墨黑井池上的空洞面具。

「我是在說妳的父親。」他說。「我講的是取人性命的滋味。」

Chapter 25

我聽到引擎發動的聲音，以及他的卡車倒車越過鑲邊石，離開我的車道，我動也不動，聽著他的車子運轉聲朝遠方消失。一直到我身邊悄聲無息，我才有所動作。

妳真的以為我不曉得妳是誰嗎？克蘿伊？

他的話語纏住了我，讓我動彈不得，那一刻，他轉過身，注視我的雙眼。我整個人癱瘓，就跟我那天晚上看到父親從後院回來，握著鏟子的時候一樣。我知道我看到了不對勁的景象，恐怖的景象，危險的景象。我知道我該跑，我該尖叫。我知道我該揮舞雙手，從敞開的大門逃出去。不過，就跟父親緩慢沉重的腳步俘擄著我一樣，伯特．羅德的眼神也迷惑了我，將我的雙腳固定在地上。他的聲音有如一條蛇，纏繞著我的身軀，拒絕放開。那種感覺濃稠有如鹹水，想要跑，想要逃離他，想要逃出沼澤，但泥巴又厚又重，就是吸著你的腳踝不放。你越掙扎，就覺得越累，變得越無力，然後只能越陷越深。

我又等了一分鐘，直到我確定他走了，我才緩緩向前跨出一步，我的重心讓腳下的地板發出聲響。

我不是在說麗娜，我不會好奇失去自己的生命是什麼感覺。

我又向前走了一步，緩慢、謹慎的一步，彷彿他就躲在沒關上的大門後，等著動手一樣。

我是在說妳的父親。我講的是取人性命的滋味。

我走出最後一步，抵達門口，用力甩上大門，鎖上門閂，然後背壓在木板上。我渾身劇烈顫抖，整個空間變得明亮，我這是在對抗突如其來腎上腺素減退的可怕感覺，雙手顫抖、視線出現斑點、呼吸不順。我沿著牆壁滑坐在地板上，用手撐著頭，盡量不哭出來。

我終於抬頭看著固定在牆上的保全面板，上頭閃著燈。我起身在數字鍵盤上設定密碼，然後按下「啟動」，看著小小的鎖頭圖示從紅色變成綠色。我吐了口氣，但我實在覺得裝這東西根本沒有意義。就我所知，他沒有正確安裝，他漏了幾扇窗，或是設定了後門密碼。丹尼爾想要安裝保全系統讓我感覺安全一點，但此刻的我卻無比害怕。

我必須通知警方這件事，不能再拖了。伯特．羅德不僅知道我是誰，知道我住在哪裡。他知道我一個人在家，也許他也曉得我盯上他了。雖然我不想置身於另一場失蹤女孩的案件調查，但這次見面，我在找的額外證據已經浮出水面，那就是伯特．羅德滔滔不絕的時候，他氣我的生活，以及我的現狀，他還好奇取人性命的滋味，這根本已經承認了他的罪行，同時還威脅會繼續施暴。我用顫抖的手伸到後方口袋掏出手機，滑開先前的通話，點下今早才出現在螢幕上的電話號碼，這通電話證實了我最大的恐懼，那就是蕾西．戴克勒死了。我聽著另一端的嘟嘟聲，鼓足勇氣面對我知道我們即將展開的對話。我先前極力避免的對話。

嘟嘟聲忽然消失，招呼我的是男人的聲音。

「湯瑪斯警探。」

「嗨，警探，我是克蘿伊．戴維斯。」

「戴維斯醫生。」他聽起來很意外。「有什麼事嗎？妳想起什麼了嗎？」

「對。」我說。「對，我想起來了。我們可以盡快見面嗎？」

「當然。」我聽到電話另一端窸窸窣窣的聲音，他好像是在移動紙張。「妳可以來警局嗎？」

「可以。」我說。「可以，我可以跑一趟，這就過去。」

我掛斷電話，腦袋瘋狂運轉，我抓起鑰匙往外頭走，再三確認門鎖好了。我上了車，發動引擎。他不用告訴我怎麼去，我已經知道路線了。我先前造訪過巴頓魯治警局，我只希望當我向他透露身分時，那部分的過往不要扯我後腿。應該不會，但難說。不過，就算會，我也沒辦法，只能盡量解釋。

我把車子停進訪客停車位，熄火，我盯著面前的警局入口。大樓看起來跟十年前沒有兩樣，只是多了點歲月的痕跡，沒什麼維護。深褐色的磚牆還是同樣顏色，但接縫的油漆龜裂，大片碎片掉落，積在混凝土地板上。整個場景看起來灰灰髒髒，分隔警局與旁邊購物街的鐵絲網圍欄歪歪扭扭，搖搖欲墜。我下了車，甩上車門，逼著自己在回心轉意之前進去。

我走向大門櫃檯，站在乾淨的塑膠分隔板前，看著座位上的女人用壓克力指甲敲打鍵盤。

「嗨。」我打斷她。「我跟麥克．湯瑪斯警探有約？」

她從塑膠隔板後頭看過來，咬著一側臉頰，彷彿是在考慮她該不該相信我一樣。我的話語聽起來像是問句，因為我在家覺得必須要向警方坦白的篤定感，在我踏進警局的那一刻就煙消雲散。

「我可以傳訊息給他。」我拿出手機，想要說服她，放我進去是個好主意。「通知他我到了。」

她又看了我幾秒，然後拿起電話，撥起分機，話筒夾在她的肩膀與下巴之間，她繼續打她的字。我聽到嘟嘟聲，然後湯瑪斯警探的聲音出現。

「有人找你。」她說，她揚著眉毛看著我。

「克蘿伊．戴維斯。」

「她說她叫克蘿伊．戴維斯，有跟你約。」她說。

她立刻掛斷電話，比了比我右手邊的門，守門的是金屬探測器跟看起來不悅又疲憊的保全人員。

「他要妳直接進去，金屬跟電子產品放在籃子裡，右邊第二扇門。」

進了警局，湯瑪斯警探的辦公室門是開著的。我探頭過去，輕敲木門。

「進來。」他從堆滿各種文件、檔案夾的桌面上抬頭看我，桌上還有一盒打開的鹹味蘇打餅，半塊餅乾從小包裝冒了出來，木頭桌面上還有一道餅乾屑。他跟著我的目光看過去，連忙低頭，將小包裝塞進盒子裡，闔上外頭的紙盒。「抱歉一團亂。」

「沒事。」我走進去，在身後帶上門。我停頓了一會兒，他指著對面的椅子。我坐了下來，想起這禮拜剛開始時，我們的角色對調。那時我坐在我辦公室的辦公桌前，請他坐在我指定的地方。我喘了口氣。

「好。」他雙手交握在桌上。「妳想起了什麼？」

「首先，我有一個問題。」我說。「奧布芮．奎維諾，尋獲她屍體時，她有沒有戴任何首飾？」

「我不曉得這點跟案子有什麼關係。」

「有。我是說，根據有或沒有的不同，也許會有關。」

「妳為什麼不先說說妳想起了什麼，然後我們再來看。」

「不。」我搖搖頭。「不，在我開口前，我必須先確定這點。我發誓，這很重要。」

他盯著我看了幾秒，揣度他的選項。他發出誇張的嘆息，想要傳達他的不滿，然後翻起桌上的文件夾。他抓起其中一份，攤開，翻了幾頁。

「不，她的屍體上沒有任何首飾。」他說。「一只耳環出現在墓園，距離屍體不遠的地方，紋銀耳環上面有一顆珍珠跟三顆鑽石。」

他揚起眉毛抬頭看我，彷彿是在問：開心了嗎？

「所以沒有項鍊？」

他凝望我的雙眼幾秒鐘，才看向報告。

「沒有，沒有項鍊，只有一只耳環。」

我喘起大氣，雙手梳起頭髮。他又緊盯著我看，等待我說點什麼、做點什麼。我向後靠在椅背上，娓娓道來。

「那只耳環有一整組的首飾。」我說。「她遭到綁架時戴著同款的項鍊。這副耳環跟項鍊出現在她所有的照片上，她的失蹤海報、畢業紀念冊照片、臉書照片都有。如果她有戴耳環，那她肯定也會戴項鍊。」

他將文件夾放在桌面上。

「妳怎麼知道？」

「在我來找你之前，我查過了，我想確定一點。」我說。

「好，而妳為什麼覺得這點很重要？」

「因為蕾西也有首飾，記得嗎？」

「對。」他說。「妳提到她的手鍊。」

「珠子手鍊，上頭有金屬十字架。我在我的診所看到的。用來遮掩她手腕上的疤。不過，我今天早上看她屍體時……手鍊卻不見了。」

整個空間靜默得讓人很不舒服。湯瑪斯警探繼續盯著我，我實在不確定他是在思索我的話語，還是關切起我的精神狀態。我加快速度繼續說下去。

「我覺得兇手會拿受害者的首飾作為紀念品。」我說。「我覺得他之所以這麼做是因為我的父親也會這樣。你知道，布羅布里治的理查．戴維斯。」

我看著他逐漸恍然大悟的反應。每次都這樣，每次有人明白我是誰的時候，他們的臉會明顯鬆開，然後牙齒會咬在一起，彷彿是他們必須強忍著從桌子另一邊撲向我的慾望一樣。我們有同樣的姓氏，長得也很像。大家都說我的鼻子像我爸，大大的，又有點歪，是我最不喜歡的五官，不只是因為不好看，而是因為每次我看著鏡子，這個鼻子就會一再提醒我們有同樣的DNA。

「妳是克蘿伊．戴維斯。」他說。「理查．戴維斯的女兒。」

「不幸如此。」

「妳知道，我覺得我讀過一篇妳的報導。」他指著我，手指點了點，記憶逐漸清晰。

「我……我沒聯想在一起。」

「對，那是好幾年前的事了。你不記得讓我鬆了口氣。」

「而妳覺得這兩件命案不知為何跟妳父親的罪行有關？」

他還是用那個不相信我的眼神看我，我彷彿是飄在地毯上的鬼魂，他不確定我到底是否存在。

「一開始，我沒有這麼想。」我說。「但下個月就是二十週年了，我剛發現我爸某位受害者的父親就住在巴頓魯治。他叫伯特・羅德，他……很生氣，他有前科，他想掐死他太太——」

「妳覺得這是模仿犯？」他打斷我。「受害者的父親成了模仿犯？」

「他有前科。」我重複起來。「而……我的家人，他恨我的家人。我是說，可以理解，但他今天在我家的時候非常生氣，我覺得很不放心——」

「他無預警跑去妳家？」他坐直身子，找起筆來。「他有威脅妳嗎？」

「沒有，不算無預警。他是安裝保全系統的人員，我的未婚夫打電話請他們來安裝——」

「所以妳邀請他進屋？」他又向後靠，筆放下了。

「你可不可以不要打斷我？」

這話有點講得太大聲了，湯瑪斯警探詫異地望著我，他臉上出現驚嚇也不安的神情，不舒服的靜默籠罩整個辦公室。我咬起嘴脣，我不喜歡他的表情，我見過這個表情，我在庫柏臉上看過。我在警察跟警探臉上看過，就在這裡，就在這棟大樓裡。這個表情展露出第一抹的擔憂，不是擔心我的安危，而是質疑我的精神狀態。這個表情讓我覺得我的話語不值得信任，而我原本緩慢的瓦解過程變得越來越快，旋轉到失去控制，沒多久，我就什麼也不剩了。

「抱歉。」我吐了口氣。逼自己冷靜下來。「對不起。我只是覺得你沒有仔細聽我講話。你今天請我看蕾西的屍體，要我回想是不是有什麼重要的線索。我現在就是在跟你說我相信這件事可能很重要。」

「好。」他舉起雙手。「對，妳說得沒錯，抱歉，請繼續。」

「謝謝。」我覺得自己的肩膀稍微放鬆了一點。「總之，伯特·羅德就是少數知道這個細節的人，而他現在住在這些命案發生的地方，他有動機謀殺這兩名女孩，就跟二十年前我的父親謀殺伯特女兒一樣。這種巧合不得不納入考量。」

「而妳覺得他的動機是什麼？他認識這兩個女孩嗎？」

「不……我是說，我不知道，我覺得他不認識，但這不就是你們警察該調查的事情嗎？」

湯瑪斯警探揚起眉毛。

「抱歉。」我再次道歉。「只是……聽著，也許原因很多，好嗎？也許是報復，針對我認識的女孩，藉此騷擾我，或是讓我感覺到他失去女兒的痛苦。以眼還眼。或者，也許是出於哀傷，需要掌控，就跟什麼腦子壞掉的受虐者後來變成施暴者一樣。也許他是想表明立場。也許他只是有病，警探。二十年前，他也不是什麼好父親，好嗎？就連我小時候，我對他也有種感覺，覺得他不對勁。」

「好，但感覺並不是動機。」

「對，好，那這個動機呢？」我氣急敗壞地說。「他今天告訴我，在麗娜死後，他發現自己好奇起殺人的感覺。誰會講這種話？自己的女兒慘遭謀殺，當父親的還想知道殺人的滋味如何？不該是顛倒過來嗎？他同理到錯誤的對象身上了。」

湯瑪斯警探沉默了一分鐘，又嘆了口氣，這次聽起來像是無奈。

「好。」他說。「好，我們會調查這個人。我同意，這個巧合的確值得仔細檢視。」

「謝謝。」

我準備從椅子上起身，但警探又看著我，嘴邊帶著疑問。

「戴維斯醫生，就問一句，妳說的這個男人，這個——」

他低頭看著面前的紙張，什麼都沒寫。我感覺到煩躁有如膽汁湧上喉頭。

「伯特．羅德，你該記下來。」

「對，伯特．羅德。」他草草在角落寫下，還畫了兩圈。「妳說他可能是在針對妳認識的人。」

「對，也許。他坦承知道我的辦公室在哪裡，所以也許那就是他帶走蕾西的原因。說不定他看到我，也看到蕾西走出去。說不定把蕾西棄屍在我辦公室後頭，就是因為他知道我也許會看見，注意到遺失的首飾，將一切連結起來。逼迫我明白這些女孩會死都是因為……」

我停頓了一下，嚥起口水，逼自己把話講完。

「都是因為我爸。」

「好。」他的筆在紙張角落寫個不停。「好，有這個可能，但妳跟奧布芮．奎維諾的連結是什麼？妳認識她嗎？」

我看著他，臉頰燙燙的。這是值得提出的問題，但我還沒有想到要問自己的問題。尋獲奧布芮屍體前我在場，這應該只是巧合，然後蕾西在離開診所時失蹤，一切就升級到了新的高度。不過，說到我跟奧布芮之間實際的連結……我實在想不出來。我記得首度在新聞上看到她的照片，五官有點眼熟，感覺我在哪裡見過她，也許在夢裡吧？我歸咎於我每週都要在診間與那麼多青少女會面，她們每個看起來都很像。

但我現在開始懷疑是不是不止如此。

「我不認識奧布芮。」我坦承。「我現在想不出任何關聯，我會繼續想。」

「好。」他點點頭，還是謹慎地看著我。「好吧，戴維斯醫生，我感謝妳跑這一趟。我肯定會追蹤這條資訊，有什麼消息，我會立刻通知妳。」

我推開椅子，轉身要走，他的辦公室忽然變得好狹窄，緊閉的門，緊閉的窗，每個平面上都堆滿東西，我的手掌因此冒汗，我的心臟跳得很快。我立刻朝門口走去，握住門把，同時感覺到他的目光還緊盯著我的背影。顯然我的說詞讓湯瑪斯警探有所警惕，畢竟是那麼嚇人的事情，我懷疑也許就是因為這樣。不過來這裡分享我的理論，我是希望至少警察能夠注意到伯特．羅德，讓警方開始盯著他，讓他難以在黑暗中伺機而動。

結果呢？我反而覺得警察盯上我了。

Chapter 26

我到家時已經差不多四點了。我走進門廳，新的保全系統嗶了兩聲，聲音讓我的胸膛驚慌起來。我關上門後就重新啟動，還將警報聲調到最大聲。接著我環視自家，悄聲平靜。雖然我很努力，但我目光所及之處都有伯特．羅德的存在。聽到他的聲音迴盪在空蕩蕩的走廊上，他深色的雙眼從每一個不能轉身的角落望向我。我甚至聞得到他結合了酒臭與麝香汗味的氣味，這股味道隨著他到處走動，彌漫在各處，他碰觸我的牆壁、檢視我的窗戶，又重新出現在我的生命之中。

我走進廚房，坐在中島旁邊，將包包放在檯面，從中掏出我放在車上的贊安諾藥罐。我用雙手握著瓶身，搖晃起來，聽著藥丸在裡頭滾落的聲音。今天早上離開停屍間時，我就想來一顆，那不過是幾個小時前的事，我坐在車上，蕾西藍色屍體的畫面讓我握著藥丸的手顫抖不已，但之後發生的一切讓我覺得那已經是一輩子以前的事了。我扭開瓶蓋，倒了一顆藥丸在掌心，直接丟進嘴裡，乾嚥下去，免得又有電話打斷我。接著我望向冰箱，這才發現我今天都沒吃東西。

我從中島起身，走向冰箱，打開門，靠在冰冷的不鏽鋼上頭。我已經開始覺得舒服一點了。我跟警察提了伯特．羅德的事，湯瑪斯警探似乎不相信，但我已經盡力了。他現在會去查伯特，肯定會監視他，盯著他的一舉一動，研究他的模式。他會注意到伯特進出很多住家，要是這些家庭的女孩失蹤，他肯定會知道。他會知道我說得沒錯，他以後就不會用「妳這個瘋子」的表情看我，彷彿我才是有事隱瞞的人。

我的目光停留在昨晚吃剩的鮭魚上，我拿出玻璃保鮮盒，打開蓋子，放進微波爐，廚房裡馬上充滿了綜合香料的氣味。現在吃午餐太晚，那就提早吃晚餐囉，這代表我完全可以配剩下的卡本內蘇維翁，昨天一起吃的時候覺得很搭。我走去酒櫃，拿了一個玻璃杯，將紅寶石般的液體倒進杯緣，喝了大大一口，然後將剩下的酒統統倒進杯子裡，將酒瓶扔進回收桶。

在我能夠拉開吧檯椅之前，一陣敲門聲傳來，握拳的大聲敲門聲，害我的手壓在胸口，接著是男人的聲音。

「小蘿，是我。我要進來了。」

我聽到鑰匙插進鎖孔的聲音，接著是很不搭嘎的喀啦滑動聲。我看著門把開始轉動，想起警報器。

「不，等等！」我高喊，跑向門口。「庫，別進來，等我一下。」

我伸手去面板鍵盤，搶在門開前輸入密碼，門打開時，我轉頭望向門廊，我的哥哥一臉意外地望著我。

「妳裝了保全？」他踩在「歡迎！」的踩墊上，手裡抓著一瓶酒。「如果妳想把鑰匙拿回去，開口就是了。」

「很幽默。」我笑了笑。「你之後過來要先跟我說一聲，這玩意兒會報警抓你。」

我按下鍵盤，示意請他進屋，然後走到中島後頭，靠在冰冷的大理石上。

「而如果你想闖進來，我用手機就看得到喔。」

我拿起手機，在空中搖晃，然後指著角落的攝影機。

「那玩意兒真的有在錄影？」他問。

「當然囉。」

我打開手機上的保全應用程式，轉過去讓庫柏看，他就站在我的手機螢幕中央。

他「哼」了一聲，轉過身去，對鏡頭揮揮手。他轉回來，看著我笑。

「再說，雖然我很喜歡你來，但現在不只我一個人住在這裡。」我說。

「嘿啦，嘿啦。」庫柏坐在吧檯椅上。「說到這個，妳未婚夫呢？」

「工作出差。」我說。

「週末？」

「工作繁忙。」

「嗯。」庫柏說，在桌上轉動起他帶來的紅酒。液體在廚房燈光下反起光來，在牆上投出血紅色的影子。

「庫柏，現在別開口。」我說。

「我沒有。」

「但你差點就要開始了。」

「妳不覺得煩嗎？」他講得又急又快，彷彿是現在不說，話語會自己爆破出口一樣。「他多常出差？我是說，不知道耶，小蘿。我總想像妳是跟某個能夠讓妳覺得安心的人在一起。在妳經歷的那一切之後，妳值得這種人，陪伴在妳身邊的人。」

「丹尼爾在我身邊。」我伸手去拿酒杯，喝了一大口。「他讓我覺得安心。」

「那幹嘛裝警報器？」

我考慮該如何回答，手指敲起有條紋的玻璃杯。

「這是他的主意。」我終於說。「看?就算他不在,我也可以放心。」

「行,隨便。」庫柏從吧檯椅上起身,嘆了口氣。他走去櫥櫃,拿出開瓶器,扭開他帶來的那瓶酒。雖然我知道會有什麼聲音,但當瓶口發出開瓶聲響時,我還是嚇了一跳。

「總之,我會建議我們喝一杯,但看來妳已經開喝了。」

「庫柏,你來幹嘛?你又要來吵架嗎?」

「不,我來是因為妳是我妹妹。」他說。「我來是因為我擔心妳,我想確定妳沒事。」

「這個嘛,我很好。」我聳肩,兩手一攤。「我實在沒有什麼好說的。」

「面對這一切,妳都應付得來嗎?」

「庫柏,哪一切?」

「少來。」他說。「妳很清楚。」

我嘆了口氣,雙眼掠過空蕩蕩的客廳,望向忽然間看起來很舒適、很誘人的沙發。我稍微放鬆肩膀,我的肩膀實在好緊。我很緊繃。

「顯然回憶起一些事情。」我又喝了一口。

「對,我也是。」

「有時我很難分辨事情是真的發生,還是我在想像。」

這句話在我能挽回之前就脫口而出,我在舌尖品嘗得到這些我極力嚥下的話語,甚至一度想忘卻的話語。我低頭看著酒杯,杯中忽然半空,我又望向庫柏。

「我是說,一切感覺很熟悉,有這麼多相似之處。你不覺得有點太巧了嗎?」

庫柏望著我,雙脣微開。

「克蘿伊,什麼相似之處?」

「算了。」我說。「沒事。」

「克蘿伊。」庫柏靠過來，問：「這是什麼？」

我跟著他的目光望向還在檯面上的那瓶贊安諾，小小的橘色藥罐裡有一整山的藥丸。我再度低頭看著酒杯，看著最後那一指高的液體。

「妳在吃這個嗎？」

「什麼？沒有。」我說。「沒有，那不是我——」

「是丹尼爾給妳的嗎？」

「不，丹尼爾沒有給我藥。你怎麼會這麼說？」

「他的名字在瓶身上。」

「因為這是他的。」

「那他人不在，藥瓶為什麼會打開放在桌上？」

我們之間靜默下來。我望向窗外，看著開始西下的太陽。夜晚的噪音開始出現，知了的尖叫，蟋蟀的鳴叫，還有那些從黑暗中走出來的動物。路易斯安納的夜晚相當熱鬧，相較於寧靜，我更喜歡這樣。因為寂靜之中，你就不會錯過任何聲音。遠處不明的呼吸聲，踩在乾枯樹葉的腳步聲，沿著土地拖鏟子的聲音。

「我就在擔心這個。」庫柏嘆了口氣，用手梳過頭髮。「妳有那種過往，他還帶這些藥物回家，這樣不安全。」

「什麼叫這些藥物？」

「克蘿伊，他是藥廠銷售代表，他的公事包裡滿是這些鬼東西。」

「所以呢？我也接觸得到藥物啊？我可以開藥。」

「妳又不會開給自己。」

我感覺到淚水在眼眶裡打轉。我不喜歡把責任推到丹尼爾身上，但除了向庫柏坦白我用丹尼爾的名字開藥給自己吃之外，我實在想不出其他解釋的辦法。於是，我保持沉默，讓庫柏相信如此。我讓他對我未婚夫的質疑陷得更深，持續沸騰。

「我不是來吵架的。」他從吧檯椅上起身，朝我走來。他環抱著我，手臂粗壯溫暖，熟悉的感覺。「克蘿伊，我愛妳，我知道妳為什麼這樣，我只希望妳就此打住，尋求協助。」

我感覺到一滴淚掉了下來，沿著我的臉頰留下一道鹹鹹的軌跡。這滴淚掉在庫柏大腿上，留下小小的深色痕跡。我咬緊嘴脣，想要止住眼淚繼續滴落。

「我不需要協助。」我用雙手壓著眼睛。「我自己就可以。」

「抱歉我惹妳不高興。」他說。「只是……只是妳的這段關係，似乎不是很健康。」

「沒事的。」我從他的肩上抬頭，用手背抹臉。「但我想你該走了。」

庫柏歪起頭，這是這禮拜第二次，我威脅選擇丹尼爾，拋下我的哥哥。我回想起訂婚派對，我們站在我家後門門廊，我給他的最後通牒。

我希望這場婚禮裡有你，但不管你來不來，婚禮都會舉行。

但我現在從他受傷的眼神明白了，他先前其實不相信我。

「我明白你很努力。」我說。「庫柏，我明白，我真的明白。你很保護我，你很關心我，但無論我怎麼說，對你來說丹尼爾就是不夠好。他是我的未婚夫，我們下個月就要結婚了。所以如果他對你來說不夠好，我猜那我也不夠好吧？」

庫柏退開一步，他握起拳頭。

「我只是想幫妳。」他說。「照顧妳，這是我的工作，我是妳的哥哥。」

「這不是你的工作。」我說。「再也不是了，而你現在就該離開。」

他又望著我好一會兒，他的目光在我以及檯面上的藥丸游移。他伸出手，我以為他會拿走藥丸，結果，他卻掏出我給他的鑰匙。給他鑰匙那天的印象歷歷如繪，多年前，我剛搬進來的時候，我希望他有一把。當時我們盤腿坐在我臥室的床墊上，我說**永遠歡迎你來**。我們因為組裝床頭板而滿頭大汗，中式外帶餐盒擱在地上。油油的麵條在硬木地板留下油漬的痕跡。再說，我不在家的時候，需要有人來替植物澆水。此刻的我看著這把在他食指指尖擺盪的鑰匙。我不能伸手去拿，因為一旦我接下，我知道一切就結束了。鑰匙再也不能還給他。於是他溫柔地將鑰匙放在檯面上，轉過身去，走出大門。

我看著鑰匙，壓抑著想要拿起、跑出去，塞進他手裡的欲望。我反而拿起鑰匙跟贊安諾，一起扔進包包裡，然後走到門口，啟動保全系統。我抓起庫柏幾乎全滿的酒瓶，又倒了一大杯，然後跟已經涼了的鮭魚一起拿去客廳，我坐在沙發上，打開電視。

我想起今天發生的種種，已經覺得疲憊。見到蕾西的屍體，與艾倫見面。跟丹尼爾的摩擦，與伯特．羅德互動，還跑去找湯瑪斯警探，向他說明一切。最後是與哥哥的爭執，他用擔憂的神情看著那瓶藥。他也看到我一個人在廚房中島喝酒。

忽然間，我覺得無敵疲憊，也很寂寞。

我拿起手機，點開螢幕，背景桌布在我手中亮起。我想過要不要打電話給丹尼爾，但我又想像他正在用餐，在五星級的義大利餐廳裡又點了一瓶酒，他堅持再一瓶就好，因此引發席間哄堂大笑。他是派對的靈魂人物，逗趣幽默，還不忘關懷支持。想到這裡，我覺得更孤單了，於是我向上滑，打開聯絡人。

在最上頭跟我打招呼的名字是艾倫．簡森。

我心想：我可以打給艾倫。我可以跟他說自從我們上次交談後所發生的一切。他一個人在這陌生的城市裡，大概也無事可做。他也許正在跟我一樣，坐在沙發上，微醺，長長的大腿上擱著沒吃完的剩菜。我的手指停留在他的名字上，但在我點下去之前，螢幕就黑了。我冷靜了一分鐘，思索起來。我的思緒有點模糊，彷彿是蓋上一條厚厚的羊毛毯一樣。我放下手機，決定不要打電話。反而閉上眼睛。我想像當我跟他說伯特．羅德出現在我家門口時，他會有什麼反應。我想像起，當我告訴他，我放伯特進屋，他會在電話那一頭高聲驚呼。知道他會擔心，我稍微笑了笑。他會擔心我。不過，之後我就會告訴他，送走伯特後，我聯絡上湯瑪斯警探，還跑去警局。我會一個字一個字解釋起我們的對話，知道他會覺得驕傲，我因此又露出微笑。

我睜開眼睛，又吃了一口鮭魚，我的思緒聚焦在我的咀嚼聲上，叉子與玻璃保鮮盒的碰撞聲，我沉重的呼吸，電視的聲響成了遠處的背景聲音。電視的畫面開始變得模糊，我發現隨著喝下的每一口酒，我的眼皮都愈發沉重。沒多久，我的四肢開始發麻。

我整個人陷進沙發裡，心裡還想：我值得，我值得好好睡一覺，好好休息。我好累，超級無敵累，今天太漫長了。我關掉手機，這樣才沒人打擾，然後將手機放在肚子上，將晚餐擱在茶几上。我又喝了一口酒，感覺幾滴酒水沿著我的嘴角流下。然後我閉上雙眼，就過了一秒鐘，我感覺自己沉沉睡去。

我醒來時，天色大黑。我搞不清楚自己身在何處，我躺在沙發上，睜開雙眼，半滿的酒杯還擱在手腕與腹部之間，沒打翻，真是奇蹟。我坐直身子，猛點手機想看時間，卻想起我先前將其關機。我瞇著眼睛看著電視，新聞頻道顯示剛過十點。詭異的藍光在我黑暗的客廳裡閃爍，於是我抓起遙控器，關上電視，拖著身子離開沙發。我看著手裡的酒杯，一口氣喝完剩下的酒，然後將杯子擺在茶几上，往樓上前進，癱倒在床舖上。

我立刻陷入床墊之中，沒多久，我就作起夢來，也許這是一則回憶。感覺有點像是結合了兩者，不知為什麼同時覺得古怪也熟悉。我十二歲，坐在我的閱讀角落裡，我的臥房黑漆漆的，只有小小的閱讀燈勉強照亮我的臉。我的目光掃視起大腿上的書本，沉醉在書頁的文字上，而外頭的聲響打斷了我的專注。我探出窗外，看到遠處有個身影靜靜從黑暗的庭院中走來。身影從我們家後方的樹林走過來，那些樹往兩邊蔓延好幾公里，沿著一處沼澤水窪的入口生長。

我瞇著眼睛看那身影，我很快就知道那是一個人的軀體。成人的軀體，身後拖著什麼東西。聲音傳過後院，從我敞開的窗口傳進來，沒多久，我就認出那是金屬摩擦土地的聲音。

那是一把鏟子。

身影接近我的窗戶，我的臉抵著玻璃，我摺起書頁，放下書本。天色依舊昏暗，我還是看不清楚對方的臉或特徵。隨著身影越來越近，幾乎已經快走到我的窗戶下方了，此時，照明燈亮起，我發現自己瞇起眼睛盯著亮光，我的手遮著臉，想要適應亮光。我移開手，一臉不解，此時在亮光下，終於看得清楚窗下的人了。我一開始以為那是一個男人，不，那不是男人的軀體，那不是我的父親，跟我印象裡不一樣。

這次，是一個女人。

她抬頭看著我，彷彿知道我一直在看。我們四目相視，我一開始不認得她，她看起來有點眼熟，不曉得為什麼。我一一端詳起她的五官，雙眼、口鼻，這時我才恍然大悟，我感覺到自己臉色刷白。

窗戶下方的女人是我。

焦慮充斥我的胸膛，十二歲的我盯著二十年後的自己。她的眼睛全黑，就跟伯特．羅德一樣。我眨了幾下眼，低頭看著她手裡的鏟子，上頭沾染的紅色顯然是血。她的嘴角緩緩扭出一個微笑，我放聲尖叫。

我的身體僵直起來，汗流浹背，我的尖叫在家裡迴盪。不過，我驚覺我並沒有尖叫。我張開大嘴喘氣，但沒有發出聲音。我聽到的聲音是別的東西，是刺耳巨大的聲響，很像汽笛。

是警報器，我的警報器，我的保全系統響了。

我第一個就想到伯特．羅德，我想起他走進我家，在窗戶上黏感應器，用電鑽指著我。我想起他的警告。

我不會好奇失去自己的生命是什麼感覺。我講的是取人性命的滋味。

我連忙起床，聽見樓下傳來的慌亂腳步聲。他大概想要解除警報，讓警報器安靜起來，然後上樓掐死我，就跟他掐死那兩個女孩一樣。我跑向衣櫃，拉開門，盲目摸索衣櫃底部，想要找到丹尼爾的槍。我沒開過槍。我不曉得該怎麼開槍，但家裡有槍，裡頭也有子彈，只要伯特走進臥房時，我握著這把槍，我覺得我就有反抗的機會。

我把髒衣服撥到地上，聽到腳步聲已經上了樓。我低聲地說：快點，快點，在哪裡？我抓起兩個鞋盒，打開，然後裡面只有靴子，便連忙扔開。腳步聲越來越接近，越來越大聲。警報聲依舊響個不停，我心想，鄰居顯然都醒來了。他逃不掉的，他不可能在警鈴聲大作時殺掉我吧？我繼續翻找，直到我在角落摸到一個盒子。我伸手拿過來仔細檢視，看起來像珠寶盒，丹尼爾為什麼會有珠寶盒？但盒子形狀細長，跟手槍的尺寸差不多，於是我連忙打開盒蓋，感覺到那個人已經抵達我緊閉的房門之外。

我低頭看著攤在大腿上的盒子，一口氣卡住了。裡頭沒有槍，而是更可怕的東西。

那是一條項鍊，長長的銀色項鍊，墜子上端是三顆小小的鑽石，底部是一顆珍珠。

Chapter 27

克蘿伊——

我聽到臥室外頭傳來的聲音，在警報聲中，差點聽不見。那個聲音喚著我的名字，我的目光還停留在手上的盒子裡。這個盒子塞在衣櫥的深處。奧布芮．奎維諾的項鍊就掛在這個盒子裡頭。忽然間，我再也聽不到周遭的聲音，我回到十二歲，坐在爸媽臥房裡，看著芭蕾舞女伶轉圈。我幾乎都聽得到叮叮噹噹清脆的音樂聲響，催眠的節奏擄獲我進入出神的狀態，而我看著好幾件從死人身上摘下來的首飾。

克蘿伊！

我抬頭望向正要打開的臥室房門。出於本能，我將盒子塞進衣櫥深處，扔了一堆衣服在上頭。我轉過身，尋找任何能夠用來自衛的物品，而我看見男人的腿踏了進來，然後是他的軀體。我很確定我會看到伯特．羅德那雙死氣沉沉的眼睛以及朝我伸來的手臂，根本沒注意到望向角落看著我縮在地上的人是丹尼爾。

「克蘿伊，老天。」他說。「妳在幹嘛？」

「丹尼爾？」我從地板上起身，想朝他跑去，但我在半路停下，想起那條項鍊。心想項鍊怎麼會出現在我們的衣櫥裡，肯定是有人藏在這裡……我知道不是我放的。我遲疑起來。「你怎麼會在這裡？」

「我有打電話給妳。」他高喊：「要怎麼把這鬼東西關掉？」

我眨了幾次眼，然後推開他，往樓下跑，在系統面板上輸入一連串數字後，關掉警報器。原本震耳欲聾的警報聲現在成了震耳欲聾的靜默，我感覺丹尼爾在我身後，從階梯上看著我。

「克蘿伊。」他說。「妳在衣櫥那邊幹嘛？」

「我在找手槍。」我低聲地說，怕到不敢回頭。「我不知道你今晚要回來，你說明天才會回來。」

「我打妳手機。」他又解釋起來。「妳手機關機了，我有留言。」

我聽到他走下階梯，朝我走來。我知道我該轉過身去，我知道我該面對他，但此刻，我實在不敢看他。我沒有辦法鼓起勇氣面對他的表情，因為我害怕我會看到什麼。

「我不想在外頭過夜。」他說。「我想回家見妳。」

我感覺到他的雙手攬上我的腰，我咬起嘴唇，他的鼻子貼著我肩膀，緩緩吸氣，接著他吻起我的頸子。他聞起來……不一樣，像是汗水夾雜了蜂蜜跟香草香水的味道。

「如果我嚇著妳，那我很抱歉。」他說。「我想妳。」

我嚥下口水，在他懷抱裡的軀體相當僵硬。藥物早先帶來的平靜煙消雲散，我感覺到心臟以驚人的力道在我胸膛中跳動。丹尼爾似乎也感覺到了，他更緊抱住我。

「我也想你。」我低聲地說，因為我不知道還能講什麼。

「咱們回去床上吧。」他伸手在我的衣服上游移，橫跨我的腹部。「抱歉吵醒妳了。」

「沒事的。」我想把身子抽開，但在我能夠動作之前，他讓我轉過身去面對他，他的雙手緊緊抱著我，嘴脣猛力貼在我的耳朵上。我的臉頰上有他炙熱的呼吸。

「嘿，妳不需要害怕。」他低聲地說，手指爬梳起我的頭髮。「有我在呢。」

我咬緊下巴，回想起父親就說過這種話。我沿著石子路跑上我們家大門階梯，跌進他張開的雙臂之中。他緊緊抱著我，他的軀體溫暖、安全，保護著我，他在我耳邊呢喃。

有我在，有我在呢。

丹尼爾給我的感覺永遠就是溫暖、安全，不只保護我不受外界世界的傷害，也保護我不要受到自己的傷害。不過，這一刻，困在他的懷裡，他吐出炙熱的氣息卻讓我的後頸爬起雞皮疙瘩，死去女孩的項鍊埋在我們衣櫥深處，我開始懷疑這個男人是否不只表面看到的樣子。我回想起每次開始與別人交往時都會懷疑：他們隱藏了什麼？他們有什麼事情沒告訴我？

我想起哥哥的話語，他的警告。

一年，妳能真正了解一個人嗎？

丹尼爾放開我，拉著我的肩膀，對我微笑。他看起來好累，很不像他，皮膚鬆弛，頭髮凌亂。我在想他今晚到底在忙些什麼，為什麼會是這副模樣？他似乎注意到我在看他，便用手抹起臉來，將眼角往下拖。

「今天好累。」他嘆了口氣。「開了好久的車。我要去沖澡，然後咱們上床睡覺。」

我點點頭，看著他轉身上樓。我不肯移動，直到我聽到蓮蓬頭的水花聲出現，這時我才敢喘起大氣，鬆開雙拳，跟著上樓，我緊緊在我們一起的床上用被毯包裹自己。他從浴室出來時，我假裝已經睡著，當他裸露的皮膚接觸到我時，當他的手開始輕撫我的後頸時，我都盡量不畏縮，幾分鐘後，他離開床鋪，躡手躡腳越過臥房，關上衣櫥的門。

Chapter 28

我起床時聞到培根油脂的香氣，以及走廊上傳來的伊特・金渾厚嗓音。我不記得自己睡著，我一直不肯入睡，丹尼爾擱在我身軀上的手臂彷彿屍袋一般裹著我。不過，我猜入睡難以避免，我不可能一直抗拒，特別是在他到家前，我才服用過鎮定劑雞尾酒。我坐在床上，想要無視隱隱作痛的頭，腫脹的雙眼讓我只能從兩道新月形狀的縫隙看出去。我環視臥房，他不在，他在樓下替我做早餐，他每次都這樣。

我滑出被毯，躡手躡腳下樓，聽到他哼歌的聲音。聽到了，證實他真的在樓下，大概穿著那件格紋圍裙忙裡忙外的，還在巧克力豆煎餅上畫出各種塗鴉，貓咪，鬍鬚還是用牙籤勾勒出來的，或是笑臉，或是愛心。我回到樓上，回到臥房，打開衣櫥的門。

我昨晚找到的項鍊是奧布芮・奎維諾的，我非常清楚這點，我不只在她的失蹤海報上見過，我還親眼看過同一組的耳環。我將耳環握在手裡，檢視起上頭的三顆鑽石與尖端的一顆珍珠。我開始將衣服推去一邊，酒精跟贊安諾的效力減退，我的腦袋現在清晰一點了。我回想起我跟艾倫提過的那些人，知道父親拿走受害人首飾，還藏在櫃子裡的人。

我的家人、警察、受害者的父母。

還有丹尼爾，我跟他講過，我什麼都告訴了他。

我甚至沒有想到要提丹尼爾……因為，為什麼要呢？我有理由懷疑我的未婚夫？我還是不曉得這個問題的答案，但我必須找到解答。

我拿起路易斯安納州立大學的運動衫，我記得我用這件衣服蓋在盒子上，而我伸手過去拿的時候……盒子卻不見了，盒子不在這裡。我推開更多衣物，抓起一件又一件的衣服，統統扔去一邊。我用手在底部摸索，希望感覺到盒子掉在牛仔褲或扭曲的皮帶或鞋子底下。不過，完全沒有摸到，也看不到。盒子根本就不在這裡。

我向後靠坐下來，胃裡彷彿有千斤重。我明明看到了，我記得我還拿起那個盒子，握在手裡，打開盒蓋，看到裡頭的項鍊……但我也記得昨晚丹尼爾起身關上衣櫥的門。也許他那時將盒子拿走了，藏去別的地方？也許他今天一早就醒來，在我熟睡時拿走了盒子？

我緩緩吐氣，想要擬定計畫。我需要找到那條項鍊，我需要知道那條項鍊為什麼會出現在我家。想到要拿著證據去報警，想到要讓丹尼爾落網，我的胃就扭絞起來。太好笑了吧？根本是荒謬，但我實在無法坐視不管。我不能假裝自己沒有看見項鍊，就跟我不能假裝昨晚沒有聞到丹尼爾身上的香水味，或是沒注意到他汗溼的領口一樣。忽然間，另一件回憶浮出水面。昨晚，我的哥哥，他生厭地望著那瓶藥。

他的公事包裡滿是這些鬼東西。

我想起蕾西的驗屍報告，驗屍官戳起她僵硬的四肢。

我們在她髮絲樣本裡找到大量的地西泮。

丹尼爾有藥品，他會一個人消失好幾天。我回想起他好幾次出差，我根本都不記得他提過，而我沒有質疑他，我反而責備自己不記得。我昨天去找湯瑪斯警探，跟他提伯特．羅德的事，但相較於丹尼爾，懷疑伯特更沒有根據。如果要我老實說，對伯特的懷疑就是間接狀況加上質疑，還有一點歇斯底里的色彩。不過，這個……這不只是懷疑，這也不是歇斯底里，這似乎是明確的證據。確確實實的證據，說明我的未婚夫不知怎麼著居然牽扯進他不該攪入的事情，可怕的事情。

我起身，滑上衣櫃的門，坐在床邊。我聽到平底鍋放進水槽的聲響，水龍頭水花接觸炙熱表面的嘶嘶聲。我必須知道發生了什麼事。就算不是為了我自己，也是為了那些女孩，為了奧布芮，為了蕾西，為了麗娜。如果我找不到項鍊，我就得找到其他的證據，能夠帶領我找出答案的證據。

我再次下樓，準備好要面對丹尼爾。我在轉角轉彎，看到他站在廚房裡，將兩盤鬆餅與培根擺在我們小小的早餐餐桌上。兩杯熱氣騰騰的咖啡擱在廚房中島檯面，旁邊是一壺瓶身滴著水氣的柳橙汁。

一個禮拜之前，我才覺得這就是因果，因為我有最爛的父親，因此我遇上了完美的未婚夫。現在我不確定了。

「早安。」我站在門口。他抬頭，露出微笑，似乎是真切的笑容。

「早。」他拿起一個馬克杯，走過來，將杯子交給我，還親吻我的額頭。「昨晚很有意思，對嗎？」

「對，抱歉。」我抓了抓他剛剛吻過的地方。「我覺得我還是有點驚嚇，你知道。被警報叫醒，卻不知道在樓下的是你。」

「我知道，我很過意不去。」他靠在中島上。「我肯定嚇死妳了。」

「對。」我說。「是有一點。」

「至少我們現在知道保全系統有用。」

我努力擠出笑容。「對啊。」

這不是我第一次努力想找話對丹尼爾說，但通常是因為我都講不出什麼好話，我似乎沒有辦法表達自己深刻的情感，沒有辦法解釋我為什麼會在短時間內愛上他。不過，現在說不出話的理由則完全不同，我實在很難將腦袋扭轉過來。很難相信這種事情會發生。我的目光一度掃向我擺在檯面上的包包，我知道我把贊安諾收進包包裡。我想到我吞了藥，追加了兩杯酒，所以我才會倒在沙發上，感覺好像躺在雲朵之間，我也想起那個又像夢又像回憶的場景，接著就是刺耳的警報聲。我想到大學時期，上一回類似事件發生的時候。上一次，我不顧後果，將藥物跟酒精混合在一起的時候。我想到警察看我的表情，就跟昨天下午湯瑪斯警探在他辦公室裡看我的神情如出一轍，庫柏也會這樣看我，靜靜質疑起我的腦袋與回憶是否正常，我是否正常。

我一度懷疑那條項鍊是不是我的想像，也許項鍊根本就不存在。說不定我只是一時困惑，將過往與現在攪混在一起，這種情形以前也發生過很多次。

「妳在生我的氣。」丹尼爾走到桌邊坐下。他示意要我坐進對面的位置，我走了過去，將手機放在檯面，然後坐下，望著面前的食物。看起來相當美味，但我沒胃口。「我不怪妳，我……太常不在家。我讓妳一個人面對這一切。」

「哪一切？」我問，我的目光緊盯著從咖啡色麵團上冒出頭來的巧克力豆豆。我拿起叉子，戳了進去，然後用牙齒刮掉巧克力的痕跡。

「婚禮。」他說。「策劃所有的細節，妳知道，還有新聞報導的消息。」

「沒事的，我知道你忙。」

「但今天不忙。」他切下鬆餅，咬了一口。「我今天沒事，今天我專屬於妳一個人。今天有計畫。」

「什麼樣的計畫？」

「驚喜，穿得舒適一點，我們要去戶外。妳可以在二十分鐘後準備好嗎？」

我遲疑了一下，懷疑這是不是個好主意。我開口想要編出藉口，但我聽到手機在廚房檯面上震動的聲音。

「等等。」我推開椅子，感激終於有藉口可以離開，不要繼續與他交談。我走到中島旁，看到庫柏的名字出現在螢幕上，我們昨晚的爭執變得微不足道了。也許庫柏是對的，這麼久以來，他看清了丹尼爾的特質，我卻看不清。說不定他是想警告我。

妳的這段關係，似乎不是很健康。

我用手指掃開螢幕，走進客廳。

「嘿，庫。」我壓低聲音講話。「很高興接到你的電話。」

「對，我也是。聽著，克蘿伊，昨晚的事我很抱——」

「沒事的。」我說。「真的，已經過去了，是我反應過度。」

電話靜悄悄的，我聽得到他的鼻息，有點顫抖，他彷彿正在快步行走，他的腳步聲從地面傳送震動到他的背脊。

「一切都還好嗎？」

「不。」他說。「一點都不好。」

「怎麼了？」

「是媽。」他終於講到重點。「河岸園區今早打來，說很緊急。」

「為什麼緊急？」

「顯然媽不肯進食。」他說。「克蘿伊，他們覺得她撐不過去了。」

Chapter 29

五分鐘內我就出了大門，鞋子沒穿好，運動鞋底部摩擦我的腳跟，都要冒水泡了，我則跑向車道。

「克蘿伊。」丹尼爾在我身後大喊，他用手掌將大門推開。「妳要去哪裡？」

「我得走了。」我喊回去。「是我媽。」

「妳媽怎麼了？」

他也跟著跑出家門，還將白色T恤從頭上拉過穿好。我慌亂翻起包包，想要找到鑰匙開門。

「她不吃飯。」我說。「她已經好幾天沒有進食了。我得走了，我得——」

我停下腳步，低頭埋進雙手之中。這麼多年來，我對媽媽都不聞不問，我將她視為我不肯抓摳的癢處。我猜我以為只要我聚焦在她身上，我就會承受不住，再也無法專注在其他事物之上。不過，只要不理會，也許痛楚最後就會自行減退。痛楚卻從來不肯離去，我知道它一直都在，永遠都在，只要我讓它發作，它就會開始爬上我的皮膚，但我不會一直注意到，只把它當成背景的雜音，靜電，就像我的父親，就像母親的現況，她自找的一切，她對我們做的一切，這些都太沉重，我無法負荷。我希望她離開，但我會一直想到她真正離開後，我會有什麼樣的感覺。要是她一個人死在河岸園區那個發霉的房間裡，沒有辦法表達遺言，臨死前的想法，那又是什麼樣的滋味？我一直心知肚明的體悟浮現，厚重又令人窒息，彷彿是想透過浸水的布巾呼吸一樣。

我遺棄了她，我任我的母親獨自死去。

「克蘿伊，等等。」丹尼爾說。「跟我解釋一下。」

「不。」我搖搖頭，再次伸手進包包之中。「現在不行，丹尼爾，我沒有時間。」

「克蘿伊——」

我聽到身後傳來金屬物品叮噹聲，我愣在原地，緩緩轉過身去。丹尼爾站在我身後，他拿著我的鑰匙。我伸手要拿，但他把手抽回去，阻攔我。

「我跟妳去。」他說。「你需要我陪妳去。」

「不，丹尼爾，鑰匙給我就——」

「我就是要去。」他說。「該死，克蘿伊，這沒得商量。現在上車。」

我看著他，驚訝他忽然發起脾氣。他脹紅著臉，雙眼突出。然後，幾乎是在同一瞬間，他的神情又恢復了。

「抱歉。」他嘆了口氣，向我伸手。他碰觸我的手，我的手如觸電般抽開。「克蘿伊，我很抱歉，但妳不能一直把我推開。讓我幫妳。」

我再次看著他，看著他短時間內變臉，看著他此刻糾結關切的眉毛，油亮又深深扭曲在一起的眉頭。我放手示弱，我不希望丹尼爾去，我不希望他跟我媽處在同一個空間，我那虛弱、命不久矣的母親，但我沒有力氣反抗了。我沒有時間反抗。

「行。」我說。「開快點。」

我們一開進停車場，我就認出庫柏的車，丹尼爾還沒停好，我就跳下車，朝著自動門跑去。我聽到丹尼爾在我身後，他的運動鞋在磁磚地板上發出刺耳的聲響，他想追上來，但我不等他。我連忙轉進媽媽的那條走道，經過幾扇虛掩的門，聽到電視、收音機低低的聲響，以及居民自言自語的聲音。我轉進她房間時，首先看到的是坐在床邊的哥哥。

「庫。」我跑向他，癱倒在媽媽床邊，讓庫柏抱著我。「她怎麼樣？」

我望向母親，她雙眼緊閉。原本就骨瘦嶙峋的她看起來更消瘦了，她彷彿在一週內瘦了五公斤。她的手腕彷彿一折就斷，顴骨是兩個窟窿，蓋在上頭的是薄如蟬翼的皮膚。

「妳肯定就是克蘿伊。」房間角落傳來的聲音讓我嚇了一跳，我沒注意到有醫生在，他穿著白袍，寫字板壓在腰上。

「我是格倫醫生。」他說。「我是河岸園區的待命醫師。我今早跟庫柏講過電話，但我相信我們沒有見過。」

「對，我們沒見過。」我沒有起身。我低頭望向母親，看著她淺淺起伏的胸口。「這是什麼時候的事？」

「應該是這個禮拜的事。」

「一個禮拜了？為什麼我們現在才接到通知？」

走廊上的騷動轉移了我們的注意力，是丹尼爾，他撞到門框。我看到從他額頭往下流的汗珠，他用手背抹掉。

「他來幹嘛？」庫柏準備起身，但我拉著他的大腿。

「沒事的。」我說。「現在別這樣。」

「如妳想像的一樣，我們通常能夠處理這種狀況，這在老年病患身上很常見。」醫生繼續解釋，他的目光在丹尼爾與我們身上跳躍。「但如果狀況繼續惡化，我們就得送她去巴頓魯治總醫院。」

「我們知道原因嗎？」

「就身體上，她非常健康，我們沒有查出任何對食物反感的病灶。所以簡言之我們並不清楚，而她在我們多年照顧下，我們也沒有遇過她拒絕進食的狀況。」

我低頭看著母親，看著她脖子鬆弛的皮膚，非常突出的鎖骨。

「她似乎是有天醒來就決定時候到了。」

我望向庫柏尋找答案，我這輩子都能在他的表情中找到我在尋找的答案。埋藏在他想要掩飾的扭動嘴角上，埋藏在他思索時，咬起的臉頰酒窩之間。就我印象裡，就只有一次，當我望過去時，看到的是一片空白的凝視，就那麼一次，我帶著沉重的驚恐，轉過頭面向庫柏，而他無計可施，誰都幫不上忙。那天我們盤著腿坐在客廳地上，我們盯著電視螢幕的光線，聽著我們的父親說起他的黑暗，聽著他腳鐐發出的叮噹碰撞聲，聽著那滴淚「啪」地掉在筆記本上的聲音。

但我現在又看到了，庫柏不肯與我對望，凝視前方，瞪著丹尼爾的雙眼，他們的身軀都僵硬得不得了。

「令堂無法溝通，這是當然的。」格倫醫生顯然察覺到緊張的氣氛，連忙說下去。「但我們希望，也許你們來就能幫忙勸勸她。」

「好，當然。」我把目光從庫柏身上移開，望向母親。我拉著她的手，緊緊握住。她一開始沒有動靜，但我感覺到她的手指輕輕在我手腕上點點敲動。我低頭看著這微小的動作。她依舊緊閉雙眼，但她的手指的確有動作。

我轉頭望向庫柏、丹尼爾、格倫醫生，他們似乎都沒有注意到。

「我可以私下陪陪她嗎？」我的頸子上的血管跳動變得很明顯。我的手掌變得溼滑，但我拒絕鬆手。「拜託？」

格倫醫生點點頭，靜靜繞過床鋪，朝外頭前進。

「你也是。」我先對丹尼爾說，然後對庫柏說：「你們兩個都出去。」

「克蘿伊。」庫柏想要開口，但我搖搖頭。

「拜託，一下下就好。你知道，我希望……以防萬一。」

「當然。」他微微點頭，將手擱在我手上，輕輕捏了捏。「妳覺得好就好。」

他起身，推開丹尼爾，挺進走廊，沒有多說什麼。

我現在終於跟媽媽獨處了，我們上次見面的回憶湧入腦海。我告訴她，又有女孩失蹤了，案件很類似，似曾相識的感覺。如果格倫醫生的時間軸沒錯，她肯定就是在我們見面後開始拒絕進食。

我不曉得自己到底在擔心什麼。老爸在監獄裡，他又不可能跟這件事有關什麼的。在我急忙結束會面衝出房間前，她敲我的手敲得很急。我沒告訴庫柏、丹尼爾或任何人，我相信媽媽還是能夠溝通的，她手指的幽微動作，敲一下代表，我聽見了，因為，說真的，連我自己都不相信這是她的溝通方式。此刻，我卻半信半疑。

「媽。」我低聲地說，同時覺得荒謬又害怕。「妳聽得到嗎？」

輕點。

我低頭看著她的手指，又動了，我知道她的手指又動了。

「這一切跟我上次來講的事情有關嗎？」

點、點。

我喘起大氣，目光從她的手指移到走道，房門還是開的。

「妳對這些遭到謀殺的女孩有什麼了解嗎？」

點點點，點，點、點。

我把目光從走廊移開，看著自己的手，看著母親瘋狂在我掌心敲擊點按的手指。這不可能是巧合，這是有意義的。然後我將目光上移，看著母親的臉，我忽然退縮，腎上腺素跟恐懼讓我的手從她掌心抽開，不敢置信地掩住嘴巴。

她睜開了眼，還直接盯著我看。

Chapter 30

我跟丹尼爾回到車上，因為我需要換氣，因此除了從開啟車窗灌進來的風聲外，我們沉默不語。我沒有辦法不去想我的母親，不去想剛剛在她房裡發生的「對話」。

「妳覺得妳可以拼出來嗎？」我結結巴巴地說，注視著她水汪汪的大眼睛。她睫毛上的淚水有如在葉片上顫抖的露珠。我低頭看著她的手指，在我手中抖個不停。「等我一下。」

我回到走廊，探頭進等候間。丹尼爾跟庫柏坐在那邊，中間隔了好幾張椅子，他們不發一語，身軀僵硬，兩人都背對著我。於是我偷偷摸摸穿過走道，前往交誼廳，在桌面上翻找起來，這裡有聞起來像樟腦丸的舊書，頁面泛黃。我抓起一堆亂七八糟的DVD，都是些沒有人想看的捐贈物品，我把東西推開，直到我找到一堆桌遊。我急忙跑回媽媽房間，從口袋抽出一個絲絨小袋子，裡頭是二十六個字母的木頭小圖板，用來玩拼字遊戲用的。

「好。」我將字母倒在她的被子上頭，覺得不安，我開始一一翻到字母正片，我把二十六個字母都翻出來。我實在想不出這樣怎麼行得通，但還是得試一試。「我會指向一個字母，先來簡單的，Y代表是，N代表不是。我指到妳想說的意思時，就敲敲我。」

我低頭看著她床上的幾排字母，想到二十年來首度可以跟媽媽實際溝通實在讓我雀躍又心煩意亂。我深呼吸，然後開口。

「妳明白我們的溝通方式了嗎？」

我指向N，沒反應，我指向Y。

輕敲。

我喘了口氣，心跳加速。這麼多年來，媽媽都知道，媽媽都明白，她聽我講了這麼多話，我卻沒有一次花時間聽她回應。

「妳知道這些被謀殺的女孩發生什麼事嗎？」

N……沒反應，Y……輕敲。

「這兩起命案跟布羅布里治有關嗎？」

N……沒反應，Y……輕敲。

我停下動作，思索起下一個問題。我知道我沒有多少時間，要不了多久庫柏、丹尼爾或格倫醫生就會回來，我不希望他們看到我這樣。我低頭看向一顆一顆的小字母，然後問出最後的問題。

「我該怎麼證明？」

我從A開始指，我的手指放在字母上方，沒反應。我移到B，然後是C，結果在我指向D的時候，她的手指開始動作。

「D？」

輕敲。

「好，第一個字母是D。」

然後我又從頭開始，A……

輕敲。

我的心臟在胸口糾結。

「D——A？」

輕敲。

她要拼的是丹尼爾（Daniel），我扁嘴吹起大氣，想要保持冷靜。我伸手想指向N，目光盯著她的手指……但走廊上的聲音讓我打住。

「克蘿伊？」我聽到庫柏接近門口的聲音。「克蘿伊，妳還好嗎？」

我用手掃過床單，將小片的字母收集起來，一把抓在掌心裡，轉過頭去，此時庫柏剛好出現在門口。

「我只是想確認妳的狀況。」他的目光從我移到母親身上。他露出淺淺的微笑，朝我們走來，他坐在床沿。「妳讓她睜開眼睛了。」

「對啊。」我說，我的掌心緊握小片的字母，字母在我的手裡溼溼油油的，有點打滑。「對啊，我辦到了。」

丹尼爾打起方向燈，我們開進一條石子車道，壓到的小石子彈在擋風玻璃上，他不得不關上車窗。我緩緩搖起車窗，轉頭想要擺脫回憶，卻驚覺我不認識周遭的環境。

「我們在哪？」我問。我們正沿著泥巴小路蜿蜒前進，我不曉得我們開了多久，我只知道這不是回家的路。

「快到了。」丹尼爾對我微笑。

「到哪裡？」

「妳等下就知道。」

忽然間，車裡感覺幽閉狹小。我伸手要開冷氣，一路將冷氣調到最大，然後靠向吹送的冷空氣。

「丹尼爾，我要回家。」

「不。」他說。「不，克蘿伊，我不會讓妳一個人在家自怨自艾。我講過了，今天有計畫，我們正要過去。」

我猛力吸氣，轉頭面對窗戶，隨著車子駛進樹林深處，我看到樹木飛掠而過。我想起我的母親拼出丹尼爾的名字。她怎麼可能知道？他們沒有見過面，她怎麼可能知道一切跟丹尼爾有關？我今早的不安感隨即出現。我低頭看著手機，只有一格訊號，一下出現，一下消失，訊號很不穩定。我在這個距離自家幾公里遠的地方，跟一個擁有死去女孩項鍊的男人待在同一輛車上，就算叫破喉嚨也不會有人來救我。也許他昨晚看到我拿著項鍊，也許我塞進衣櫥裡的速度沒有我想像中那麼快。我的雙腳踢到包包，我想到裡頭的薄荷噴霧，乖乖塞在包包最底下。至少我還有東西可以防身。

克蘿伊，別這麼誇張，他不會傷害妳，他不會傷害妳的。

驚恐的感覺如電流般竄過我的身體，我發現我的語氣聽起來跟我媽一模一樣，我就是我的母親，我就是坐在杜利警長辦公室的母親，雖然鐵證如山，她還是忙著替父親找藉口。我眼睛好痛，淚水在眼眶裡打轉，威脅要噴湧而下。我伸手迅速抹去淚水，小心不讓丹尼爾看見。

我想起母親，在河岸園區臥床不起，她的人生禁錮在不安心靈限縮成的銅牆鐵壁之中。而我明白了，我明白她為什麼會那樣。我一直覺得，她回到父親身邊是因為她軟弱，因為她不想落單。因為她不曉得該怎麼離開他，她不想離開他。不過，此時此刻，我卻比以往更了解母親的作為。我明白她之所以回去是因為她迫切想要找到任何能夠證實相反假設的證據，任何能夠說明她愛上的並不是一個怪物的證據。而她找不到，她就更仔細地檢視自己。她被迫問起這個現在於我腦海中盤旋的疑問，這個問題當年肯定也壓迫著她。

她被迫明白她愛上了一頭怪物，而要是她愛上怪物……那她又是什麼？

我感覺到車子逐漸停下。我再次望向車外，看到我們處在樹林深處，植物空隙間是一小潭沼澤水窪，應該可以通到比較大片的水域。

「我們到了。」他熄火，將鑰匙塞進口袋。「下車囉。」

「這是哪裡？」我又問起，我盡量保持輕鬆的語氣。

「等等就知道。」

「丹尼爾。」我說，但他已經下了車，朝副駕駛座走來，替我開門。原本感覺很有騎士風範的行為現在感覺很不妙，他是在逼迫我做我不願意的事情。我心不甘、情不願地牽起他的手，下了車，在他甩上車門時面露難色，我的包包、手機、胡椒噴霧都在車上。

「閉上眼睛。」

「丹尼爾——」

「閉上就對了。」

我閉上雙眼，聽著我們周遭的靜默無聲。我在想，他是不是帶奧布芮、蕾西來這裡。我在想，這裡是不是他的犯案現場，多完美的地方啊？與世隔絕，隱藏在樹林之中。**他不會傷害妳**。我聽著身邊嗡嗡的蚊子聲，遠處倉皇在樹葉上跑跳的動物聲響。**他不會傷害妳的**。我聽到腳步聲，丹尼爾的腳步聲，走回我的車，打開後車廂，拿了某個物品出來。**克蘿伊，他不會傷害妳**。我聽到車廂裡的物品拿了出來，重重擺在地上的聲音。他拿著那項物品，朝我走回來。我聽到物品刮擦地面的聲音，金屬摩擦土地的聲音。

鏟子。

我轉過身去，準備好要跑進樹林裡躲起來，準備好要放聲尖叫，渺茫地希望附近有別人能夠聽見我的聲音，能夠伸出援手。我迎面望向丹尼爾，他雙眼睜得老大，他沒料到我會轉身，他沒料到我會反抗。我低頭望向他的雙手，看著他握著的細長之物。我抬起雙手想要阻止他攻擊我，這時我才仔細認真看，發現……那並不是鏟子。丹尼爾握著的不是鏟子。

而是一把船槳。

「想說我們要去划船。」他的目光遠眺到了水域。我轉過身，看著樹林縫隙裡的開口，沼澤水池出現的地方。旁邊樹木隱約遮住的是一個木柵，裡頭停了四艘划艇，上頭覆蓋著樹葉、泥巴跟蜘蛛網。我吐了口大氣。

「這地方很隱密，但已經存在許久。」他不好意思地握著船槳。他走過來，將槳交給我。我接了下來，感覺到其中的重量。「划艇可以任意使用，只是要記得帶槳來。我的車廂放不下船槳，所以我今早才拿妳鑰匙，放在妳的後車廂裡。」

我看著他，仔細盯著他看。如果他準備用船槳行兇，他肯定不會把東西交給我。我看著船槳，又望向划艇，它們靜靜停靠在水上，天空萬里無雲。我望向車子，我知道那是我唯一的逃生工具。鑰匙在他口袋裡，我沒有別的交通工具可以回家。這一刻我決定了，如果他能演戲，那我也能演。

「丹尼爾。」我低下頭。「丹尼爾，我很抱歉，我不知道我到底怎麼了。」

「妳很緊張，克蘿伊，完全可以理解。所以我們才會來這裡，讓妳放鬆一點。」

我看著他，還是不確定該不該相信他。我無法無視過去幾個小時裡湧入的證據，項鍊、香水、庫柏在河岸園區瞪他的神情，彷彿他在丹尼爾身上注意到我看不清的特質，某種邪惡，某種黑暗的特質。還有母親的警告。他昨晚忽然揪著我的手腕，把我壓在沙發上，今早他又忽然變臉，不讓我拿我的鑰匙。

不過，他又不止如此。他裝了保全系統，他帶我去河岸園區看我媽，還替我準備驚喜派對，規劃專屬於我們兩個人的行程。這是自從他替我扛起重擔那天，我們首次邂逅之後，他一如既往的浪漫行為。我很期待接下來這輩子都能擁有的浪漫行為。他露出不安的笑容，我忍不住微笑起來，我猜這是我的習慣，此時，我決定了，就算丹尼爾會傷害其他人，我也不相信他會傷害我。

「好吧。」我點點頭。「好，我們走吧。」

丹尼爾露出燦爛的笑容，搶先去划艇站，從木樁上解開繩索。他拖著划艇到林地上，撥開船上的雜物，將蜘蛛網堆到中央，然後往水裡倒。

「女士優先。」他伸出手臂。我讓他拉著我，踏著不穩的腳步，跨進船裡，然後出於本能，拉著他的肩膀，讓他協助我坐進去。他一直等到我就定位才跳進我後方的座位，將我們從泥濘中推出去，我立刻感覺到我們漂了開來。

出了空地，我實在忍不住讚嘆起這裡的美景。河口寬闊舒適，濁水之上有幾顆零星的落羽杉，它們的膝根冒出水面，有如伸下水中想要抓取的手指。一片片松蘿菠蘿讓陽光有如百萬個閃著亮光的針孔，青蛙齊聲嘓鳴，發出濡溼又粗啞的聲音。藻類緩緩飄浮在水上，我的餘光注意到一隻短吻鱷，牠小小的眼珠子看著一隻白鷺，然後鳥兒優雅的細瘦長腿站起，又拍拍翅膀，飛往安全的樹梢。

「這裡很美，對不對？」

丹尼爾在我身後靜靜划槳，水花拍動划艇的聲音讓我陷入恍惚之中。我的目光停留在鱷魚身上，看著牠靜靜潛伏在我的眼皮子底下。

「太美了。」我說。「這裡讓我想起……」

我沒說下去，沒有完成的概念沉重地懸宕在空氣之中。

「這裡讓我想起老家，但……是好的那種感覺。我跟庫柏，我們有時會去馬汀湖看短吻鱷。」

「我相信妳媽一定很喜歡這樣。」

我笑著回想起來，想起我們會在樹林間喊著：「鱷魚鱷魚，後會有期！」我們也會徒手抓烏龜，數著龜殼上的環紋，了解牠們的年紀。我們會將爛泥塗在臉上，當成打仗前塗抹在臉上的顏料，在灌木間彼此追逐，回家後被媽媽罵，一路嘻皮笑臉走去浴室，將皮膚刷到柔軟泛紅。我們會用指甲壓在蚊子咬的包上，小小的X形印痕遍佈在我們的腿上，彷彿是在人體上玩圈圈叉叉的井字棋。有時，只有丹尼爾才能喚醒我的這些回憶，只有丹尼爾能夠將它們從隱蔽處哄出來，離開我心靈的隱藏角落，離開我驅趕它們進去的秘密房間，在我看到父親的臉出現在螢幕上，他並不是為了他所殺害的六條人命落淚，是因為自己落網而掉淚時，我就把這些美好的回憶給埋藏起來了。只有丹尼爾能夠讓我想起一切沒有那麼糟。我向後靠在划艇上，閉上雙眼。

「我最喜歡這個地方。」他把我們的小船推向一角。我睜開眼睛，遠處就是落羽杉馬場。「再過六個禮拜。」

從水上看，整片土地更令人讚嘆，完美修剪過的大片草地上有一座巨大的白色農舍。圓柱撐起有扶手的寬敞門廊，搖椅隨風輕輕擺動起來。我看著椅子前後晃動。我想像起自己走在那壯麗的木頭階梯上，朝水邊走去，朝丹尼爾走去。

忽然間，湯瑪斯警探的話語不曉得為何從水中迴盪起來，打亂了我完美的白日夢。

妳跟奧布芮．奎維諾的連結是什麼？

我不知道，我不認識奧布芮．奎維諾。我想要壓制住這個聲音，但就是揮之不去。我沒辦法不去想，她那眼線暈開的雙眼，灰褐色的頭髮，瘦長的手臂，曬黑的年輕皮膚。

「我一看到，我就想要來這裡。」丹尼爾在我身後開口，但我幾乎無法理解他的話語。我太專注在那張搖椅上，隨著風前後搖擺的搖椅。椅子現在空了，但椅子上曾經有人。有一個女孩，皮膚黝黑的細瘦少女，慵懶地踩著皮革馬靴踢著柱子搖晃，那雙靴子被太陽曬白，看起來有歲月的痕跡。

那是我孫女。這塊地世世代代屬於我們家族。

我想起丹尼爾揮手。她雙腿交叉，將裙子往下拉。她不安地低下頭，也跟著揮揮手。忽然空蕩的門廊，緩緩停下的搖椅。

她有時放學後會過來，在門廊這邊做功課。

直到兩週前，她再也不曾出現。

Chapter 31

我盯著筆電上奧布芮的照片看，我先前沒有看過這張照片。圖片小小的，因為放得很大，所以有點模糊，但還是足以確定，這就是她。

她坐在地上，雙腿壓在白色的洋裝之下，穿著同一雙皮革馬靴，她的手擺在完美修剪過的綠色草地上。這是一張全家福，她的父母在她兩側，還有祖父母、男女長輩及他們的孩子。這張照片四周就是披著松蘿菠蘿的橡樹，我想像自己婚禮走紅毯時四周的橡樹，我也想像自己沿著白色的階梯前進，白紗拖在身後，踏上巨大的圍欄門廊。那幾張搖椅似乎從來沒有停止搖晃過。

我將咖啡紙杯湊到脣邊，眼睛還盯著照片。我在看的是落羽杉馬場的官方網站，研究起該地的主人。那裡的確幾百年來都屬於奎維諾家族，他們在一七八七年從甘蔗田開始，逐漸轉型成養馬場，最後成為出租的活動場地。七代奎維諾人住在這裡，生產出路易斯安納品質最好的蔗糖漿。他們曉得自己落腳在如此令人稱羨的土地後，便翻修農舍、裝飾穀倉，將室內妝點得高雅宜人，室外則精心維護，成了路易斯安納婚禮、企業活動與其他慶典的完美背景。

我記得看到奧布芮失蹤海報時，覺得她有點眼熟。這幽微的感覺提醒著我認識她。現在我明白其中的原因了，我們那天前往落羽杉馬場時，她也在場。我們參觀場地、預定婚禮時，她就在場。我見過她，丹尼爾也見過她。

如今她死了。

我的目光從奧布芮的臉上望向她的父母。幾乎是兩個禮拜前，我在新聞上見過她的父母。父親掩面，泣不成聲，母親則對著鏡頭呼籲：**我們只是希望我們的寶貝能夠回家**。然後，我看著她的奶奶，同一位 iPad 操作得不太順手的可愛老太太，她那天想要撫平我沒來由的恐懼，承諾會有冷氣，承諾土地噴過藥。我想像奧布芮．奎維諾來自當地世家的消息上過新聞，但我沒有注意到。自從尋獲她的屍體後，我就刻意不看新聞。開車在城裡轉的時候，也不會扭開收音機。當蕾西取代她的失蹤海報時，這種細節就不重要了，媒體繼續前進，整個世界繼續轉動。奧布芮只是另一張迷失在茫茫人海中的眼熟面容，其他跟她一樣失蹤的女孩人海。

「戴維斯醫生？」

我聽到敲門聲，從筆電上抬起頭，梅麗莎從虛掩的門後探頭過來。她穿著慢跑短褲與坦克背心，頭髮紮成包頭，肩上還掛著健身包。現在是清晨六點半，辦公室外的天空才正要從黑轉藍。眾人皆睡你獨醒的早晨有一種孤寂，自己一個人打開咖啡機，自己一個人開在無人的高速公路上，抵達空蕩蕩的辦公室，打開所有的燈。我沉醉在奧布芮的照片裡，專注在周遭絕對的寧靜之中，完全沒有聽到她進來。

「早安。」我微笑，揮手要她進來。「妳真早。」

「妳也是。」她走了進來，在身後帶上門，抹掉沿著額頭流下的汗水。「今天有這麼早的約診嗎？」

我察覺到她的恐慌，擔心她沒注意到的行程，而她還穿著運動服來診所。我搖搖頭。

「沒有，我只是想趕點工作進度。上週……這個，妳知道上週是怎麼回事。我心不在焉。」

「對，我們都是。」

事實是，我再也無法忍受與丹尼爾同處於一個屋簷下，多待上不必要的一分鐘都不行。坐在划艇裡的時候，溪水潺潺，我望著遠處的落羽杉馬場，終於允許自己害怕，不只是懷疑……而是害怕。害怕坐在我正後方的男人，我的脖子就在他伸手攬得到的距離。害怕跟怪物共處一室，這個躲在我眼皮子底下的怪物，就跟滑進水面之中的短吻鱷一樣。就跟二十年前我的父親一樣。不只有那條讓我心神不寧的項鍊、庫柏對丹尼爾的不信任、媽媽的警告，現在又有這個。另一個跟我有關的女孩死了，跟丹尼爾也有關。我知道自己一直有事瞞著丹尼爾，但在那一刻，我很確定他也有秘密不讓我知道。庫柏說得沒錯，我們真的不了解對方。我們訂了婚，都要結婚了。我們住在一起，睡在同一張床上，但這個男人與我，我們是陌生人。我不了解他，我不曉得他幹得出什麼樣的行為來。

「我頭有點痛。」我那時對他這麼說，也不算說謊啦。看著遠處的落羽杉馬場，噁心的感覺讓我的胃翻攪起來，看著那幾張空蕩的搖椅，幽魂踢動的搖椅。我在想那一刻，奧布芮是不是戴著那條項鍊，現在塞在我家某處的項鍊。「我們可以掉頭嗎？」

我身後的丹尼爾默不作聲，不曉得他在想什麼，他為什麼要帶我來這？他是想衡量我的反應嗎？這對他來說是一種樂趣嗎？將真相懸掛在我面前，我差點就搆到了？他是在警告我嗎？他是不是知道我知道了？我回想起我與艾倫的對話，說起落羽杉墓園有什麼特殊意涵。我早該串連起來。我第一次是在落羽杉馬場見到奧布芮，而她的屍體於落羽杉墓園尋獲。我之前從來沒有想過這件事，畢竟這些地名太常見了，但現在，就跟蕾西的屍體出現在我辦公室後方一樣，一切似乎太巧了，巧到不太可能。丹尼爾期待尋獲奧布芮屍體時，我會認出她來嗎？或者，他就這麼有信心，帶我來看另一片拼圖，還期待我沒注意到開始逐漸成形的整體畫面？

「丹尼爾？」

「當然。」他的聲音聽起來很不滿，他小聲地說。「好，當然，我們可以掉頭。一切都還好嗎，小蘿？」

我點點頭，逼著自己將目光從農舍上移開，聚焦在其他景物上，什麼都好。我們划回陸地，開車回家時沒有交談，丹尼爾盯著道路，雙脣緊抿，我則將頭靠在窗上，用手指按摩太陽穴。我們開進車道時，我咕噥著說要午睡一下，然後走進我們的臥房，鎖上房門，爬上床。

「嘿，小梅。」此刻的我抬頭望向我的助理。「可以問妳一個問題嗎？有關我的訂婚派對。」

「當然。」她面露微笑，坐在我對面。

「丹尼爾是幾點到的？」

她咬起臉頰內側，思索起來。

「說真的，沒比妳早多少。庫柏、夏儂跟我是第一批到的人。丹尼爾因為工作耽擱了，所以我們讓大家先進屋，他大概只比妳早二十分鐘到。」

我的胸口再次出現熟悉的刺痛感。庫柏，想要無視他的情緒，不管發生什麼事，也許就是因為發生了各種事，他都默默支持我。我想像他站在我家客廳深處，臉埋在人群之中，看著我尖叫，看著我伸手進包包裡，瘋狂摸索。丹尼爾將我拉進懷裡，雙手放在我的腰上，取悅群眾。我敢說庫柏一定覺得很難接受，看著丹尼爾露出燦爛的笑容，操弄我屈服於他的意志之下。於是庫柏在我能看見他之前就轉過身去，躲進後院，一個人抽起菸來，在那等我。我不曉得我先前怎麼沒注意到這點，大概是固執吧，我猜，還有自私。不過，現在這點實在再明顯不過，庫柏就跟過往一樣，靜靜待在背景之中，看顧著我，就跟當年在小龍蝦節時，他的臉出現在人海裡，他推開其他人，在我孤單的時候，找到我，安慰我。

「好。」我點頭，想要聚焦，想要回想起那天的狀況。蕾西在六點半的時候離開我的辦公室，我在差不多八點的時候關門離開，花了點時間儲存她的筆記，收拾辦公室，然後接到艾倫的電話。接著我去了一趟藥局，最後才開車回我家車道，差不多是八點半的事。那樣丹尼爾就有兩個小時得以將蕾西從我的大樓將她擄走，帶她去任何地方，之後再把她棄屍在子母車後方，在我到家前趕回來。

可能嗎？

「他到家後在忙什麼？」

梅麗莎在座椅上調整坐姿，雙腳交疊起來。她比一開始走進時更緊張，她知道這些問題很私密。

「他上樓梳洗，我想他沖了澡，換了衣服。他說他開了一整天的車。然後他下來時，我們就看到妳的車燈照亮車道。他倒了幾杯酒，然後……妳就進屋了。」

我點點頭，再次微笑，讓她明白我很感激她的資訊，但我內心實在很想尖叫。那一刻我記得清清楚楚。那一刻我看到一片人海分開，丹尼爾走了出來。那一刻他握著酒杯，朝我走來，我原本驚慌的身軀立刻鬆懈下來，他的手繞上我的腰，將我拉進懷裡。我記得他散發出來的香料沐浴乳味，還有他雪白的微笑。我想起覺得自己好幸運，真他媽的幸運，能夠有他在身邊，但現在……我實在忍不住去想在那一刻之前，他都在忙些什麼。他洗滌劑的味道那麼濃烈，是不是因為他想故意掩蓋、沖刷掉什麼其他的味道。他先前穿過的衣服還在我們家嗎？還是他扔在路邊？甚至已經用火柴燒掉了，那是可以將他與犯罪事件連結在一起的證據。那天晚上，我們裸身交纏在一起時，他的皮膚上還有她的痕跡嗎？一縷髮絲？一滴血？卡在哪裡斷掉還沒發現的指甲？我想起奧布芮，想起她失蹤那晚，他到家之後，我們做了什麼。丹尼爾是不是跟平常一樣，開了長途的車後立刻衝去洗澡？我那晚是不是決定加入他，在蒸氣迷濛的浴室裡替他脫去衣物。我是不是幫他洗刷掉了她的痕跡？

我捏捏鼻子，閉上雙眼。想到這裡就讓我覺得噁心。

「克蘿伊？」我聽到梅麗莎溫柔、關切的低語。「妳還好嗎？」

「都好。」我抬頭露出虛弱的微笑。事態的重擔壓在我的肩上，我莫名牽扯進去，讓我想起二十年前，我明明看到了，卻不曉得自己看到了什麼。在不知情的狀況下帶領那些女孩走進掠食者的魔爪之中，或者應該說，帶領掠食者找到她們。我實在忍不住去想，要不是我，她們是否都還活著？她們每一個人？

忽然間，我覺得疲憊，完全提不起勁的累。我昨晚幾乎沒睡，丹尼爾的皮膚散發著熱氣，警告我不要靠太近。我望向我的辦公桌抽屜，看著那些等待在黑暗中等待召喚的藥物。我可以請梅麗莎出去，我可以緊閉窗簾，逃避一切。現在還不到七點，還有時間取消今天所有的約診，但我不能這樣，我不知道我不行。

「今天行程如何？」

梅麗莎伸手進包包裡，掏出手機，研究起日曆程式，瀏覽起今天的行程。

「今天挺滿的。」她說。「很多之前取消的重約。」

「好，明天呢？」

「明天一直排到四點。」

我嘆了口氣，用拇指搓揉太陽穴。我知道我有事該做，我只是沒時間。我不能一直取消客戶的約診，不然很快病患都要跑光了。

不過呢，我回想起母親在我掌心瘋狂點擊的手指。

我該怎麼證明？

丹尼爾，答案是丹尼爾。

「禮拜四很空。」梅麗莎提議，手指滑過螢幕。「都約在早上，中午之後都空的。」

「好。」我坐直身子。「那天之後都不要排約，禮拜五也空下來。我得出遠門一趟。」

Chapter 32

「寶貝，妳真讓我驕傲。」

我從臥室地板抬頭，丹尼爾靠在門框上，對我微笑。他剛沖完澡出來，純白的浴巾圍在他的腰際，他雙臂抱在裸露的胸膛上。他走進臥房，開始翻起衣櫃裡一整排燙過的白襯衫。我看著他一秒，看著他完美曬黑的身軀，他小麥色的雙臂，他帶著水珠的皮膚。我仔細看，注意到他的腹部到後背有一道抓痕。看起來是新的痕跡，我盡量不去想這是怎麼出現的，從哪來的。我反而低頭看著行李箱，看著裡頭的一堆衣服，主要都是牛仔褲、T恤這些實用的衣物，我驚覺我該丟一件洋裝進去，還有一雙為了掩人耳目用的高跟鞋，畢竟，單身派對上應該會這樣打扮吧？

「妳說有誰會去？」

「人很少啦。」我將高跟鞋塞進行李箱角落，我很清楚我不會穿。「夏儂、梅麗莎，幾個之前工作認識的老朋友。我不想搞得太盛大。」

「哎啊，我覺得這樣很棒。」他從衣架上抽出一件襯衫，披在背上。他朝我走來，扣子還沒扣上。通常這時我會起身，用手臂環繞他裸露的皮膚，用手指撫摸他後背的肌肉。通常這時我會吻他，也許在出門前帶他回床上，我們聞起來再也不是沐浴乳的味道，而是彼此的氣味。

不過，今天不來這一套，今天我辦不到。於是我坐在地上，對他微笑，然後低頭，專注摺起大腿上的衣物。

「這是你的主意。」我躲開他的目光。我感覺到他盯著我的太陽穴，想要鑽透我迂迴的態度。「在訂婚派對上的時候，記得嗎？」

「我記得，很高興妳聽進去了。」

「而你去了紐奧良，我想說那邊應該滿好玩的。」我抬頭看著他。「不會太花錢，路又好開。」

我看著他嘴角微微顫抖，要不是我已經知道真相了，不然還真不會注意這麼幽微的動作，真相就是他根本沒有去紐奧良。他向我仔細描繪過的研討會，什麼禮拜六先拓展人脈，週日打高爾夫球，還有整個禮拜的行程，根本沒有發生過，好吧，不能這麼說，應該說這一切都發生過，各大藥廠銷售代表的確從全國各地湧入紐奧良，但丹尼爾沒去。他沒去，我會知道是因為我查到了研討會的網站，致電飯店，假裝是他在整理差旅報銷資料的助理，要請飯店傳收據副本過來。結果他沒去，丹尼爾．布利克斯並沒有入住或退房的紀錄，更沒有登記參加研討會的資料。我沒辦法確認他最近有沒有去過拉法葉，但我猜那也是個謊言。他那些出差，那些漫長的週末與熬夜開車，讓他回家疲憊但似乎更生氣勃勃，這些旅途是否都在掩飾什麼其他的行為，黑暗的行為。而我只有一個辦法能夠找出答案。

我對未婚夫還有許多不了解之處，但住在一起讓我明白一點，那就是他是習慣的生物。他每天到家後會將公事包整齊擺在飯廳一角，公事包會上鎖，直到下次出差再用。而他每天早上都會出門慢跑，沿著附近街坊跑上六、八、十公里，接著他會沖澡，沖很久，沖熱水。因此，這禮拜每一天，當他親吻我的額頭，跑出家門時，我就會悄悄溜進飯廳，手指前後撥弄起數字組合鎖，想要破解密碼。結果比我想像中簡單，畢竟他的確很好捉摸。我試過丹尼爾生命裡所有具有意義的數字，他的生日、我的生日、我們家門牌號碼。畢竟，如果艾倫教過我什麼，那就是模仿犯其實很感情用事，他們的生命繞著隱藏訊息與密碼打轉。經過運氣不佳的幾天後，我坐在飯廳地上思考，目光在他的行李箱及飯廳窗口游移，等待他出現。

但當我起身時，一個念頭悄悄出現。

我再次望向窗口，接著試起七二六一九。我記得我將這串數字排列出來，轉著鎖頭側邊小小的刻點標示，我記得我按下滑扣，聽到喀啦一聲，彈簧鎖鬆開了。公事包的鉸鏈打開，裡頭的東西擺得整整齊齊。

成功了，密碼成功了，七二六一九。

二〇一九年七月二十六日。

我們結婚的日子。

「我要傳訊息給夏儂，確保她會拍照片給我看。」此刻丹尼爾說，他轉頭面向他放內衣褲的櫃子。他穿上紅綠格紋四角褲，這是我聖誕節送他的，他大笑起來。「有圖有真相，我要看到妳跨坐在波本街的酒保身上，妳知道，就是那種他們會用那些小試管裝酒——」

「不要。」我大概回得太快了。我轉頭面向他，看著他瞇起雙眼，我連忙編出請他不要傳訊息給夏儂、梅麗莎或任何人的可信理由，因為她們都不會去我的單身派對。我也不會去我的單身派對，我的單身派對根本不存在。

「拜託不要。」我放低目光。「我是說，丹尼爾，那是我的單身派對。我不希望全程需要緊張兮兮，擔心我會出糗，最後畫面還出現在你手機上。」

「噢，拜託。」他雙手扠腰。「妳什麼時候會在乎多喝幾杯了？」

「我們根本不該聯絡！」我想要裝得可愛一點。「只是一個週末而已，再說，我懷疑她們會不會回你。我已經說好規矩了，不准打電話，不准傳訊息。我們與外界斷絕聯絡，這是女生的週末。」

「好啦。」他舉手投降。「在紐奧良發生的事，留在紐奧良就好。」

「謝謝喔。」

「妳週日就回家了，對吧？」

我點點頭，想到沒人打擾的整整四天就足以讓我融化在地毯上。真是讓人鬆了口氣，逃離這裡，逃離一直要我演戲的地方，一進家門我就要開始演戲。而且，希望這一趟之後，我就再也不用演戲，再也不用假裝了，再也不用貼著他的身軀入睡，再也不用在他嘴唇靠上我的頸子時，強忍住沿著背脊打冷顫的感覺。希望這一趟之後，我就有證據能夠報警，終於讓他們相信我的話。

就算如此，我接下來要做的事情也不會比較輕鬆。

「我會想妳的。」他坐在床沿。自從警鈴大作那晚之後，我就開始疏遠他，他也知道，他察覺到了，感覺到我在躲他。我將頭髮塞到耳後，逼迫自己站起身來，朝他走去，坐在他身邊。

「我也會想你的。」我說，他靠過來吻我，我屏住呼吸。他跟以往一樣捧著我的頭顱。

「但，嘿，我得走了。」

我抽開身子，站起身來，朝行李箱走去，掀上翻蓋，拉起拉鍊。

「我今早有幾個病患，然後直接從診所出發。我跟梅麗莎一起開車過去，路上會去接夏儂。」

「玩得開心點。」他微笑著說。我看著他，一個人坐在床沿，雙手交握重重擺在大腿上，我一度感覺到從來沒有在他身上察覺過的哀傷。在我認識丹尼爾之前，當我渴望其他人的陪伴時，我在自己身上觀察過這種迫切的渴望。如果是幾個禮拜前，我肯定會覺得很內疚，胸口會刺痛，因為你欺騙了所愛之人。我的確是在他背後偷偷摸摸的，挖掘他的過往，如果有人這樣對我，我肯定會責備對方。不過，我很清楚，這不一樣，這件事很嚴重。因為丹尼爾又不是我，我知道他不是我，但我開始篤定他也許比較像我的父親。

我在第一位約好的病患抵達前半小時到診所，行李袋背在肩上。我經過梅麗莎的辦公桌旁，她正在喝拿鐵，我揮揮手，迅速經過，想要避開任何我要出遠門的對話。我說那是要為婚禮做準備，講得非常模糊，完全沒有細節。我主要在乎的是提供丹尼爾強而有力的不在場證明，至今我覺得自己表現得還不錯。

「戴維斯醫生。」她放下杯子。我正要走進辦公室的門，聽到她的聲音便打住腳步。「抱歉，但妳有客人。我跟他說妳有病患，但……他在等你。」

我轉身朝候診區走去，望向我走進來時完全忽略的沙發角落，坐在其中一張沙發邊上的是湯瑪斯警探。他在大腿上攤開一本雜誌，對我露出微笑，然後闔上雜誌，扔回旁邊的茶几上。

「早安。」他起身向我打招呼。「要去哪裡嗎？」

我低頭看著我的行李袋，又望向警探，他已經縮短我們之間的距離了。

「就出趟遠門。」

「去哪？」

我咬著臉頰內側的肉，注意到梅麗莎在我身後。

「紐奧良。」我說。「我要把握時間去處理一下婚禮的事宜。那邊有幾間精品店，我想看看不同的商店。」

當我發現自己在說謊的時候，我知道把謊話說得簡單一點才是上策，盡量講同一個版本的謊言。要是丹尼爾認為我在紐奧良，梅麗莎與湯瑪斯警探最好也這麼想。我注意到湯瑪斯警探瞥向我手指上的戒指，然後才抬起頭點了點。

「我只需要占用妳幾分鐘的時間。」

我比向我的辦公室，轉身對梅麗莎微笑，然後帶著警探穿過等候區，想要散發出沉著、掌握大局的氣息，但我的胸口已經慌張起伏了起來。警探跟我進去，甩上門。

「所以，警探，有什麼可以幫忙的地方嗎？」

我坐進辦公桌後頭，將包包放在地上，拉開椅子，坐了下來。我希望他跟著我的動作也入座，但他保持站姿。

「我要妳知道，我花了一整個禮拜追蹤妳的線索，伯特．羅德。」

我揚起眉毛，我完全忘了伯特．羅德，這禮拜發生這麼多事，我的焦點轉移了，衣櫥裡的項鍊啦，奧布芮．奎維諾與我的關係啦，丹尼爾襯衫上的香水味啦，他騙我去參加研討會，以及他身上的抓痕。我還去見了母親，以及我在丹尼爾公事包裡找到的東西，現在塞在我的行李袋中。這是我尋找的證據，我這個週末出門就是要尋找佐證。伯特．羅德在我家，拿著電鑽，盯著我看，此刻的我感覺那是遙遠的回憶，但我還記得那種動彈不得的感覺，那種恐懼，明明察覺得到危險，雙腳卻牢牢固定在地面的感覺。不過，現在危險有了全新的意涵。至少我不用跟伯特．羅德生活在同一個屋簷下，至少他沒有鑰匙能夠打開我上鎖的大門。我懷念起上禮拜，渴望回到那個時刻，站在我家門口，背抵著大門，那時善與惡之間的界線還如此明確。

湯瑪斯警探變換站姿，我忽然覺得很內疚，讓他掉進這個兔子洞裡。對，伯特．羅德不是什麼好人，對，他在我身邊我很不安。不過，我在過去這七天裡找到的證據並沒有指向伯特的方向，我覺得我該把話說清楚，但話又說回來，我也很好奇。

「噢，是嗎？你查到什麼？」

「呃，首先，他想對妳申請禁制令。」

「什麼？」他的話語讓我太吃驚了，我連忙起身，我的椅子劃過硬木地板，發出有如指甲刮黑板的聲音。「什麼意思，禁制令？」

「戴維斯醫生，請妳坐下。他說在他短暫造訪妳家時，他感到威脅。」

「他感到威脅？」我提高了嗓門，我很確定梅麗莎聽得到，但這一刻我不在乎。「他怎麼好意思感到威脅？我才感到威脅，我手無寸鐵耶。」

「戴維斯醫生，請妳坐下來。」

我盯著他好一會兒，眨眨眼睛，不敢置信，然後緩緩坐回位置上。

「他宣稱妳用假身分騙他進入妳家。」他往我的座位走了一步。「他到達時以為他是要進行工作，但他一進入屋內，就曉得妳另有意圖。他說妳質問他，激怒他。想要讓他坦白說出讓他看起來有罪的話。」

「太荒謬了。又不是我打電話叫他來的，是我未婚夫。」

「未婚夫」三個字讓我胸口一緊，但我還是壓下這不舒服的感覺。

「而妳的未婚夫怎麼會有他的電話？」

「我想是從網站看到的。」

「而妳為什麼要看那個網站？考慮到妳的過往，這樣也太巧了吧？」

「聽著。」我用手梳起頭髮。我已經看到這場對話會朝何種方向前進了。「我開著他的網站，好嗎？我那時剛發現伯特・羅德住在這裡，就你說的，真的很巧。我那時想到那兩個女孩，我很想知道她們到底怎麼了。我的未婚夫看到我筆電打開的網頁，就打電話聯絡他，我根本不知道這件事。一切只是一個愚蠢的巧合。」

湯瑪斯警探朝我點點頭。我看得出來他不相信我。

「就這樣？」我的語氣略顯煩躁。

「不，不只這樣。」他說。「我們也發現這不是妳首度遇上類似事件。事實上，模式聽起來非常耳熟。鬼鬼祟祟的行為，陰謀論，還有禁制令。妳還記得伊森・沃克這個人嗎？」

Chapter 33

我第一次見到他是在室內派對上，塑膠杯探進保冷箱裡，盛裝霓虹顏色的液體。他有一種我無法捉摸的特質，可以說是虛無飄渺，彷彿空間裡的其他人都黯淡無光，而他站在那裡閃閃發亮，將所有的光線吸引過去一樣。

我喝了一口杯子裡的飲料，面露難色，兄弟會的酒水品質總是很差，但這不是重點。我只是要喝到微醺，稍微麻痺就好。我血液裡的煩寧已經安撫了我的神經，讓我的心靈披上藥物帶來的寧靜。我低頭看著杯子，看著最後一指高的飲料，一口飲盡。

「他叫伊森。」

我轉頭望向左邊，我的室友莎拉站在我身邊，對我望著的男孩點點頭。伊森。

「他很可愛。」她說。「妳該去找他攀談。」

「也許吧。」

「妳已經盯著他看整晚了。」

我瞪了她一眼，感覺到臉頰燙燙的。

「我才沒有。」

她露出賊賊的微笑，旋轉起杯子裡的液體，喝了一口。

「哎啊，好吧。」她說。「妳不主動，我就要過去囉。」

我看著莎拉朝他走去，帶著決心穿過因醉酒而升高的體溫迷霧與噪音，她是一個執行任務的女人。我堅守平常的牆邊位置，這個位置讓我能夠掃視整個空間，注意到四周，卻又不會有人從後頭接近我，給我任何驚喜。莎拉就是這樣，我們的大學友誼建立在她總會搶走我明顯表達想要慾望的東西上頭，先是宿舍的上舖，然後是我們現居公寓的大更衣室，接著是變態心理學課程的最後一個名額，以及精品店櫥窗裡最後一件M號的米色上衣，也就是她現在身上穿的這件。

如今還有伊森。

我看著她走向他，輕點他的肩膀。他望過去，露出燦爛的微笑，給她一個友善的擁抱。我心想：沒關係，反正他也不符合我的條件。此言不假，他塊頭有點太大了，將莎拉抱進胸膛時，手臂的肌肉非常發達。如果他要，他可以完全不讓她跑，他可以一直緊抱著她，就跟大蟒蛇一樣，用力絞扭到她骨頭碎裂。他似乎也太受歡迎了，太習慣想要什麼就得到什麼。我絕對不會邀請任何自以為是的人，如果我忽然改變心意，對方可能會生氣。

我望向大門，可以離開這間擁擠的房子，回到路易斯安納州立大學秋天的涼爽乾冷的空氣之中。我跟自己約定好，絕對不能單獨走回家，但目前看來莎拉短時間內不會離開，我實在別無選擇。我的公寓鑰匙上掛著薄荷噴霧鑰匙圈，而且距離也不過兩條街。我在原地遲疑了一下，思索我該不該過去道別，還是該轉身就走。我懷疑會不會有人注意到我不告而別。

我決定好了，從門邊轉身，面向派對現場，打算再看一眼就離開，此時，我注意到他們正盯著我看，伊森跟莎拉一起望向我。她在他耳邊竊竊私語，纖細的手還掩著她的嘴，而伊森笑了笑，跟著點頭。我感覺到心臟跳到喉頭來，我低頭看著空空如也的杯子，迫切希望裡頭有東西可以喝，讓我有點事做，而不是雙手擱在身軀兩側。在我能移動離開之前，伊森開始朝我走來，他鎖定我的雙眼，彷彿沒有其他人在場一樣。他的某些特質讓我緊張，不是平常男人讓我緊張的那種警戒不安。他帶來的緊張是正面的感覺，激動的感覺。我緊握免洗杯，聽到塑膠折裂的聲音。他終於靠近時，他用粗壯的手臂滑過我的手，我感覺到他柔軟的亨利衫抵著我的皮膚。

「嗨。」他露出燦爛的笑容，牙齒又白又整齊。他聞起來就像行經購物中心商店時，忽然迎面襲來的涼爽芳香氣味，丁香，檀香。我那時不知道，但我接下來幾個月裡會對這個味道無比熟悉，這個味道還連續出現在我的枕頭上，他溫暖的軀體離開後還久久不退。我到哪兒都認得出這個味道，在他去過的地方，在他不該出現的地方。

「所以妳是莎拉的室友？」他問起話來。「我跟她是在課堂上認識的。」

「對。」我望向我的朋友，她已經逐漸消失在人群之間。我在心底默默向她道歉，因為我自然而然想到最壞的結果。「我是克蘿伊。」

「伊森。」他說，他將一杯酒水塞向我，取代握手。我接了下來，用我原本的空杯套在重重的杯子外頭，就著兩個杯子喝了一口。「莎拉說妳在念醫學預科？」

「專攻心理學。」我說。「我希望明年秋天能夠在這裡讀博士，當然，要先拿到碩士。」

「哇。」他說。「太佩服了。嘿，這裡有點吵，妳想去比較安靜一點的地方聊聊嗎？

我想起那時胸口明顯的墜落感，明白他跟其他人都一樣。不過，我覺得我不能批判他，我也幹過這種事，利用過別人，利用其他人的軀體，讓我覺得沒那麼寂寞。不過這次感覺不一樣，這次我是被利用的一方。

「我其實正要走——」

「這話聽起來超怪的。」他連忙舉手打斷我。「我知道男生很愛講這種話，安靜一點的地方，好比說我的臥室，對不對？我不是這個意思。」

他露出不好意思的微笑，我則咬起嘴脣，想要理解他到底是什麼意思。他不符合我的條件，不符合我長期以來在肉體與情感上維護自己安全的「經驗法則」。要了解他的意思並不容易，他有燦爛完美的微笑，還有衝浪客的凌亂金髮，以及看似不費力氣就擁有的肌肉線條明顯手臂，他感覺彷彿這輩子沒進過健身房一樣。跟他交談似乎同時安全也危險，彷彿雲霄飛車的安全帶綁在你身上，隨著軌道帶領你的身軀前進，你胸口緊縮，但想打退堂鼓已經來不及。

「那邊怎麼樣？」

他比向廚房，老舊骯髒的廚房，檯面上堆滿黏黏的杯子跟空的啤酒紙箱，門從鉸鏈上卸了下來。不過裡頭倒是沒有其他人，安靜到足以好好交談，卻又看得到外頭，感覺安全。我點點頭，讓他帶領我穿過人山人海的走廊，進入日光燈照明的空間。他抓起抹布，擦起檯面，還笑著拍了兩下。我走過去，用手撐著身子靠上去，坐在邊緣，雙腳騰空盪起。他坐在我身旁，用塑膠杯與我輕輕乾杯。我們小酌起來，就著免洗杯凝望彼此。

接下來四個小時，我們沒有換過姿勢。

Chapter 34

「戴維斯醫生，可以請妳回答問題嗎？」

我抬頭望向湯瑪斯警探，想要甩開回憶。我感覺到雙手因為檯面上灑出的飲料而黏黏的，因為好幾個小時沒有移動，雙腳發麻。我們聊得如此熱烈，完全忘卻那破舊老廚房外頭的世界，忽然間，周遭的派對聲響消失，只剩下我們。我們在黑暗中靜靜走回住所，伊森的手指溫柔勾著我的手，秋風輕拂校園的樹梢。他帶著我走進我公寓的人行道，站在街角等我打開前門，向他揮手道晚安。

「可以。」我喉頭一緊，悄聲回答。「對，我認識伊森．沃克，但聽來你已經知道這點了。」

「妳可以跟我說說他的事嗎？」

「他是我大學時期的男朋友，我們交往了八個月。」

「你們為什麼分手？」

「我們還是大學生。」我講起重複的話。「那不是什麼正式的關係，就是行不通。」

「我聽說的並非如此。」

我瞪向他，憎恨的感覺湧上心頭，我有點嚇到。他顯然已經知道答案了，只是想聽我說。

「妳為什麼不用妳的話語把事情的原委講一遍呢？」湯瑪斯警探說。「從頭開始。」

我嘆了口氣，望向掛在辦公室門上的時鐘，我的第一位病患十五分鐘內就會抵達。這個版本的故事我已經講過一百遍了，我知道他可以查閱警局的檔案，大概還能聽我講同一件事的錄音，但我急著希望這個男人在病患抵達前離開我的辦公室。

「我說了，我跟伊森交往了八個月。他是我第一個真正的男朋友，我們很快就親密起來，對兩個大孩子來說，是有點太快了。他幾乎每晚都會來我們公寓過夜，但那年夏天，課程結束後，他開始疏遠。差不多在同一個時期，我的室友莎拉失蹤了。」

「有通報失蹤嗎？」

「沒有。」我說。「莎拉很隨性，她是自由的靈魂。大家都曉得她會週末忽然跑出去旅行，親近大自然，但那次我覺得不太對勁。我已經三天沒有她的消息，所以我開始擔心。」

「聽起來很正常。」湯瑪斯警探說。「妳有報警嗎？」

「沒有。」我知道這回答聽起來的感覺。「你必須記住，那是二〇〇九年的事，當時的人不會跟今天一樣，手機不離身。我想告訴自己，也許她只是忽然興起跑出去玩，沒帶手機，但我後來注意到伊森的行為也變得古怪。」

「怎麼樣古怪？」

「我每次提到莎拉的時候，伊森都會驚慌，胡扯一堆，或是轉移話題。他似乎並不擔心莎拉不見，他只會提出一堆莎拉可能在哪的模糊說詞。他甚至還說，現在放暑假，她也許回老家探望父母之類的話，但當我說我想聯絡莎拉的父母，確保她有回家時，伊森又會說我反應過度，不該一直管別人的事。我開始在想他的行為很奇怪，彷彿他不希望別人找到莎拉一樣。」

湯瑪斯警探對我點點頭，我在想他是不是已經聽過這個故事了，聽過我在警局的錄音，但從他的表情完全看不出來。

「我有天跑去她房間，想要看看能不能找到她跑哪兒去的線索，好比說筆記什麼的。」回憶歷歷在目，我用一根手指推開她的房門，聽著門發出的咯唧聲。我踏了進去，不敢發出聲響，彷彿我打破了什麼不成文的規定，她好像會隨時跳出來，看著我翻她的衣物，讀她的日記一樣。

「我拉開她床上的被子，注意到床墊上有一灘血，很大一灘。」我繼續說。

我到現在還看得到那灘血，非常清晰，莎拉的血。幾乎床鋪的下半部都是血，顏色不再是鮮紅色，而是有點鐵鏽色。我記得我伸手壓上去，感覺到床墊深處滲出的溼潤。我的指腹上都是血，還很溼，還是液體。

「雖然我知道這聽起來很怪，但我在她床上聞到伊森的味道。」我說。「他有很特殊的氣味。」

「好。」他說。「顯然到了這一刻，妳該去報警了吧？」

「沒有，我沒有，我知道我該報警，但——」我振作起來。我需要確保我用對字眼。「我想確定這是謀殺，才去報警。我剛搬到巴頓魯治，想要逃離我的家庭，我的過往。我不希望警察將那一切又翻出來。我不希望失去我剛剛才找到的正常感。」

他點點頭，眼神裡透露著批判。

「但，就跟我邀請麗娜來我們家，介紹她跟我爸認識一樣，我開始覺得伊森跟莎拉也是這樣。」我繼續說下去。「我把公寓鑰匙給了伊森，結果莎拉失蹤了，她可能遇上了麻煩。也許跟伊森有關，我覺得我有義務做點什麼，搞清楚狀況。我覺得我有責任。」

「好吧。」他說。「然後呢？」

「那個禮拜，伊森跟我分手，突然提的分手。我措手不及，但這件事發生在莎拉失蹤的當下，對我來說就是證據。證明他的確有所隱瞞。他說他會出城幾天，回父母家想清楚一切。所以我決定闖進他住的地方。」

湯瑪斯警探揚起眉毛，我逼著自己繼續說下去，繼續說，免得他又打斷我。

「我以為我能夠找到證據報警。」我說，我想起父親衣櫥裡的珠寶盒，實際的如山鐵證。「我從父親犯下的命案裡得知，證據非常重要，沒有證據就只有嫌疑，不足以逮捕任何人，甚至連指控都做不到。我不知道我期待能找到什麼，任何東西都好，只要能夠讓我覺得自己沒有發瘋就好。」

我選擇的字眼讓我稍微畏縮了一下——「發瘋」，但我繼續。

「於是我從我知道鎖不起來的窗戶進屋，開始到處尋找，但沒多久我就聽到他臥房傳來聲響，我這才發現他沒出門。」

「你走進他臥室時，看到了什麼？」

「他在裡頭。」回想起那個畫面害我脹紅了臉。「莎拉也在。」

那一刻，站在伊森臥房門口，看著他與莎拉的軀體交纏在他骯髒的床單上時，我想起我們邂逅的那一夜，我想起他們在派對上的擁抱。我想起她用手靠在脣邊，貼上去在他耳邊低語。伊森跟莎拉在課堂上認識，這點倒是真的，但我後來才知道他們的關係不僅於此。他們在去年交往過，而在我跟伊森交往幾個月後，他們背著我重燃愛火。結果我對莎拉的判斷一點也沒錯，她總是奪走我想要的人事物。介紹我跟伊森認識對她來說只是一場遊戲，這樣她才能光明正大吊伊森胃口，然後重回他的懷抱，再次證實她比我更了不起。

「而他對妳闖進他家的反應如何？」

「顯然不怎麼好。」我說。「他開始對我咆哮，說他幾個月前就想跟我分手，是我糾纏不清，聽不進去。他說我就是個闖進他公寓的瘋婆前女友……而他聲請了禁制令。」

「那莎拉床墊上的血跡又是怎麼回事？」

「顯然她不小心懷孕了。」我用麻木的口吻陳述事實。「但她流產，她很難過，卻不想聲張。她一開始不希望大家知道她懷孕，她特別不希望其他人知道她懷的是她室友男友的孩子。她那個禮拜就窩在伊森的住所，想解決這件事。所以伊森不希望我抓狂，聯絡莎拉的父母，或是報警說她失蹤。」

湯瑪斯警探嘆了口氣，我實在覺得很蠢，我好像是青少年，因為想喝醉，便喝漱口水，最後還被大人罵一樣。我沒有生氣，我只是失望。我等著他開口說點什麼，但他只是繼續望著我，用質疑的目光持續端詳我。

「你為什麼要逼我告訴你這件事？」我終於發問，我先前的不滿情緒又悄悄爬回來。「你顯然已經很清楚了，而這件事跟眼前的案件又有什麼關聯？」

「因為我希望妳能透過重述這個故事，明白我所看到的事實。」他又走向前了一步。「妳在生命裡遭到所愛之人、信任之人的傷害。妳天生不相信男人，這點非常明確，但在妳父親做出那種事後，誰能怪妳呢？不過，無法時時刻刻掌握男朋友的行蹤，並不代表他就是殺人兇手。在這件事情上，妳倒是學到了慘痛的教訓。」

我感覺到喉頭緊縮，我立刻想到丹尼爾，我的另一個男朋友（不，我的未婚夫），我正在自行調查的對象。我想起我在腦海中堆疊起的懷疑，還有週末的計畫，這個計畫跟爬進伊森公寓的窗戶差不了多少，都會侵犯隱私，宛如窺視他人日記。我的目光掃向我腳邊拉上拉鍊、準備妥當的旅行包。

「就跟妳雖然不信任伯特．羅德，但這不代表他就有能力殺人一樣。」他繼續說。「這似乎是妳的模式，將妳置身於與妳無關的衝突之中，想要破解謎團，成為主角。我明白妳為什麼會這麼做，妳是讓妳父親落網的主角。妳覺得這是妳的責任。不過，我此行目的希望妳能就此打住。」

這是我這禮拜第二次聽到這句話，上次是庫柏說的，在我家廚房，他看著我的藥丸。

我知道妳為什麼這樣，我只希望妳就此打住。

「我並沒有置身於什麼衝突之中。」我的手指嵌進掌心之中。「不管那是什麼意思，我並沒有想當主角。我只是想幫忙，我只是想提供調查的方向。」

「錯誤的方向比沒有方向更不如。」湯瑪斯警探說。「我們花了將近一個禮拜在這個男人身上，這個禮拜我們大可去查其他人。我不認為妳有什麼惡意，我相信妳的確認為這麼做最好，但如果要問我的意見，我覺得妳需要尋求協助。」

庫柏懇求的聲音又響了起來。

尋求協助。

「我是心理學家。」我盯著他的雙眼，反芻起我那天對庫柏說的話，這也是我長大之後，不斷說起的話語。「我知道該怎麼協助我自己。」

整個辦公室靜悄悄的，我幾乎可以聽到外頭梅麗莎的鼻息，她的耳朵貼在緊閉的房門上。她肯定聽見整場對話了，此刻人在候診區的病患大概也聽得一清二楚。我想像她睜大雙眼，聽到警探告訴她的心理學家她需要協助。

「伊森．沃克因為妳闖入他公寓所聲請的禁制令，他提到妳在大學時期有濫用藥物的問題，妳會將地西泮跟酒精一起服用。」

「我已經不會那樣了。」我說，但我那一抽屜的藥物在我腿旁散發著能量。

我們在她髮絲樣本裡找到大量的地西泮。

「我相信妳知道這些藥物有嚴重的副作用，妄想、認知混淆，沒有辦法分辨虛實。」

有時我很難分辨事情是真的發生，還是我在想像。

「我沒有任何藥物的處方。」我說，這並不算是謊言。「我沒有妄想，我沒有認知混淆，我只是想幫忙。」

「行了。」湯瑪斯警探點點頭。我可以感覺得出來他很過意不去，他可憐我，這意味著他永遠不會嚴肅看待我了。我覺得我不可能比過往更孤單，但我現在就是這種感覺。覺得自己孤立無援。「好吧，行，我想這代表我們談得差不多了。」

「對，我也是這麼想。」

「謝謝妳花時間跟我聊。」他朝門口前進，他碰到門把，遲疑了一下，又轉過身來。「噢，還有一件事。」

我揚起眉毛，請他直接開口。

「要是我們在其他犯罪現場見到妳，我們會直接採取適當的懲處行為，破壞證物已經違法了。」

「什麼？」我非常震驚。「什麼叫破壞——」

我的話卡在一半，明白他指的是什麼，落羽杉墓園，奧布芮的耳環，警員從我手上接過去的耳環。

妳看起來非常面熟，但我一下想不起來是在哪裡。我們見過嗎？

「在我們首度踏進妳的辦公室時，道爾警員就認出妳去過奧布芮·奎維諾的犯罪現場。

我們等著妳坦承一切，說妳去過，一切只是巧合。」

我嚥下口水，震驚到動彈不得。

「但妳沒有提。所以當妳跑來警局，說妳『想起什麼』的時候，我以為妳要坦白了。」他繼續說。「結果妳提出妳的模仿犯理論，遺失的首飾，伯特·羅德，妳說妳是因為看到蕾西的屍體才想出這個理論，但我實在無法相信，因為那是在道爾警員看到妳拿著那只耳環後的事。實在說不通。」

我回想起那天下午在湯瑪斯警探的辦公室，他看我的眼神，不安，不相信。

「我怎麼會有奧布芮的耳環？」我問。「如果你覺得是我放在那裡的，那你肯定認為我……」

我沒說下去，我說不出口。他不可能認為我跟這一切有關吧……是嗎？

「有些不同的理論。」他用小指摳了摳牙縫，又拿出來看了看。「但我可以告訴妳，耳環上沒有她的ＤＮＡ，只有妳的。」

「你想說什麼？」

「我要說的是，我們沒有辦法證實耳環怎麼會出現在那裡，也不清楚其中的原因，但唯一能夠將所有線索串聯在一起的關鍵似乎就是妳。妳看起來嫌疑已經很重了，不要越陷越深。」

我這才驚覺，就算找到藏在家裡的奧布芮項鍊，警方也不可能相信我了。他們覺得我就是置放物證，引導他們到某個方向，急切想證實我另一個沒有根據的想法，將責任推到我生命裡另一個不值得信賴的男人身上。或者，不僅如此，他們還覺得我與這一切有關。我是最後一個見到蕾西活著的人，我是第一個發現奧布芮耳環的人，我也活生生乘載著理查．戴維斯的DNA，怪物的子嗣。

「好。」我說，跟他爭這些沒有意義，解釋也沒有用。我看著湯瑪斯警探再度點頭，滿意我的回應，然後轉身消失在我的辦公室門之後。

Chapter 35

剩下的早上過得恍恍惚惚，三位病患連著來，我記不太清楚狀況。這是我第一次感謝桌面的小小圖示，等到我能夠專注時，我可以回去聽療程的錄音檔案。我面露難色，想像起自己在對話裡不帶感情的呢喃，還有疏遠的「嗯哼」，根本沒有問出實質的問題。我還陷入出神的漫長靜默，得先回神，才能想起我在哪，我在做什麼。湯瑪斯警探走出去時，我的第一位病患已經抵達等候區。我終於能夠從座位走到大廳時，注意到她的神情，她的目光在我跟大門之間徘徊，彷彿是在決定她到底是該走進我的診間，還是扭頭就走一樣。

十二點零二分，我從座位上起身，我不想表現得太急切，我抓起行李包，關掉電腦，打開辦公桌抽屜，在藥丸的海洋裡唱起名來。我看到角落的地西泮，決定還是選一罐贊安諾就好，然後鎖上抽屜，匆匆走過梅麗莎身旁，叮囑她離開時記得鎖門。

「妳週一就會回來，對嗎？」她站起身來。

「對，週一。」我轉身想擠出微笑。「我只是去買些婚禮要用的東西，辦點最後的事情而已。」

「好喔。」她謹慎地望著我。「要去紐奧良，妳之前說的。」

「對。」我想講點別的話語，聽起來正常的話語，但我們之間的靜默拖得好長，尷尬又不舒服。「嗯，如果沒有別的事——」

「克蘿伊。」她摳起指甲邊上的皮。梅麗莎在辦公室裡永遠不會叫我的名字，她把私人跟專業的領域分得很清楚。顯然她接下來要說的話屬於私人領域。「一切都還好嗎？妳怎麼了？」

「沒事。」我再度微笑。「梅麗莎，什麼事也沒有。我是說，除了我的病人遭到謀殺，一個月後我就要舉辦婚禮之外。」

我想對這彆腳的玩笑話笑兩聲，但我笑不出來。我反而咳嗽起來。梅麗莎也沒有笑。

「我只是最近壓力很大。」我說，這大概是我最近對她說過最真實的話了。「我需要休息一下，心靈健康的休息。」

「好喔。」她遲疑了一下，問：「那位警探又是怎麼回事？」

「他只是來追問幾個蕾西的問題而已。我是最後一個看見她活著的人。如果他們只有我這個有說服力的目擊證人，那他們顯然此刻沒有什麼頭緒。」

「好喔。」她又說了一遍，這次比較有自信了。「那好，好好享受妳的休息。我希望妳回來的時候如獲新生。」

我走向車子，將旅行袋扔在副駕駛座，彷彿那是什麼垃圾信件，然後坐進駕駛座，發動引擎。接著我抽出手機，翻起聯絡人，開始撰寫訊息。

我出發了。

驅車前往汽車旅館很快，從我診所出發不過四十五分鐘。我週一請梅麗莎不要排約時就訂好了房間。我在Google上找到第一間廉價不限時入住的三星旅館，我想付現金，我知道我不會在房裡待太久。我把車子停進停車場，走進大廳，拿鑰匙的時候沒有跟櫃檯人員聊太多。

「十二號房。」他拿著鑰匙在我面前晃。我伸手拿，對他露出無奈的微笑，彷彿是在道歉。「旁邊就是製冰機，妳真走運。」

我開門時，感覺到手機在口袋裡震動。我掏出手機，讀起訊息「我到了」，然後我用訊息通知對方房號，接著將包包扔在小小的雙人床上。我環視四周。

在汽車旅館的日光燈下，這個房間看起來相當荒涼。努力裝潢只看起來更慘，工廠大量印刷的海灘場景海報歪歪斜斜地掛在床鋪上方，枕頭上還放了巧克力，我捏了捏，天氣太熱，有點融化。我望向床邊桌，打開抽屜，裡頭有一本聖經，封面被人撕去。我走進浴室，用水拍拍臉，將頭髮紮成髮髻。敲門聲傳來，我緩緩吐氣，又在鏡子前面看了自己一眼，想要無視在強光下看起來非常明顯的眼袋。我逼迫自己振作起來，朝房門走去，緊閉的窗簾外頭有一個人影。我喘了口大氣，握起門把，開了房門。

艾倫站在路邊，雙手插在口袋裡。他看起來很不自在，實在不能怪他。我想微笑舒緩氣氛，讓他不要注意到我們是約在巴頓魯治郊外不知名的汽車旅館見面。我沒解釋為什麼要他來這裡，也沒說我們接下來要做什麼。我甚至沒有告訴他，我為什麼沒有辦法繼續睡在自家床上，必須跑來這個距離我家開車只要一個小時的地方。我禮拜一打電話給他的時候只有說我有一個他不會想錯過的線索，而追查這條線索，我需要他的幫忙。

「嘿。」我靠在門上，門因為我的重量而發出聲響，我連忙站直身子，雙臂環抱胸口。「謝謝你來。我拿包包就出門。」

我示意要他進來，他不怎麼自在地跨過門檻。他環視四周，對於我的新發現沒有什麼好感。上週末我請他調查伯特・羅德後，我們就沒有聯絡，那似乎是上輩子的事了。他不曉得我跟伯特對峙的事，也不知道我去警局，更沒聽說湯瑪斯警探威脅我不要繼續調查，偏偏我現在就是要繼續跟進案情。他更不知道我的嫌疑現在從伯特・羅德轉移到了我的未婚夫身上，我需要艾倫的協助證明我的推論無誤。

「報導寫得如何？」我只是好奇他能不能比我挖出更多線索。

「編輯要我在下個週末前挖點東西出來。」他坐在床緣，床鋪發出聲響。「不然我就得打包閃人了。」

「兩手空空回家？」

「沒錯。」

「但你大老遠跑來，那你的理論呢？模仿犯呢？」

艾倫聳聳肩。

「我還是深信不疑。」他用手摳起被子的縫線。「但說實話，我毫無進展。」

「好啊，我也許能夠助你一臂之力。」

我走到床邊，坐在他身旁，沒有支撐力的床墊讓我們的身子靠得更近。

「怎麼說？跟妳這個神秘的線索有關嗎？」

我低頭望著雙手，我必須謹慎回應，不能給艾倫太多不必要的資訊。

「我們要去找一位名叫黛安的女人問話。」我說。「她的女兒在我父親犯案時失蹤，又是另一個年輕貌美的青少女，這個女孩跟我父親的受害者一樣，遺體一直沒有尋獲。」

「行，但妳爸不承認謀殺這個女孩，對嗎？只有那六個？」

「對。」我說。「而且我家也沒有找到她的首飾，她不符合犯案模式……但因為綁架她的人身分依舊不明，我覺得這是一條值得研究的線索。我在想，也許綁架她的人就是模仿犯，你知道。無論這人是誰，他也許比我們想像中更早就開始模仿我父親的作案模式，說不定在我爸還沒落網前就開始了。這個人沉寂了一陣子，也許現在，接近二十週年了，他又冒了出來。」

艾倫看著我，我有點期待他會起身走出去，責備我用這種完全沒有根據的線索就將他牽扯進來。只不過他將手拍在大腿上，吐出一口氣，然後才從軟垮的床墊上起身。

「好吧。」他伸手拉我起來。我看不出來他信不信我的說詞，他是不是急著想要有所突破所以願意盲目跟隨我？還是他配合演出只是想逗我開心？不管怎麼樣，我都很感謝他。

「咱們去找這個黛安吧。」

Chapter 36

艾倫開車，我在手機上找路，隨著我們深入，地景從中產階級模組住宅逐漸轉換成巴頓魯治較為破敗的角落，幾乎認不出來。景色轉變得很幽微，我根本沒有注意到，一分鐘前，看著窗外小朋友在充氣泳池中玩水，媽媽坐在旁邊泡腳，眼睛盯著手機，一手拿著檸檬茶，下一分鐘，就看到一個骨瘦嶙峋的女人推著滿是垃圾袋跟啤酒的購物推車經過。這裡的房子狀況開始變差，窗上釘了木板，油漆脫落，此時我們轉進一條長長的石子路。終於，我看到有個塑膠護牆板釘著門牌號碼為三七五的兩層樓建築，示意要他停車。

「我們到了。」我一邊說，一邊解開安全帶。我在後照鏡看了自己一眼，離開汽車旅館前，我戴上了厚厚的閱讀眼鏡，這副眼鏡遮住了我的臉。戴眼鏡當變裝，感覺很誇張，彷彿是拙劣電影裡會演的情節。我覺得黛安應該沒有看過我的照片，但我不確定。因此，我希望自己看起來不一樣，而且我希望由艾倫負責講話。

「好，再講一遍計畫是什麼？」

「我們敲門，告訴她，我們在調查奧布芮．奎維諾跟蕾西．戴克勒的命案。」我說。「也許讓她看你的記者證，看起來正式一點。」

「好。」

「告訴她，我們知道她的女兒在二十年前遭人綁架，嫌犯一直沒有落網。我們很好奇她能不能跟我們談談她女兒的失蹤案。」

艾倫點點頭，沒有多問，他從後座抓起電腦包，放在大腿上。他似乎很緊張，但我看得出來他不想表現出來。

「而妳是？」

「你同事。」我下了車，在身後甩上車門。

我朝屋子走去，空氣中彌漫著濃郁的香菸氣味。並不是剛抽完菸的味道，不是某人剛出來坐在門廊，晚餐前來一根那樣。聞起來是這裡根深蒂固的味道，定期會噴起菸味的「空氣清新劑」，永遠不間斷的氣味滲入你的衣物，永遠洗不掉。我聽到艾倫關上車門，緊跟在我身後，我則爬上通往前門門廊的階梯。我轉身面對他，揚起眉毛，彷彿是在問：準備好了嗎？艾倫點點頭，然後微微抬頭，舉手在門上敲了兩下。

「誰啊？」

我聽到屋內傳來女人的聲音，尖銳又刺耳。艾倫看著我，這次換我抬手，再次敲門。我的手還沒放下，門就開了，一位稍微年長的女人從骯髒的紗門後方看著我們。我注意到紗網上卡著一隻死蒼蠅。

「幹嘛？」她問：「你們是誰？想幹嘛？」

「呃，我叫艾倫．簡森。我是《紐約時報》的記者。」艾倫低頭看著襯衫，指著夾在領口的記者證。「我在想能不能請教妳幾個問題。」

「什麼記者？」女人問起，她的目光從艾倫移到我身上。她看了我一秒，眉頭糾結，她鼻子右側有一片深藍色的陰影。她雙眼發黃，眼珠輪廓不太明顯，質地有如除殘膠的清潔劑，彷彿她的淚腺都無法抵擋空氣中尼古丁的攻擊一樣。「你說你在報社工作？」

我一度害怕她會認出我來，擔心她知道我是誰。不過她看著我的目光又立刻移回艾倫身上，緊盯著他襯衫上的證件。

「對，女士。」他說。「我正在撰寫奧布芮．奎維諾與蕾西．戴克勒的報導，我因此注意到妳二十年前也失去了女兒。她失蹤，一直沒找到。」

我的目光掃視起女人，她看起來疲憊不堪，彷彿誰也不信。我上下打量她，注意到她身上那件過大又骯髒的衣服，袖子上還有飛蛾咬的小洞。她因為關節炎而變形的拇指又粗又扭，彷彿是迷你胡蘿蔔，她手臂上有又紅又紫的紋路線條。這一刻，我幾乎可以看到小小的指印，我驚覺女人眼睛下方的陰影並不是陰影，而是瘀青。我清清嗓，讓她的注意力回到我身上來。

「我們只是想向妳請教幾個問題。」我說。「關於令嬡的問題。雖然過了這麼多年，但搞清楚她出了什麼事，也許就能協助我們了解奧布芮跟蕾西的狀況。我們希望、我希望妳也許能夠幫幫我們。」

女人又看著我，然後轉頭望向一側，嘆了口氣，好像屈服了一樣。

「好吧。」她推開紗門，示意要我們進屋。「但你們得把握時間。我要你們在我丈夫到家前離開。」

我們走進室內，髒亂壓過了我的感官，到處都有垃圾，東西堆在每個角落。堆在地上的免洗盤有乾掉的食物，蒼蠅繞著沾了番茄醬與油漬的速食紙袋。一隻癩痢貓盤據在沙發上，皮毛斑駁，看起來溼溼油油的，女人拍了拍貓咪，牠一邊叫一邊逃竄到地上去。

「坐。」她比了比沙發。我跟艾倫短暫互望，然後朝沙發前進，想要在雜誌跟髒衣服下找到一塊能坐的地方。我決定直接坐在這疊東西上頭，我的體重把紙張壓出不怎麼自然的聲音。她坐在茶几對面，抓起茶几上頭的菸盒，似乎到處都是香菸盒，跟閱讀眼鏡一樣隨處放，她用又溼又薄的嘴脣扯開香菸的包裝。她抓起打火機，點燃香菸，深吸了一口，然後朝我們的方向吐氣。「好，你們想知道什麼？」

艾倫從公事包裡拿出一本筆記本，翻到沒有寫過的一頁，在大腿上不斷按壓著他的筆。「這個嘛，黛安，為了以供記錄，可以請妳先告訴我妳的全名嗎？」他說。「然後我們再談談妳女兒的失蹤案。」

「好。」她嘆了口氣，又吸入長長一口菸。她吐菸時，我看著她望向窗口，露出茫然的目光。「我叫黛安．布利克斯，我的女兒蘇菲二十年前失蹤了。」

Chapter 37

「關於蘇菲，妳能跟我們聊些什麼？」

黛安望著我，彷彿完全忘記我的存在一樣。這樣與我未來的婆婆見面好像不太對。她顯然不知道我是誰，只要不透露我的名字，她應該就不會察覺。我沒有用臉書了，所以網路上不會有我的照片，就算有，丹尼爾也沒跟他父母聯絡，他們甚至沒有受邀參加我們的婚禮。我在想她會不會根本就不知道他訂婚了？

這個問題似乎讓她思考了一下，彷彿她忘記了一樣，她伸手抓了抓另一隻粗糙的手臂。「我能跟你們聊蘇菲的什麼呢？」她重述起我的問題，抽完最後一口菸，將菸屁股捻熄在木桌上。「她是個好女孩，聰明，漂亮，太漂亮了。那是她，就在那。」

黛安指著牆上掛著的唯一一張照片，在學校拍的大頭照，畫面上是微笑的女孩，皮膚白皙，還有一頭金色鬈髮，背景是藍綠色的，看起來像游泳池。看到她學校的照片掛在牆上，只有這張，我覺得很奇怪。感覺是故意的，很不自然，彷彿是什麼令人哀傷的紀念殿堂一樣。我在想布利克斯一家是不是不喜歡拍照，還是，他們的生活裡沒有什麼值得紀念的時刻。我到處尋找丹尼爾的照片，卻什麼也沒看見。

「在她失蹤之前，我對她有遠大的期待。」她繼續說。

「什麼樣的期待？」

「噢，你知道，就是離開這裡。」她比了比我們周遭的環境。「她比我們這裡好，她比我們每一個人都好。」

「我們是誰？」艾倫用筆的尾端抵著臉頰。「妳跟妳丈夫？」

「我、我丈夫，還有我那兒子。你知道，我總以為蘇菲能夠離開這裡，闖出自己的一片天。」

聽到她提丹尼爾讓我胸口一緊，我努力想像他在這裡成長的模樣，活埋在香菸的煙霧及成山的垃圾之中。我驚覺我看錯他了，他完美的牙齒、光滑的皮膚、昂貴的教育、高薪的工作，我總以為這些東西來自他的出身，是他的階級優勢。以為他的家庭比我家好，比「崩壞克蘿伊」好，但並非如此，他沒有比較好，他也是壞掉的人。

克蘿伊，他不了解妳，而妳也不懂他。

難怪他現在這麼愛乾淨，什麼都照顧得無微不至。他這麼努力想要成為「這一切」的反面。

或者，他只是努力隱藏真正的自己？

「妳可以跟我們聊聊妳的丈夫跟兒子嗎？」

「我丈夫厄爾脾氣不好，你們應該已經注意到了。」她看著我，不屑地笑了笑，彷彿我們之間有什麼不言而喻的連結一樣，他們就是這樣，男生永遠長不大。我不去看她眼睛下方的瘀青，但這個女人精明得很，她一定注意到了。「然後我兒子，哎啊，我也不懂他。不過我總擔心老爸兒子都是一個樣。」

我跟艾倫互看一眼，我點頭要他繼續。

「這是什麼意思？」

「我是說，他也有他的脾氣。」

我想起丹尼爾緊扭我手腕那天。

「他以前都會抵抗他老爸，在厄爾喝得醉醺醺回家後保護我。」她繼續說下去。「但隨著他長大，不知道耶，他不努力了，就讓事情發生。我猜他習慣了，我猜我該怪我自己。」

「好吧。」艾倫點點頭，在筆記本上潦草記錄。「而妳兒子，抱歉，妳說他叫什麼名字？」

「丹尼爾。」她說。「丹尼爾．布利克斯。」

我的胃緊了起來，我連忙爬梳回憶，思索我有沒有跟艾倫提過丹尼爾的全名。應該沒有。我望過去，他眉頭糾結，急著將名字寫在筆記本上頭。他似乎沒有印象。

「好，那丹尼爾對蘇菲的失蹤有什麼反應？」

「說真的，他似乎不在乎。」她伸手去拿香菸包裝，又點起一根。「我知道這種話不像媽媽會講的話，但這是真的，我總是懷疑……」

她沒說下去，反而望向遠方，接著她又搖搖頭。

「懷疑什麼？」我問。她大夢初醒般看著我，她的目光之中帶有一絲明確的張力，我一度覺得她知道我是誰。她是在對我說話，我，克蘿伊．戴維斯，跟她兒子訂婚的人，她是在警告我。

「懷疑他是不是參與其中。」

「妳怎麼會這麼想？」艾倫問，隨著提出每一個問題，他的聲音變得越來越急迫。他寫得很快，想要記錄每一條細節。「這是很嚴重的指控。」

「我不知道，只是一種感覺。」她說。「我猜你可以說這是母親的直覺。蘇菲剛失蹤的時候，我會問丹尼爾知不知道她在哪，我感覺得出來他在說謊，他在隱瞞什麼。有時，我們看新聞時，聽到記者提到她的失蹤案，我都會逮到他在笑，是竊喜的那種笑，彷彿是他在笑整個世界都不知道的秘密一樣。」

我感覺到艾倫看著我，但我沒搭理他，持續盯著黛安。

「現在丹尼爾在哪？」

「老娘完全不知道。」黛安向後靠在沙發椅背上。「他高中畢業那天就離家，之後我完全沒有他的音訊。」

「妳介意我們到處看看嗎？」我忽然急著想要在艾倫明白更多資訊之前結束對話。「也許看看丹尼爾的房間，看我們能不能找到任何能夠指明方向的物品？」

她伸手比了比室內梯。

「別客氣。」她說。「二十年前，我已經把一切都告訴警察了，根本沒有用。就他們看來，青少年犯案絕對不可能逍遙法外。」

我起身，跨起大步，避開客廳裡的障礙，朝樓梯走去，原本米黃色的地毯沾滿髒汙。

「右邊第一間。」黛安喊著，我一次只勉強踏一步。「好幾年沒有進過那個房間了。」

我上了樓，看著緊閉的房門。我的手摸到門把，轉開，出現的是青少年的房間，燈是關的，但陽光從窗口的縫隙灑落，照亮飄在空氣中的飛塵。

「蘇菲的房間也沒進去過了。」她的聲音聽起來很遙遠。我聽到艾倫從沙發上起身，跟著我上樓。「我再也沒理由上樓了。說真的，我不曉得拿那兩個房間怎麼辦。」

我走了進去，屏著呼吸，彷彿是踩到碎裂人行道的小孩，什麼古怪的迷信。彷彿我呼吸，就會遇上什麼壞事一樣。這是丹尼爾的房間，牆上有九〇年代的搖滾樂團海報，超脫樂隊、嗆辣紅椒，邊角都磨損了。藍綠格紋的被子一坨從床舖掉在地上，他彷彿是剛起床出門而已。我想像丹尼爾躺在床上，聽到父親到家，喝得醉醺醺、動靜很大、滿腔怒火、扯起嗓門。我想像他聽到大吼大叫，摔餐具鍋子的聲音，還有身軀撞上牆壁的聲音。我想像他動也不動聽著這一切，面露微笑，習慣了。

「我們該走了。」艾倫悄悄出現在我身後，他低聲地說：「我想我們達到來訪的目的了。」

但我沒聽到他說話，我聽不進去，我繼續前進，吸吮這個丹尼爾曾經存在的地方。我用手撫摸牆壁，碰觸到書櫃，上頭有一排排積灰泛黃的書本，兩疊卡片，還有一顆放在棒球手套上的舊棒球。我的目光掃視起書名，史蒂芬．金、露薏絲．勞瑞、麥可．克萊頓，一切看起來這麼青少年，這麼普通。

「克蘿伊。」艾倫說，但我忽然覺得耳裡好像塞了棉花，幾乎聽不見他的聲音，因為血液衝上我的大腦。我伸手拿起一本書，將其從原本的位置抽開。我聽到我與丹尼爾首次邂逅那天他講的話，那天他從我的箱子裡拿出同一本書，用手撫摸封面，眼裡閃著光澤，將《善惡花園》交給我。

無意批判。他翻起書頁。**我愛這本書**。

我吹開封面的灰塵，看著上頭知名的雕像，那是一個年輕的無辜女孩，她歪著頭，彷彿是在問：「為什麼？」我跟他那天一樣，伸手撫摸亮亮的封面。然後翻到側邊，看到書頁之間的缺口，就跟他將名片塞進我那本書裡，留下的痕跡一樣。

這麼喜歡謀殺案喔？

「克蘿伊。」艾倫又叫著我，但我沒搭理他。我反而深呼吸，將手指伸進裂縫之中，翻開書本。我低頭，感覺到胸口產生同樣的扭絞，我看到一個名字。這次，出現的不是丹尼爾的名字，裡頭不是他的名片，而是一疊舊剪報，二十年來都平整地夾在這本書裡。我雙手顫抖，但我逼著自己拿起剪報，讀起第一篇橫跨報紙上方的大字標題。

理查・戴維斯即布羅布里治連環殺人魔，屍體尚未尋獲。

此時，盯著我看的則是父親的照片。

Chapter 38

「克蘿伊，這是什麼？」

艾倫的聲音聽起來好遙遠，他彷彿是在隧道另一端叫我一樣。我實在忍不住望著父親的雙眼，自從我十二歲起就再也沒有看過的雙眼，那時我蹲坐在客廳地板上，從閃著靜電的電視螢幕看著他。這一刻，我回想那天晚上，我跟丹尼爾提父親的事，他聽我說起父親罪行的駭人點滴，他臉上流露出關切的神情。他搖著頭，說他從來沒有聽說過這號人物，完全不清楚。

不過，那是一個謊言，一切都是謊言。他早就知道我的父親，他早就清楚他的罪行，他留下這張報導，上頭詳述每一個細節，而這篇報導藏在他兒時的房間之中，藏在小說的書頁之中，彷彿書籤。他知道他能夠綁架那些女孩，將她們的屍體藏在某個隱密之處，永不見天日。

丹尼爾對他的妹妹也做了同樣可怕的事情嗎？我的父親是他的靈感來源？現在也是嗎？

「克蘿伊？」

我抬頭望向艾倫，淚水在眼眶裡打轉。忽然間，我明白，如果丹尼爾原本就知道我爸的事，那他肯定老早也知曉我的存在。想起我們在醫院巧遇，那是命運的安排，還是故意挑好時間地點的精心策劃？大家都知道我在哪間醫院工作，那篇報導說得很清楚。我想到他看我的神色，彷彿早就認識我了。他的目光掃視我的臉，彷彿見過我一樣。他探頭進我的那箱物品之中，我自我介紹時，他還揚起蛇蠍般的笑容。之後他似乎立刻愛上我，無縫融入我的生活之中，就跟他隨時隨地能夠無縫融入各種活動與每個人之間一樣。

我只是不敢相信我跟妳一起坐在這裡。

我在想這是不是他本來的計畫。我是不是他計畫的其中一部分？「崩壞克蘿伊」，另一個不疑有他的受害者。

「我們得走了。」我低聲地說，我顫抖的手將剪報塞進後方口袋裡。「我……我得走了。」

我迅速經過艾倫身邊，連忙下樓，回去找丹尼爾他媽，她還坐在客廳沙發上，露出遠目的神情。她看到我們朝她走來，便抬頭露出無力的笑容。

「有什麼有用的東西嗎？」

我搖搖頭，感覺到艾倫狐疑望著我的側臉。她微微點頭，彷彿早就料到。

「就覺得上頭沒什麼。」

雖然這麼多年過去，但她語氣裡的失望還是非常明顯。我懂這是什麼樣的感覺，總是懷疑，沒有辦法放下，但同時，也不想承認你一直抱持希望，希望有一天能得到答案與真相，希望有一天你會明白，也許到頭來，這樣的等待是值得的。忽然間，我發現我同情起這位我幾乎可以說是素昧平生的女人。我驚覺我們有所連結，我們的連結就跟我與我母親之間的連結一樣。我們愛上同一個男人，同一個怪物。我走向沙發，坐在椅墊的邊緣，然後握著她的手。

「謝謝妳願意跟我們談。」我輕捏她的手。「我相信這很不容易。」

她點點頭，低頭望向我的手。我看著她緩緩歪起頭，彷彿是在檢視什麼。她反手就扯著我的手不放。

「妳怎麼會有這個？」

我低頭看到我的訂婚戒指，丹尼爾的傳家戒指在我手指上閃閃發亮。我驚慌起來，她把我的手往上拽，看個仔細。

「妳在哪裡得到這枚戒指的？」她再度問起，雙眼現在緊盯著我。「這是蘇菲的戒指。」

「什──什麼？」我結結巴巴，想把手抽回來，但她握得很緊，就是不肯放開。「抱歉，但妳是什麼意思？蘇菲的戒指？」

「這是我女兒的戒指。」她又說了一遍，她再次望向戒指，橢圓形切割的鑽石，旁邊還有一整圈小碎鑽，霧面十四K金的指環在我細瘦的手指上有些太鬆。「這是我們家傳了好幾代的戒指，這是我的訂婚戒指，蘇菲十三歲時，我把戒指給了她。她每天都會戴，每天，那天也是……」

她看著我，雙眼圓睜，面色驚恐。

「她失蹤那天。」

我連忙起身，將手抽開。

「抱歉，我們得走了。」我一邊說，一邊經過艾倫身邊，猛力推開紗門。「艾倫，快來。」

「妳是誰？」女人在我們身後高喊，驚慌讓她從沙發上起身。「妳是什麼人？」

我跑出房門，沿著階梯下來。覺得頭暈腦脹，彷彿醉酒。我怎麼會忘記摘掉戒指？我怎麼會忘記？我跑向車子，拉動門把，但車門紋絲不動，鎖住了。

「艾倫。」我高喊。我喊不太出來，彷彿有雙大手用力掐著我的喉嚨。「艾倫，可以請你開門嗎？」

「妳是誰？」女人在我身後大喊。我聽到她起身穿過屋子跑來的聲音。紗門開了又甩上，在我能轉身前，我聽到車子解鎖的聲音。我再度握著門把，猛一開門，整個人跌坐進去。艾倫還在我身後，他跑向駕駛座，發動引擎。

「我女兒在哪？」

車子猛然向前，掉頭，然後全力駛向道路。我從後視鏡看過去，看著我們揚起的飛塵，看著丹尼爾他媽追著我們跑，隨著時間一分一秒過去，距離拉得越來越遠。

「我女兒在哪？拜託妳告訴我！」

她揮舞雙手，瘋狂奔跑，忽然間，她癱坐下去，雙手掩著臉，崩潰啕哭。

穿越小鎮時，車上靜悄悄的，我們回到高速公路上。我的雙手在懷裡顫抖，悲慘女人沿街追趕我們的畫面讓我胃部扭絞。我的戒指忽然讓我覺得窒息，我用另一隻手瘋狂扯下戒指，用力扔在車內地板上。我看著它掉在地上，想像起丹尼爾從他妹妹冰冷、毫無生氣的手上摘下這枚戒指。

「克蘿伊。」艾倫低聲地說，他的目光還注視著道路。「剛剛那是怎麼回事？」

「對不起。」我說。「對不起，艾倫，我真的很抱歉。」

「克蘿伊。」他又說了一次，這次更大聲，更憤怒。「剛剛那到底是他媽的怎麼回事？」

「對不起。」我再次道歉，聲音顫抖。「我不知道。」

「那女的是誰？」他的手緊抓著方向盤。「妳怎麼會找到她？」

我在他身旁一語不發，沒有辦法回答。他轉過頭來，嘴巴張得老大。

「妳未婚夫是不是叫丹尼爾？」

我沒有答腔。

「克蘿伊，回答我，妳未婚夫是不是叫丹尼爾？」

我點點頭，淚水直流。

「對。」我說。「對，但艾倫，我不知道。」

「搞什麼？」他搖起頭來。「克蘿伊，他媽的這在搞什麼？那女人知道我的名字，知道我在哪裡工作。老天啊，我會因為這件事丟了工作。」

「對不起。」我說。「艾倫，拜託。是你讓我看清這一切的，提到我爸收藏的受害者飾品，以及誰會知道這件事。丹尼爾，丹尼爾知道，他什麼都知道。」

「這只是一個感覺，還是……」

「我在我們家衣櫥裡找到一條項鍊，這條項鍊看起來很像奧布芮失蹤那天戴的。」

「老天啊。」他再次驚呼。

「然後我開始注意到一些小事情，注意到他出差回家後，身上會有不一樣的味道，很像香水，像其他女人的味道。奧布芮跟蕾西遭到綁架時，他說他不在城裡，但他也不在他宣稱的地方。我不曉得他一連幾天都跑去哪裡，我不知道他在做什麼，直到我翻他的公事包，找到一堆收據。」

艾倫看著我，彷彿我是他生命裡的災禍一樣。他彷彿寧願在世界上的任何一個角落，也不要跟我在一起。

「什麼樣的收據？」

「回到房間再讓你看。」我說。「艾倫，拜託，我需要你陪我撐下去。」

他遲疑起來，手指敲打起方向盤。

「我跟妳說過。」他的聲音比以往更小聲。「在我們這個行業裡，信任就是一切，誠實就是一切。」

「我知道。」我知道。「我發誓，從現在起我什麼都會告訴你。」

我們把車停在停車場，面前的汽車旅館看起來非常荒涼。艾倫熄火，靜靜坐在我身邊。

「請進來。」我把手搭在他大腿上。他因為我的碰觸而畏縮，但我看得出來他的強硬放軟了。他靜靜解開安全帶，推開車門，一語不發下了車。

我開了門，我們一起進去，然後帶上門。房內很陰涼。窗簾緊閉，我的旅行袋還在床上。我走去床邊桌，打開電燈，日光燈在艾倫臉上投出陰影，他就站在門口。

「這是我找到的。」我拉開旅行袋。我伸手進去，首先碰到放在最上面的贊安諾藥罐，但我把它推去一旁。反而拿起白色信封。我手指顫抖，就跟我翻丹尼爾公事包時一樣，當時他的公事包攤在飯廳地板上，我在整理得井然有序的牛皮紙文件夾及三孔檔案夾中翻索。三孔檔案夾裡有透明隔板，擺放的是小包小包的藥物樣本，看起來很像珍藏的棒球卡。我記得看到我辦公桌抽屜裡的藥物名稱——贊安諾、氯氮卓、地西泮。看到最後一樣時，我的喉頭緊縮了起來，想像起一根頭髮宛如羽毛，飄到地面。然後我逼迫自己繼續翻找，直到找到我要的東西。

收據，我要看到收據。因為我知道丹尼爾什麼東西都會留下來，飯店收據、用餐收據、加油站發票、修車收據，所有的收據都能報帳。

此刻的我打開信封，將裡頭的東西倒在床上，成堆的收據攤在被子上。我開始一一翻起，我的目光掃視著收據下方不同的店家地址。

「這些是巴頓魯治的收據。」我攤開。「傑克森的餐廳、亞歷山德里亞的飯店，這些收據能夠描繪出他一整天的行程，底下的日期能夠告訴我們，他是什麼時候去的。」

艾倫走過來，坐在我身旁，腿貼著我的腿。他抓起上方的收據檢視起來，他的目光鎖定紙張的下緣。

「安哥拉。」他說。「這是他負責的範圍嗎？」

「不是。」我搖搖頭。「但他很常去那裡，所以我才會注意到。」

「為什麼？」

我從他手中把那張收據拿過來，用食指跟拇指夾著，彷彿有毒一般，彷彿它會咬人。

「安哥拉當地有全美管理最森嚴的監獄。」我說。「路易斯安納州立監獄。」

艾倫抬頭，望著我，眉毛揚起。

「我爸就在那。」

「見鬼。」

「也許他們認識。」我看著收據繼續說。一瓶水、二十美金的汽油，一包葵花籽。我記得父親會吃上一整袋，嗑起來的樣子彷彿是在咬指甲。到處都是葵花籽殼，還會到處沾黏，卡在廚房餐桌的裂痕上，卡在我的鞋底，堆在玻璃杯裡面，沾滿口水。

我想起我的母親，用手指拼出「丹尼爾」。

「那肯定就是他做這一切的原因。」我說。「他會找到我的原因，因為他們認識。」

「克蘿伊，妳得去報警。」

「艾倫，警察不會相信我，我試過了。」

「什麼意思？試過了？」

「警方有我過往的紀錄，對我不利的紀錄，他們認為我瘋了——」

「妳沒瘋。」

他的話語讓我說不下去。我很詫異聽到這種話，彷彿他是開口講法文一樣。因為這是這幾個禮拜以來，第一次有人相信我，有人站在我這邊，有人相信我的感覺真的太美妙了，有人可以真正在乎我，而不是質疑、擔憂或憤怒。我想起我跟艾倫共度的微小時光，我一直盡力逃避的時光，假裝它們沒有意義。我們一起坐在橋邊，聊起往事。那晚在沙發上，我喝醉又寂寞，只想打電話給他。我覺得他想繼續講下去，於是我靠上前，在他能開口之前吻他，在這種感覺消失之前吻他。

「克蘿伊。」我們的臉靠得很近，我們額頭貼在一起。他看著我，彷彿想要抽開臉，彷彿他該離開，但他的手卻碰觸我的大腿，一路撫摸我的手臂，深入我的髮絲之間。接著他也吻起我來，他的嘴唇緊緊貼著我的唇，他的手指四處遊移。我用手纏繞起他的頭髮，然後往下解開他的襯衫與長褲。我彷彿回到大學時期，為了讓自己感覺不要那麼寂寞，我放任自己貼上另一顆跳動的心臟。他溫柔地讓我躺下，貼著我的身軀，粗壯的手臂拉起我的雙手，將我的手固定在我的頭上。他的嘴唇一路從我的頸子、我的胸膛往下，後來艾倫在我體內時，我允許自己遺忘。

結束時，天色大黑，只有床邊桌的小燈還微微亮著。艾倫躺在我身邊，他用手指把玩我的頭髮。一切盡在不言中。

「我相信妳。」他終於開口。「關於丹尼爾，這妳知道，對嗎？」

「對。」我點點頭。「對，我知道。」

「所以妳明天會去報警？」

「艾倫，我講過了，他們不會相信我，我開始覺得——」我遲疑，轉過去面向他。他還望著天花板，只是黑暗裡的剪影。「我開始懷疑我是不是該去找我爸了。」

他坐直身子，裸露的背靠在床頭板上。他的頭轉過來，看著我。

「我只是在想，也許他會有所有的答案。」我繼續說。「也許只有他能夠協助我明白——」

「克蘿伊，這很危險。」

「怎麼會危險？艾倫，他在坐牢，他傷不了我。」

「他可以，就算在監獄裡，他還是可以傷害妳，也許不是肢體的傷害，但……」

他沒說下去，用手抹了抹臉。

「睡一覺再說。」他說。「答應我，妳會睡一覺再說，好嗎？我們可以明天決定，如果妳要我陪妳去，我就跟妳一道去。我會陪妳一起跟他談。」

「好。」我說。「好，我會想一想。」

「很好。」

他跨過床鋪，靠過來，從地上抓起牛仔褲。我看著他穿上褲子，走進浴室，打開電燈。我閉上雙眼，聽著水龍頭發出的聲響，聽著流水的聲音。我睜開雙眼時，他走回床邊，手裡握著一杯水。

「我要離開一下。」他將水交給我，我接下，喝了一小口。「我的編輯一整天沒有我的消息。妳一個人沒問題吧？」

「我會沒事的。」我躺回枕頭上。我看著艾倫低頭，他的目光聚焦在地上的某個物品上。他靠過去，撿起我擺在包包最上方的贊安諾。

「妳要吃一顆，協助妳入睡嗎？」

我看著藥瓶，想著裡面的藥丸。艾倫搖了搖罐子，他揚起眉毛，我點頭伸手。

「如果我吃兩顆，你會批判我嗎？」

「不會。」他笑了笑，扭開瓶蓋，倒了兩顆藥丸在我掌心。「妳今天過得可刺激了。」

我望著掌心的藥丸，放進嘴裡，配著水吞下，感覺到藥丸摩擦著我的食道，宛如鋸齒狀的指甲想要往上爬一樣。

「我覺得自己有責任。」我靠在床頭板上。我在想麗娜、奥布芮、蕾西，每一個讓我良心不安的死去女孩。是我不小心把這些女孩帶向怪物的魔掌之中，一開始是我爸，現在是丹尼爾。

「這不是妳的責任。」艾倫坐在床沿。他伸手撫摸我的頭髮。房間忽然旋轉起來，我的眼皮變得沉重。我閉上雙眼，我夢過的畫面出現在腦海之中，我站在兒時的窗口之下，手裡握著染血的鏟子。

「這是我的錯。」我口齒不清。我還能感覺到艾倫的手溫暖放在我的額頭上。「一切一切，都是我的錯。」

「睡一下吧。」我聽到他說，彷彿回聲。他靠過來，親吻我的額頭，嘴脣貼在我的皮膚上。「我會鎖門。」

我點點頭，感覺到自己陷入夢鄉。

Chapter 39

手機在床邊桌上震動的聲音吵醒了我，震動非常劇烈，從木頭邊緣掉到地板上。我睡眼惺忪睜開雙眼，望著鬧鐘。

晚上十點。

我想睜開眼，但視線非常模糊，頭還隱隱作痛。我想起去了丹尼爾老家一趟，破敗老房子，他的母親，塞在那本書裡的剪報。忽然間，我覺得想吐，我從床上拖著身子跑進浴室，撲向馬桶，然後朝裡頭嘔吐。吐出來的只有膽汁，黃黃酸酸的，灼燒我的舌頭。一絲唾液卡在我的喉嚨深處，讓我乾嘔起來。我用手背抹嘴，走回臥室，坐在床邊。我伸手想拿桌上的水杯，卻發現杯子倒了，水滴滴答答在地毯上積了一灘。一定是手機震動時把水弄倒的。我低頭撿起手機，按下側邊按鈕，點亮螢幕。

我有好幾通艾倫打來的電話，查看我的情形。忽然間，我想起他壓在我身上的感覺，他的手固定我的手腕，他親吻我的脖子。我們的行為是個錯誤，但我可以晚點再面對。我必須捲起頁面，才能看清所有的未接來電與訊息，主要都是夏儂，還有幾通是丹尼爾打的。我心想：怎麼會有這麼多未接電話？現在不過十點鐘，我才睡了四個小時，結果我注意到螢幕上方的日期。

現在是禮拜五晚上十點。

我睡了一整天。

我解鎖手機，讀起訊息，一邊看，一邊警覺起來。

克蘿伊，拜託接電話。事情很嚴重。

克蘿伊，妳在哪？

克蘿伊，現在就回電！

我心想，該死，順手搓揉起太陽穴，我的頭還在痛，還在尖叫抗議。空腹吃贊安諾顯然是個錯誤，我吃的時候就知道了。我只想繼續睡，遺忘一切。畢竟，我這禮拜幾乎沒有好好睡覺，因為丹尼爾湊在身邊。顯然睡眠還是會來討債的。

我拖到夏儂的名字，撥起電話，將手機放在耳邊，聽著嘟嘟聲。他們顯然識破了我的謊言。丹尼爾一定跟他說的一樣，傳訊息給她，但我明明請他不要。然後，他發現我同時騙了他們，我沒有辦法好好解釋我在哪裡，跟誰在一起，他們肯定焦急了起來。不過此刻，我真的不在乎。我再也不會回到丹尼爾身邊。我還是不相信我能去報警，湯瑪斯警探說得很清楚，他要我不要參與任何調查。不過有了剪報、訂婚戒指、安哥拉的收據，以及我與丹尼爾媽媽的對話，也許這次我能引起警方的注意。也許他們終於願意聽我說話。

然後我又想起，訂婚戒指，我把戒指摘了下來，扔在艾倫車上。我覺得我沒有撿回來。我看著低頭看著空蕩的手指，然後扭頭開始在床上被毯間摸索。我摸到硬硬的東西，掀開毯子，這不是戒指，而是艾倫的記者證，就藏在毯子下方。忽然間，我看到自己解開他的襯衫，將衣服從他的肩上扯開。我撿起他的證件，拿到面前。我看著他的照片，不禁想到，也許昨晚並不是一個錯誤。也許在命運奇妙的安排下，這是我們注定要找到彼此的方式。

嘟嘟聲消失，夏儂接起電話，我立刻明白狀況不對勁。她吸著鼻子。

「克蘿伊，妳到底在哪裡？」

她聲音沙啞，喉嚨被鐵釘刺過一樣。

「夏儂。」我坐直身子。我將艾倫的證件放進口袋裡。「妳都還好嗎？」

「不，一點都不好。」她氣憤地說，然後啜泣爆發。「妳在哪？」

「我……我在附近。我只是需要稍微醒腦一下。出了什麼事？」

另一陣啜泣從話筒傳來，這次更大聲，這個聲音讓我身體畏縮，彷彿是有人透過手機打我一巴掌一樣。我把手伸得長長的，遠離話筒，聽著她在另一端想要串聯起文字，組成完整的思緒。

「是……萊麗……」她說，我忽然覺得想吐。在她能夠說清楚之前，我已經知道她要講什麼了。「她……她失蹤了。」

「什麼意思，她失蹤了？」我問，我明白她的意思，我內心非常清楚。我想起在我們訂婚派對上的萊麗，翹腳坐在沙發上。她穿著運動鞋的雙腿踢著椅墊。她握著手機，另一隻手扭著頭髮。

我想起丹尼爾，想起他看她的樣子。他跟夏儂講的話，我曾經覺得這些話聽起來令人放心，現在想起來卻感覺非常邪惡。

哪天他們就只是遙遠的回憶了。

「我是說，她失蹤了。」她連續喘了三口大氣。「我們今早起床時，她就不在房裡。她又從窗口偷溜出去，但她後來都沒有回家。已經過了一整天了。」

「妳有聯絡丹尼爾嗎？」我問，希望我語氣裡的情緒沒有透露出什麼端倪。「我是說，在妳聯絡不上我的時候。」

「有啊。」她的語氣緊繃了起來。「他以為我們一起在妳的單身派對上。」

我閉上雙眼，低下頭。

「顯然你們之間有些問題，妳騙他，但妳知道嗎？克蘿伊，我沒時間管這個。我只是想知道我女兒在哪裡。」

我沒說話，不確定該如何開口。她女兒遇上了麻煩，萊麗有麻煩，我很確定我知道為什麼，但我該怎麼跟她解釋？我該怎麼說她大概在丹尼爾手上？該怎麼解釋在萊麗在黑暗中將打結的床單當繩索從臥房窗口扔下去時，他大概正伺機而動？該怎麼解釋他知道萊麗會這樣出門，是因為夏儂那晚在我們家親口說的？該怎麼解釋是因為我不在家，他才能夠自由隨意到處行動？

我該怎麼告訴她，她女兒可能死了，都是因為我？

「我這就過去。」我說。「我這就過去，向妳解釋一切。」

「我現在不在家。」她說。「我在車上，到處晃，我在找我的女兒，但妳可以幫忙。」

「當然。」我說。「告訴我該去哪裡就好。」

我聽完指示，掛斷電話，她要我在距離他們家周遭十六公里處的街道找人。我從床上起身，低頭看到腳邊的行李包，丹尼爾的收據還堆在白色信封上。我伸手將東西塞進包包，抓起提把，甩上肩頭。接著我低頭看著手機，讀起丹尼爾的訊息。

克蘿伊，可以請妳打電話給我嗎？

克蘿伊，妳在哪裡？

我有一通語音留言，我一度考慮直接刪掉。我現在不能聽到他的聲音，我不能聽他的藉口，但如果萊麗在他手上怎麼辦？要是我還有機會救她一命？我點下錄音，將手機壓在耳朵上。他的聲音滲入我的大腦之中，跟油一樣滑溜，填滿每一個角落，每一道裂口，掩蓋過一切。

嗨，克蘿伊。聽著……我真的不曉得妳是怎麼回事。妳不在妳的單身派對上，我剛跟夏儂通過電話。我不知道妳人在哪，但顯然事情不太對勁。

留言停頓太久，我低頭看著手機，確認留言是否結束，但秒數還在跑。終於，他又開口。

妳到家時，我已經出門了。鬼才曉得妳在哪裡。我明天一早就走。這是妳家，無論妳想搞清楚什麼事情，妳都不該覺得妳不能回家思考。

我胸口一緊。他要走了，他要跑路了。

他說：我愛妳，程度遠超過妳的想像。聽起來像是嘆息。

錄音戛然而止，我站在汽車旅館房間中央，丹尼爾的聲音還在我周遭迴盪。**我明天一早就走**。我再度望向鬧鐘，十點半了，也許他還在，也許他還在家，也許我能在他出門前到家，搞清楚他到底要跑去哪裡，然後報警。

我快快出門，朝停車場出發。太陽已經下山，街燈將樹枝照出張牙舞爪的幽影。我停下腳步，本能地在黑暗中感到不安。暗夜降臨。不過，我想到萊麗，想到奧布芮，想到蕾西，還有麗娜。我想起每一個失蹤的女孩，逼著自己朝真相邁進。

Chapter 40

我駛進自家車道，連忙熄掉頭燈，但我立刻發現這樣沒有意義。丹尼爾不會看到我回來，因為他已經出門了。從我的車子緩緩爬進我們家空蕩車道時，我就明白了這點。室內外的燈都是暗的。我家再次看起來死氣沉沉。

我將頭靠在方向盤上，來不及了，他可能帶著萊麗前往任何地方。我爬梳腦袋，想要想像他最後的舉措，企圖想出他會去的地方。

然後，我抬起頭，我想到了。

我想起了監視攝影機，伯特·羅德在我家客廳角落安裝的針孔攝影機。我抽出手機，點下保全程式，屏住呼吸，畫面開始載入。這是我家客廳，黑暗，空無一人。我有點期待丹尼爾會躲在陰影裡，等著我進屋。我點下螢幕上的時間軸，倒轉回去，直到看見屋裡有光，丹尼爾的身影出現。

半小時前他還在家。他在屋裡到處走動，忙著從事一些普通的行為，好比說擦中島，把信件分成兩三疊，放在稍微不同的位置。我看著他，想到這五個字：連環殺人魔。我嘴裡有奇怪的味道，彷彿跟二十年前，我看著爸爸親手洗碗、仔細擦乾，小心不要敲到邊角時一樣。連環殺人魔。他為什麼要在乎這種小事？為什麼一個根本不在乎人命的連環殺人魔，還會這麼在乎我奶奶的瓷盤？

丹尼爾走向沙發，坐在邊緣，手指心不在焉地撫過下巴。我先前看過他多次做這個動作，觀察到他以為沒人在看時的小動作。我看著他在廚房做晚餐，看著他倒完酒，還會用手指將瓶口抹乾淨。我看著他走出浴室，擦亂額頭上溼溼的頭髮，然後抓起梳子，整齊地旁分起來。我每次看他時，見證到這種微小的私密時刻，我總會露出讚嘆的神情，彷彿他不是真的一樣。

現在我明白箇中原因了。

因為他不是真的，我所認識的丹尼爾，我愛上的丹尼爾，只是一個人反諷的存在而已，只是一張掩飾他真正容顏的面具。他騙我愛上他，就跟他哄騙那些女孩一樣，他讓我看到我想看到的一切，只說我想聽的話。他讓我感覺安全，讓我覺得被愛。

但現在我想起其他的時刻，他真實自我不小心展露出來的時刻。他讓面具暫時滑下的時刻。我早該注意到了。

畢竟，這就回到艾倫對於模仿犯的兩種類型理論，也許是出於崇拜，也許是羞辱。顯然丹尼爾崇拜我的父親，他跟隨我的父親整整二十年，從十七歲起就模仿他的犯罪手法。他還會去監獄裡探望我爸，但到了某一刻，這些不夠了。殺人已經不夠了。取人性命，將人棄屍在某處已經不夠了，他需要挾持一條人命，捏在手上。他需要的是我的命，跟我父親一樣，把這條命拿在手上當人質。他每天都要耍騙我，就跟我父親一樣。我看著他，看著他將他妹妹的戒指套在我的手指上，宣占他的領土。那雙手在吻我時掐在我的脖子上，稍微有點太用力了。他戲弄我，測試我，我就跟藏在黑暗衣櫥角落裡的某件首飾一樣，只是他的戰利品，活生生地提醒著他的豐功偉業。現在我看著他，感覺到胸口有如漲潮般湧起的怒火，越漲越高，吞沒了我，將我活活溺斃。

我看著丹尼爾起身，他伸手到後方口袋。他拿出某個物品，看了一下。我瞇起雙眼，想要看個仔細，但物品實在太小了。我用兩根手指放在手機螢幕上，放大他的手部特寫，這時我才看清楚，他掌心裡有一條長長的銀色項鍊，一路懸掛到他的手腕。燈光照亮三顆鑽石的光澤。

我回想起他那天下床，躡手躡腳穿過臥室，將衣櫥的門關上。我感覺到自己的心跳一路往上狂跳，我的胸口、臉頰都跟著震動，還有我的眼窩深處。

我是對的，是他拿走了項鍊。

我想起每次丹尼爾讓我質疑自己、質疑我理智的時刻，哪怕只有一下下。**我要去紐奧良，妳不記得了嗎？**再三質疑我看見的景象，我篤定存在的事情。他持續盯著掌中物，嘆了口氣，將項鍊塞進口袋之中。他朝前門走去，這時我才注意到門口有一個行李箱，他的筆電包就擱在牆邊。他拿起行李箱跟筆電包，轉過身去，最後一次環視屋內。接著，他伸手關掉電燈開關，宛如是吹熄火焰的撅起嘴脣一樣，徒留漆黑一片。

我將手機放在車用杯架上，想要拆解剛剛看到的畫面。這沒什麼，但已經夠了。半小時前，丹尼爾還在，他並沒有領先我多少。我只要想出他會去哪裡就好。選項數不盡數，他哪裡都可以去，他帶了行李箱，他可能穿過大半個美國，準備在某個旅館房間做長期抗戰。也許甚至南下前往墨西哥，這裡距離邊界開車不到十個小時。明天一早他就能離境。

不過，我又想起那條項鍊，擱在他掌心裡，他用手指摩挲起來。我想起依舊失蹤的萊麗，還沒尋獲她的屍體。此刻我驚覺，他並不是要逃走，因為他的任務還沒達成，他還有工作要做。

驗屍官認為受害者的屍體在死後遭到移動，她們在別處斷氣，然後才運回她們先前失蹤的地點。所以，如果是這樣，那萊麗會在哪裡？他可能帶她去哪裡？他把她們都帶去哪裡？

我忽然想通了，我知道了。在細胞的微小深刻層次上，我知道這個問題的答案。

在我勸退自己前，我打開頭燈，開始趕路。我想要用任何理由及任何地點來說服自己不要趕去那個地方，但隨著時間一分一秒過去，我感覺到自己心跳加速。每前進一公里，我的呼吸就愈發困難。三十分鐘過去，四十分鐘過去，我知道我快到了。我望向車上的時鐘，即將午夜，我將目光從儀表板上移開，望回馬路時，我看到我正緩緩往遠方的那裡前進。熟悉、老舊的生鏽路牌，邊角有泥巴與塵垢結塊在金屬上。我感覺到掌心出汗，又溼又滑，隨著告示牌越來越近，恐慌的心情也越發明顯。令人作嘔的燈光照亮路標，上頭寫著：

歡迎來到布羅布里治：
全球小龍蝦之都

我要回家了。

Chapter 41

我打起方向燈，出了下個交流道。布羅布里治，十年前，出門念大學後就不曾回來的所在，我以為自己再也不會見到的地方。

我穿過市區，穿過一排一排有著苔綠色雨棚的老舊磚造建築。在我回憶裡，這個地方似乎是有明確的分野：之前與之後。在線的這一邊，回憶燦爛美好，小鎮童年充滿加油站賣的雪花冰沙、寄賣的直排輪，每天三點我會跑去的烘焙店，我可以選擇一顆剛出爐的酸麵包，店家招待。我放學回家，融化的奶油從我下巴滴下，我跳過人行道上的裂痕，選了一把野花雜草，回家放在霧霧的果汁玻璃瓶裡，送給媽媽。

線條的另一端，一切蒙上了烏雲。

我經過每年舉辦小龍蝦節的空蕩遊樂場。看到我與麗娜站著的位置，我的額頭貼在她溫暖的腹部上，她的汗水溼溼的，沾染到我的皮膚。我手裡有一隻閃著夜光的金屬螢火蟲。我看著場地另一端，看到父親站在遠處，盯著我們，凝望著她。我開車經過我讀過的學校，經過子母車旁邊，高三男孩拿我的頭去撞金屬，威脅要用我爸爸對待他妹妹的方式對待我。

我這才發覺，丹尼爾這幾個禮拜都會經過這條路，消失進夜色之中，然後回家，疲憊不堪、汗流浹背，卻生氣勃勃。我接近我住的街道，把車停在路邊，距離老家車道不遠。我望向長長的小徑，曾幾何時，我會沿著小徑跑上去，踢起飛塵，消失在樹林之中。我會跑上前門階梯，一頭栽進父親伸出來的臂彎裡。這是藏匿失蹤女孩的絕佳地點，坐落在十英畝荒地上的廢棄老宅，不會有人來的房子，不會有人涉足的房子。有人認為這間房子鬧鬼，理查．戴維斯將六個女孩埋在此，然後走進我的臥房，親吻我，向我道晚安。

我想起我跟丹尼爾的對話，我們癱坐在我家客廳沙發。在那場對話裡，我首度將一切解釋給他聽，他聽得非常專注，麗娜與她的臍環，在黑暗裡發光的螢火蟲。我的父親只是樹林裡的一抹黑影。還有埋藏著他秘密的盒子，就塞在衣櫃深處。

以及我家，我跟他說過我家，一切發生的震央中心地帶。

父親坐牢，媽媽沒辦法繼續照顧這片土地後，責任落到我跟庫柏身上，但就跟我們把媽媽扔在河岸園區一樣，我們也選擇拋下這裡。我們不想面對，不願面對所有依舊埋藏在這裡的回憶。所以我們就把房子扔著，閒置好幾年，家具都在原本的位置，只是大概埋上了一層厚厚的蜘蛛網。媽媽衣櫥的木頭橫梁因為她脖子的壓力斷了，父親菸斗菸灰在客廳地毯上的痕跡也還在。這一切有如過往的快照，凝滯在時光之中，飛塵粒子靜置在空中，彷彿有人按下了「暫停鍵」。然後轉身關門離開。

而丹尼爾知道這一切，他知道這棟房子在這。他知道這裡沒人，準備好恭候他的到來。

我雙手緊握方向盤，心臟跳個不停。我靜坐了幾秒，心想該怎麼辦。我考慮打電話給湯瑪斯警探，請他過來，但他又能怎麼樣？我有什麼證據？然後我想起了父親，想到他在夜裡穿過樹林，鏟子擱在肩上。我想到我自己，十二歲，從開啟的窗口看過去。

看著，等待，但什麼行動也沒有。

萊麗可能就在裡面，她可能有麻煩。我抓起包包，顫抖的手打開翻蓋，露出擺在裡面的手槍，這是我這趟出門前在衣櫥裡找到的手槍，警報響起那晚，我就是在找它。我深呼吸，下了車，輕輕關上車門。

空氣溫暖又潮溼，好像吃了水煮蛋後打的嗝，充滿硫磺氣味，這是來自夏日高溫照射過的沼澤。我躡手躡腳朝車道前進，站在原地好一會兒，看著通往老家的那條路。兩側樹林相當黑暗，但我逼自己前進，再走一步，再走一步。沒多久，我就到了屋子旁邊。我已經忘了屋外有多暗，因為這裡沒有街燈或鄰居家的燈光，但這樣很好，鮮明的對比，月光總是能夠照得很亮。我抬頭看著上方的滿月，完全沒有遮蔽。月光有如聚光燈打在屋子上，讓其發光。我看得很清楚，斑駁的白色油漆，木頭護牆板因為多年的高溫與溼氣有點脫落，我腳下的野草長得相當茂盛。藤蔓有如血管，攀爬在屋子四周，看起來有異世界的感覺，彷彿它們散發著惡魔般的生命脈動。我想要悄悄走上樓梯，避開會發出聲響的位置，但我注意到百葉窗是拉開的，加上月光，如果丹尼爾在裡頭，他肯定看得到我。於是我轉身朝屋後走。我看到後院永遠堆著的廢棄物，一大堆的老舊夾板，總是疊在屋後，旁邊還有一把鏟子與推車，上頭有園藝用具。我想像媽媽趴在地上，皮膚縫隙都是泥巴，她額頭上也有一抹泥土。我想要從窗口望進去，但這裡的窗簾統統緊閉，屋裡沒有亮光，實在無法從縫隙中看到什麼。我扭動門把，稍微轉動，但門沒有開，門鎖住了。

我吐了口氣，雙手扠腰。

然後我有了一個主意。

我看著門，回想起那天的麗娜，手裡握著我的借書證，想要闖進我哥的房間。

首先，檢查鉸鏈。如果看不到鉸鏈，那就是對的鎖。

我伸手進口袋裡，抽出艾倫的記者證，自從我在汽車旅館床單下找到後，這張卡片一直塞在我的牛仔褲口袋裡。我用手折了折卡片，還算硬實，然後將卡片斜斜插進縫隙，就跟麗娜教我的一樣。

一旦卡片的角落進去了，要讓它直立起來。

我開始扭動卡片，稍微施加壓力，前後移動起來。我將卡片伸進深處，另一隻手扭動門把，忽然間，我聽到喀啦一聲。

Chapter 42

後門開了，我用力抽出卡片，用手拿著，走進屋裡。我感覺到自己穿過門口，用手撫摸熟悉的牆壁，保持站姿。黑暗讓我搞不清楚方向，我到處都聽到得聲響，但我不知道這是老房子本來就會有的聲音，還是因為丹尼爾正悄悄跟在我身後，伸出雙手，準備攻擊。

我摸索著走廊一路通往客廳，踏了進去，從百葉窗間透進來的月光照亮了空間，足以看得見。我環視四周，屋裡的黑影跟我印象裡一模一樣，父親的懶人椅擺在一角，皮革褪色裂開。地板上的電視機螢幕有我手指按壓的油膩指印。丹尼爾就是來這裡，他來我家。每個禮拜，他都會隱身進這個可怕恐怖的地方。他帶他的受害者過來，誰曉得他對她們做了什麼，然後送她們回失蹤的地點棄屍。我望向左邊，這時我注意到地上有個奇怪的形狀，又長又瘦，彷彿一疊木板。

那是人的軀體，年輕女孩的軀體。

「萊麗？」我壓低聲音問，我跑著穿過客廳，朝那身影前進。在我碰觸到她前，我就知道那是她，雙眼緊閉，雙脣緊抿，頭髮散落在臉頰與胸口上。就算在黑暗之中，也許正是因為黑暗，她蒼白的臉看起來特別驚人，她看起來彷彿鬼魂，嘴脣泛紫，皮膚完全沒有血色，她看起來彷彿散發著透明的光暈。

「萊麗。」我再度喚起她的名字，手指搖晃她的肩膀。她沒有動作，沒有講話。我看著她的手腕，看到她的血管開始爬起紅色的線條。我看著她的脖子，準備好要看到那些模糊的指印瘀青出現在她的皮膚上，但沒有，還沒有出現。

「萊麗。」我輕輕搖晃她。「萊麗，醒醒。」

我用手擺在她耳下，屏住呼吸，希望感覺到任何動靜，什麼都好。的確有，但很微弱，她的心臟微微跳動，緩慢也吃力。她還活著。

「來吧。」我低聲地說，想扶起她。她的身軀無比沉重，但我拉住她的手臂，我看到她眼珠子左右迅速轉動，她發出輕輕的呻吟。我驚覺這是因為地西泮，她遭人下藥，大量的藥物。「我要帶妳離開這裡，我發誓，我會——」

「克蘿伊？」

忽然間，我心跳停止，我身後有人。我認得這個聲音，我的名字在他舌尖有如菱形糖般翻滾、融化。我到哪兒都認得這個聲音。

但這不是丹尼爾的聲音。

我緩緩起身，轉過去面對身後的人影。室內亮到足以讓我看清他的五官。

「艾倫。」我企圖想出合理的解釋，他為什麼會出現在這裡，在這間屋子，在我家裡？但我的思緒一片空白。「你怎麼會在這裡？」

雲遮住了月亮，房裡陷入黑暗。我睜大雙眼，想要看清楚，當月光再次照進來時，艾倫靠近了，也許只有三公分，也許是五公分。

「我可以問妳同樣的問題。」

我轉頭望向一側，望向萊麗，我這才明白這是什麼樣的場景。黑暗裡，我蹲在昏迷女孩身邊。我回想起出現在我辦公室的湯瑪斯警探，用懷疑的眼神看我。奧布芮的耳環上有我的指紋。他的話語，他指控的語氣。

唯一能夠將所有線索串聯在一起的關鍵似乎就是妳。

我比著萊麗，開口想要講話，但我感覺到喉頭卡住。我停下動作，清了清嗓。

「她還活著，謝天謝地。」艾倫急忙開口，走近了一步。「我剛發現她的，我想喚醒她，但她醒不來。我報警了，他們正要趕來。」

我看著他，還是說不出話來。他察覺到我的遲疑，繼續說下去。

「我記得妳提過這間房子，屋子就空在這裡。我想也許她會在這裡。我打了好幾通電話給妳。」他攤了攤手，彷彿是在朝著周遭比劃，然後手又回到大腿兩側。「我猜我們想到的是同一件事。」

我喘起大氣，點起頭來。我回想起昨晚，艾倫在我的旅館房間。他熱切的雙手探進我的髮絲之間，我們之後一起靜靜躺著，他在我耳邊說著：我相信妳。

「我們得救她。」我終於找到自己的聲音。我轉身跑向萊麗，蹲在她身邊，再次確認起她的脈搏。「我們得替她催吐什麼的——」

「警察就在路上。」艾倫又說起同樣的話。「克蘿伊，一切都會沒事的。她會沒事的。」

「丹尼爾肯定就在附近。」我用手指搓揉她的臉頰，感覺冰涼。「我醒來的時候，我有一堆未接電話。他還留了語音訊息，我想也許——」

然後我沒說下去，想起那晚之後發生的一切。我陷入夢鄉，艾倫皸裂的嘴唇貼著我的額頭，向我道晚安。我緩緩站起，轉過身去。忽然間，我不想背對著他。

「等等。」我的思緒變得好慢，彷彿是在爛泥巴裡跋涉一樣。「你怎麼知道萊麗失蹤了？」

我記得在艾倫離開一整天後醒來，打電話給夏儂，聽著她嗚咽的啜泣。

萊麗失蹤了。

「新聞有報。」他說，但他講話的口氣很冰冷，彷彿排練過，我不相信他。

我稍微後退，拉開我們之間的距離，想要他離萊麗遠一點。我退開，看著他神色轉變，他原本稍微堅毅的嘴脣成了一道淺淺的緊繃線條，他的下巴肌肉咬緊，他的手指縮進拳頭之中。

「克蘿伊，別這樣。」他想擠出微笑。「尋人小隊什麼的都出動了，整個鎮都在找她，大家都知道這件事。」

他伸出手，彷彿是想要拉住我的手，但我沒有移過去，反而是舉起雙手要他停下來。

「是我啊。」他說。「是我，艾倫啊，克蘿伊，妳知道我的。」

月光又從百葉窗縫隙間照進來，這次我看到了，就在我們之間的地上。我跑向萊麗、在她身上瘋狂摸索尋找脈搏時，我弄掉了艾倫的記者證。我用來撬開後門的卡片。現在，卡片看起來……不太一樣。

我緩緩放低身子，目光還死盯著艾倫，我撿起卡片，拿到面前，看個仔細，這時我才注意到記者證因為開門時的力道而裂開了，邊緣破裂。我撥開破裂的紙張，將其輕輕抽出，整張照片開始脫落。我感覺到從背脊發出的冷顫。

這張記者證是偽造的。

我抬頭望向站在那裡旁觀一切的艾倫。我想起我第一次看到這張卡片是在咖啡廳，就夾在他的襯衫上，看得很清楚，《紐約時報》的字樣又大又顯眼，印在最上面。那是我第一次見到艾倫，卻不是我第一次看到他。我以為那是他，因為我在診所吞下安定文後，在網路上查到他的照片，顆粒很粗的小小黑白照。格紋翻領襯衫加上玳瑁鏡框。他出現在咖啡廳時，就是這身打扮，袖子還捲到手肘。現在，我心一沉，我明白了，那是故意的。一切都是故意的，他知道我會認得那身打扮，還有記者證上非常顯眼的「艾倫．簡森」。我記得他看起來跟照片不太一樣，有點超乎我的預期……塊頭更大更壯。手臂太粗了，聲音也低了兩個八度。不過，在這個男人還沒自我介紹，還沒說出自己的名字前，我就以為他是艾倫．簡森。他從容走進咖啡廳，緩慢又充滿自信，彷彿知道我到了，知道我坐在哪裡，彷彿只是在演戲，彷彿知道我盯著他。

那是因為他也緊盯著我。

「你是什麼人？」我問，他在黑暗中忽然變得面目模糊了起來。

他站在原地，沉默不語。他散發出我先前沒有注意到的空洞感，彷彿他全身的精華都被抽掉，他只是一枚碎裂的空殼而已。他似乎思考了這個問題好一會兒，正在考慮怎麼回答最好。

他最後終於說：「我誰也不是。」

「這是你幹的好事嗎？」

我看著他開口又閉上嘴巴，彷彿是在尋找恰當的字眼。他沒有回答，我發現自己回想起我們的每一場對話。他的話語如此響亮，如同血液，衝進我的血液之中，迴盪起來。

模仿犯殺戮是出自他們對另一名兇手的癡迷。

我看著這個男人，這個陌生人，他在一切開始時強行闖入我的生活，這個男人率先跟我分享模仿犯的概念，拖著我往這個方向前進，到頭來，我也信了。他提出的那些問題，總是在刺探，他靠過來，說：**這一切在此時此刻發生是有原因的。**當我提到麗娜時，他會露出孩童般傻呼呼的語氣，幾乎是忍不住，他必須開口，他必須知道：**她是怎麼樣的人？**

「回答我。」我想要穩住口氣。「是你嗎？」

「聽著，克蘿伊，事情不是妳想的那樣。」

我回想起他躺在我床上，固定我的手腕，嘴唇貼著我的頸子。我想起他起身，穿上牛仔褲。拿了水給我喝，用手指梳起我的頭髮，哄著讓我入睡，然後潛入黑暗之中。萊麗就是那天晚上失蹤的。他就是在那晚綁架她的。我熟睡時，我額頭冒著汗珠，我的四肢因為他的碰觸而微微悸動。噁心的感覺從胃裡深處湧上，但他的確就是這麼說的，那天在河邊，免洗咖啡杯擺在腳邊，我們眺望遠方的大橋，腳下還有彌漫的霧氣。

只是一場遊戲。

只是我當時不知道這是他的遊戲。

「我要報警了。」我知道他才沒有報警，警察沒有在趕來的路上。我伸手進包包裡，摸索手機。手指顫抖，摩挲過裡頭的每一件物品，然後我驚覺，手機還在車內的杯架上。在我拿出來看丹尼爾的監視畫面後，我就沒有收起來，接著我心不在焉開往布羅布里治，停好車，闖了進來。我怎麼會忘記？我怎麼會忘記拿手機？

「克蘿伊，別這樣。」他走過來。現在距離我不過幾步，伸手就搆得著。「聽我解釋。」

「你為什麼要做這種事？」我還在包包深處摸索，嘴唇顫抖不已。「你為什麼要殺害那些女孩？」

此話一出口，似曾相識的感覺又如海浪般沖刷過來。二十年前，我坐在這個房間裡，手指按在電視機上，聽著法官問起我爸爸同樣的問題。法庭靜肅無聲，彷彿大家都跟我一樣，等待真相水落石出。

「那不是我的錯。」他終於開口，雙眼濡溼。「真的不是。」

「那不是你的錯？」我複誦起來。「你殺害兩個女孩，而那不是你的錯。」

「不，我是說……是，對，沒錯，但同時又不是——」

我看著這個男人，我看見我的父親。我看到他出現在我的電視螢幕上，雙手銬在身後，我坐在地板上，吸吮他說出口的每一個字。我看到躲在他內心深處的惡魔，溼淋淋、有著脈搏的胚胎蜷在他的腹部，緩緩成長，直到有一天，它會爆裂噴出。我的父親與他的黑暗，埋伏於角落的黑影，蠱惑他過去，吞沒他整個人。他噙著淚，坦承行兇時，法庭鴉雀無聲。只有法官那不敢置信、充滿反感的聲音。

你這是在說，是這個「黑暗」逼迫你殺害這幾名女孩？

「你跟他一模一樣。」我說。「想要推卸你的行為。」

「不、不，不是這樣。」

我感覺到我的手指刺入掌心，都流血了。胸腔裡的憤怒與火氣就跟我那天看他的時候一樣，我冷漠地看著他哭。我記得那一刻我好恨他，全身上下的細胞都恨他。

我記得我在腦海裡殺死了他，讓他死在我的心裡。

「克蘿伊，妳聽我說。」他又走近幾步。我看著他的雙手，向我伸過來，柔軟的手伸得長長的。同樣這雙手碰觸過我的皮膚，與我十指緊扣。我跑向他的臂彎，就跟我跑向父親懷裡一樣，都在錯誤的地方尋求安全感。「是他逼我的——」

我先聽到聲音，然後才看見，之後才明白我做了什麼。我彷彿是在一旁看戲一樣，我的手從包包裡掏出來，手裡握著槍。一聲槍響，聲音有如爆竹，我的手臂往後彈。他在硬木地板上踉蹌，一陣閃過的紅色火光，他低頭看著腹部擴散開來的一灘血紅，然後詫異地抬頭望著我。月光照亮他的雙眼，呆滯也困惑。他的嘴唇又溼又紅，緩緩張開，想要說話。

然後我眼睜睜看著他倒在地上。

Chapter 43

我坐在布羅布里治警局，偵訊室天花板上的廉價電燈泡讓我的皮膚散發著水藻般的藍綠色。他們披在我肩上的毯子很粗，質感跟魔鬼氈差不多，但我實在太冷了，沒有辦法不披在身上。

「好的，克蘿伊，妳何不再跟我說一遍事情的經過呢？」

我抬頭望著湯瑪斯警探。他坐在桌子對面，旁邊是道爾警員跟布羅布里治的一位警察，名字我忘了。

「我已經跟女警說過了。」我望向不知名的警察。「她有錄音。」

「再說一遍給我聽。」他說。「然後我們就送妳回家。」

我嘆了口氣，伸手去拿面前桌上的紙杯。這是我今晚喝的第三杯咖啡，我將杯子拿到嘴邊，注意到皮膚上有斑斑點點的乾涸血跡。我放下杯子，用指甲摳了起來，看著血塊跟油漆一樣掉落。

「我在幾個禮拜前與我以為是艾倫．簡森的人見面。」我娓娓道來。「他說他正在寫我爸的報導，他是《紐約時報》的記者。後來他說因為奧布芮．奎維諾跟蕾西．戴克勒的失蹤案，撰寫角度改變。他還說他相信那是模仿犯所為，他希望我幫忙調查。」

湯瑪斯警探點點頭，要我繼續。

「在我們的接觸中，我開始相信他。畢竟狀況太相似了，受害者、遺失的首飾，加上二十週年就在眼前。我相信伯特．羅德跟這一切有關，我之前跟你說過了，但那天晚上，我後來在我家衣櫃裡找到跟奧布芮耳環同款的項鍊。」

「妳找到的時候，怎麼不拿物證來報警？」

「我試過了。」我說。「但隔天一早，項鍊就不見了。我未婚夫拿走了，我手機裡有他握著項鍊的影片，這時我開始覺得也許一切跟他有關。不過，就算我來找你，從我們上次的對話中，你說得很明白，你完全不相信我的話。你基本上叫我滾一邊去。」

他從對面望著我，不怎麼自在地調整起坐姿。我也看著他。

「總之，不止如此。他還去監獄探視我爸，我在他的公事包裡找到地西泮。他的妹妹二十年前也失蹤了，在我去看我媽時，她覺得也許我未婚夫跟這一切有關──」

「好。」警探伸手打斷我，手指分得很開。「一次講一件事就好。妳今晚怎麼會跑來布羅布里治？妳怎麼知道萊麗．塔克在這裡？」

萊麗鬼魅般蒼白的身影還烙印在我的腦海之中。救護車疾駛進老家車道，我站在前院，手裡握著我從車上拿出來的手機，我等著，身軀僵硬，眼神渙散。我無法回到屋內，我無法面對地上那具屍體。急救人員將她推往車尾，固定在擔架上，一袋一袋的液體打進她的血管之中。

「丹尼爾留了語音訊息給我，說他要離開。」我說。「我在想他可能會去哪裡，他會帶這些女孩去哪裡。我只是覺得他會帶她們過來。我實際上並不知道。」

「好。」湯瑪斯警探點點頭。「現在丹尼爾人在哪裡？」

我抬頭望著他，強烈的光線、苦澀的咖啡、缺乏的睡眠讓我眼睛刺痛，一切都讓我難受。

「我不知道。」我說。「他走了。」

大家保持沉默，只有上方的日光燈發出嗡嗡聲響，彷彿是困在金屬罐裡的蒼蠅。艾倫殺害了兩個女孩，差點也害死萊麗。我終於得到我想要的答案，但我還是有很多不明白的地方，很多狀況都說不通。

「我知道你不相信我。」我抬起頭來。「我知道這一切聽起來很瘋狂，但我說的是真的，我真的不知道──」

「克蘿伊，我相信妳。」湯瑪斯警探打斷我。「我信。」

我點點頭，鬆了口氣，我努力不展現出來。我不知道自己期待他說什麼，但沒料到是這個結果。我以為我們會爭執，他會要求我提出我拿不出來的證據。然後，我驚覺他知道得比我還多。

「你知道他是誰。」我說，我逐漸理解了。「我是說，艾倫。你知道他的真實身分了。」

警探望著我，神情難以捉摸。

「你必須告訴我，我有權知道。」

「他叫泰勒．普萊斯。」他靠向前，將公事包放在桌上。他打開公事包，抽出一張罪犯大頭照放在我們之間。我看著艾倫的臉，不，泰勒的臉。他看起來就像名叫泰勒的人，少了眼鏡放大他的雙眼，沒了貼身的翻領襯衫，照片上的他頭髮短短的。他有那種每個人看起來都很難形容的臉，平淡的五官，沒有特別好記的特徵，但他的確跟我在網路上找到的那張真實艾倫．簡森照片稍微有點像。也許可以充當人家的遠親吧？或是哥哥。那種會替高中生買酒，然後出現在派對上，消失在角落的哥哥。靜靜喝起啤酒，到處觀察。

我吞了吞口水，目光放在桌上，泰勒．普萊斯。我責備自己掉進陷阱之中，這麼輕易就看到他希望我看到的樣子，但同時，也許我是看到了我想看到的東西。畢竟我很需要盟友，站在我這邊的人。不過這一切對他來說都只是一個遊戲，全部都是一場遊戲。而艾倫．簡森不過只是其中的一個角色而已。

「我們幾乎立刻掌握了他的身分。」湯瑪斯警探繼續說。「他出生於布羅布里治。」

我猛一抬頭，雙眼圓睜。

「什麼？」

「他的檔案在我們的系統裡，他先前有過一些輕罪的案底，持有大麻啦，非法入侵啦。九年級後就輟學了。」

我低頭看著他的照片，想要喚起回憶，任何關於這個泰勒．普萊斯回憶都好。畢竟布羅布里治不是什麼大城市，只不過，我也沒有多少朋友。

「你們對他還有什麼了解？」

「有人見到他出沒在落羽杉墓園。」他從公事包裡拿出另一張照片。這次是尋人小隊的照片，泰勒站在遠處，沒有戴眼鏡，鴨舌帽壓得低低的。「有些兇手會重回犯罪現場，特別是連續作案的人。看來泰勒比妳更進一步，不只重回現場，還親自加入調查，當然是保持距離，但這不是前所未聞的狀況。」

泰勒在那裡，他無所不在。我回想起在墓園的時候，我一直覺得有人盯著我背後看，看著我穿過墓碑，看著我蹲在泥巴上。我想像用戴著手套的手握著奧布芮的耳環，蹲下來假裝綁鞋帶，然後將耳環留在原地，等著我找到。他用手機讓我看在墓園裡捕捉到我的照片，根本不是網路上找到的，而是他拍的。

然後我忽然想通了。

我回想起我小時候，在我父親遭到逮捕後，我們會在家裡找到鞋印，那個在窗外探頭探腦被我抓到的不知名青少年。他的動機是病態的好奇心，對於死亡的迷戀。

你是什麼人？我當時尖叫，衝上前去。他的回答跟二十年後的昨晚一模一樣。

我誰也不是。

「我們正在調查他的車。」湯瑪斯警探繼續說，但我幾乎沒在聽。「我們在他口袋裡找到地西泮，還有一枚金色的戒指，此刻我們推斷應該是萊麗的。以及一條手鍊，木頭珠子跟金屬十字架。」

我用手指捏捏鼻子。實在是太沉重了。

「嘿。」他低頭與我對望。我無力抬起頭。「這不是妳的錯。」

「就是。」我說。「這是我的錯。他因為我才找到這幾個女孩，她們因為我而死。我早該認出他來——」

他伸出手，稍微搖頭。

「別這麼想。」他說。「那是二十年前的事了，妳只是個孩子。」

我知道他說得對，我只是個孩子，只有十二歲，但是。

「妳知道誰也是孩子嗎？」他問。

我看著他，揚起眉毛。

「誰？」

「萊麗啊。」他說。「而多虧了妳，她逃過了一劫。」

Chapter 44

我們離開警局時，湯瑪斯警探雙手扶腰，環視四周，彷彿他是站在什麼山頂上一樣，而不是在停車場裡。凌晨六點，空氣潮溼也涼爽，一早這樣很反常，我敏銳察覺到遠處啁啾的鳥叫聲，棉花糖般的雲朵天空，以及頭幾位騎著摩托車去上班的人。我瞇起雙眼，感覺朦朧不解。在警局裡感覺不到時間的流逝，因為沒有窗戶跟時鐘。凌晨四點你被迫灌下咖啡因，聞到值完班的警察在茶水間加熱剩食的味道，世界就悄悄前進了。我覺得我的大腦很難理解居然已經天亮了，居然展開了新的一天，我的心靈還活在昨夜。

汗珠從我脖子上滴下來，我伸手過去，感覺到指間有鹹鹹的液體，彷彿鮮血。我滿腦子想的都是血，積成一灘，一路毫無阻力流出來。我低頭，看著泰勒的腹部，那一灘深色的液體緩緩在他的襯衫上暈開。逐漸滴到地板上，緩緩朝我爬來，包圍我的鞋子，染上我的鞋跟。鮮血一直流過來，彷彿有人剪開了塑膠水管，液體一直噴湧一樣。

「聽著。妳先前說關於妳未婚夫的事情。」湯瑪斯警探打破沉默。

我還望著我的鞋子，看著底部紅色的線條。要是我不知道，我可能以為我踩到灑出來的油漆呢。

「妳確定嗎？」他說。「可能有其他解釋——」

「我很確定。」我打斷他。

「妳手機上的影片，實在沒辦法看清楚他手上的東西，可能是任何物品。」

「我很確定。」

我感覺到他盯著我的側臉，然後他站直身子，微微點頭。

「好。」他說。「我們會找到他，向他請教幾個問題。」

我想起泰勒死前對我說的那句話，迴盪在我老家，迴盪在我的心頭。

是他逼我的。

「謝謝。」

「但在那之前，妳回家好好休息。我會派便服員警巡邏妳家附近，以防萬一。」

「好。」我說。「好啊。」

「妳要搭便車嗎？」

湯瑪斯警探送我回我的車上。我的車還停在兒時老家外頭的路上。我沒有抬頭，只有連忙從他的警車閃進我的駕駛座，眼睛盯著石子路，發動引擎，立刻把車開走。回巴頓魯治的路上，我沒有多想什麼，我的目光聚焦在高速公路的黃色線條上，直到我差點鬥雞眼。我經過邀請我前往安哥拉的路標，東北方向八十五公里，然後我稍微用力握緊方向盤。

畢竟，一切都回到他身上，我的父親。丹尼爾的收據，在汽車旅館那天晚上，泰勒想要阻止我去找他。克蘿伊，這很危險。我的父親知道某些狀況，他是這一切的關鍵。他是泰勒、丹尼爾、我與這些女孩之間唯一的連結，我們彷彿是沾在同一張大網上的蒼蠅。他擁有答案，就是他，不是其他人。我當然知道這點，我考慮要不要去看他，這個念頭在我腦海中旋轉編織，彷彿是手指把玩的一團陶土，希望能捏出什麼樣子來，希望能夠找到其中的答案。

不過，什麼答案也沒有。

我走進自家大門，以為會聽到嗶嗶聲，現在聽起來很熟悉的警報器聲響，結果什麼聲音也沒有。我看著鍵盤，注意到系統沒有開啟。然後我想起在手機上看到丹尼爾，他關了燈，最後一個離開的就是他。我在鍵盤上輸入密碼，往樓上走，直接進入臥房，將包包扔在廁所馬桶蓋上。我放起水來，大力扭開水龍頭，希望滾燙的水能夠燙掉我一整層皮，洗刷掉我皮膚上泰勒的痕跡。

我用腳趾試試水溫，坐了進去，皮膚變成憤怒的粉紅色。水淹上我的胸，我的鎖骨，我沉到深處，只留下臉在外頭，我聽著在耳朵裡敲擊的心跳。我轉頭看著我的包包，看到塞在裡頭的藥瓶。我想像一口氣吞完所有的藥，沉沉睡去。我會沉入水中，嘴角吐起小小的氣泡，直到最後一個氣泡破裂。至少那樣很平靜，溫暖包圍著我。我在想他們要多久才會找到我，也許要幾天，或是幾個禮拜吧？我的皮膚會開始脫落，一片一片的，跟睡蓮的葉子一樣漂在水面。

我低頭看著水，注意到水變成淺淺的粉紅色。我抓起毛巾，開始擦揉皮膚，將泰勒留在我手臂上的血跡統統刷掉。就算已經洗掉了，我還是繼續刷，用力刷，刷得越痛越好。然後，我靠向前，將浴缸塞子拉開，坐在原位直到最後一滴水流乾。

我穿上運動褲跟運動衫，回到一樓，進入廚房，倒了一杯水。我一口氣喝完一整杯，喝到底的時候，我嘆了口氣，低著頭。然後我抬起頭，仔細聆聽，我感覺到皮膚上爬起的雞皮疙瘩，我輕輕放下杯子，緩緩走進客廳。我聽到聲音，微微的聲音，幽微的動作，要不是我很清楚自己獨自一人，不然我不會察覺到的動靜。

我走進客廳，目光停留在丹尼爾身上時，我的軀體整個僵硬了起來。

「嘿，克蘿伊。」

我站在原地靜靜望著他，想像我剛剛閉著雙眼泡在樓上浴缸裡。我想像自己睜開雙眼，看到丹尼爾出現在上方。他伸出手，把我壓在水中。我張口尖叫，結果只有水湧進口中，我嗆水致死，發出發動老爺車才會有的聲音。

「我不想嚇妳。」

我望向保全系統的面板，警報器沒有啟動。這時我才明白，他根本沒有離開過。我想像他站在門口，嘆了口氣，關上電燈。鏡頭轉黑。

但我沒有見他開門，沒有見到他離開。

「我知道除非妳覺得我不在了，不然妳不會回家。」丹尼爾讀起我的思緒。「我只是想等妳回來，跟妳把話講清楚。我昨晚甚至看到妳出現在屋外，車子停在外頭，但妳沒有進屋。」

「外頭有便衣警察。」我撒起謊來。我開車回來時沒有看見，但很難說，也許有吧。「他們在找你。」

「讓我解釋。」

「我見過你媽了。」

他似乎很詫異，沒料到這點。我沒有任何計畫，但看到丹尼爾自以為是出現在我家，我的火氣忽然就上來了。

「她跟我說了一堆你的事。」我說。「你的父親有暴力傾向，你原本會插手，但一陣子之後，你任由事態自行發展，袖手旁觀。」

丹尼爾將雙手握成鬆鬆的拳頭。

「她就是這樣嗎？」我問。「蘇菲？成了你的出氣包？」

我想像蘇菲·布利克斯從朋友家回家，粉紅色的運動鞋跳上階梯，甩上紗門。一進屋看到丹尼爾坐在沙發上，死氣沉沉的雙眼搭配上病態的笑容。我想像她跑過他面前，一邊跑上那座鋪了地毯的室內梯，同時絆倒，接著跑回自己臥室。丹尼爾在她身後，逐漸逼近，他扯起她一頭鬈髮紮成的馬尾，用力拽著，往她身後扭，她的脖子發出喀啦一聲。沒有人聽到她窒息的尖叫。

「也許你不是故意的，一切只是太過火了。」

她的身體倒在樓梯底部，身體無力，彷彿溼軟的義大利麵條。丹尼爾搖搖她的肩膀，靠過去，拉起她的手，然後任憑沒有生氣的手重重落下。他從她的手上拆下戒指，塞進口袋之中。有時，壞習慣就是這樣開始的，一個意外，就跟摔斷小指頭卻開始嗑止痛藥一樣。沒有經歷過痛楚，你又怎麼會知道你喜歡這種口味呢？

「妳覺得我殺了我妹？」他問。「是這麼回事嗎？」

「我知道你殺了她。」

「克蘿伊——」

他話沒講完，凝望著我。他現在看我的表情，眼裡不是困惑、不解或渴望。我見過這種表情，太多太多次了。我在我親生哥哥、警察眼中見過，伊森、莎拉、湯瑪斯警探都出現過這種表情。連我望著自己的鏡中倒影時，在我試圖分辨真實與虛幻、現在與過往時都出現過。這是我一直不敢在未婚夫眼裡見到的神情，這麼多個月，我一直想要避開的目光，但現在，就出現在他臉上。

關切的眼神，不是關切我的安危，而是關切我的理智是否正常。

那是憐憫，那是恐懼。

「我沒有殺害我的妹妹。」他緩緩地說。「我救了她一命。」

Chapter 45

厄爾．布利克斯會喝純的金賓威士忌。酒瓶因為開著放在客廳餐桌上，總是有點溫度，窗戶照進來的光線在瓶身上會投出琥珀化石般的光澤。永遠都是高球杯，酒滿到杯緣。酒精總是沾在他的嘴唇上，彷彿是染上一層汽油，讓他的氣息帶有一絲藥味，彷彿是留在太陽底下的牛奶糖，甜膩到噁心。

「從酒瓶還有多滿，我就能推斷出今天的狀況。」丹尼爾癱坐在沙發上，望著地板。通常我會走過去，用手攬著他的後背，用手指輕撫他肩胛骨之間的皮膚，通常啦，但我站在原地。「我開始覺得他的酒瓶就像沙漏，妳知道嗎？一開始是滿的，然後我們會看著它慢慢減少，等到完全空掉的時候，我們就知道該躲得遠遠的。」

我的父親顯然有他的惡魔，但酗酒不是其中一項。我依稀記得父親在院子裡，打開一瓶百威淡啤酒，汗溼的脖子可以換來滴著水珠的酒瓶。他很少喝酒，只有特殊場合才會喝。我希望他會酗酒，每個人都有他們的壞習慣，有人是一邊抽菸一邊喝酒，理查．戴維斯卻是取人性命。不，不是那樣的。他不需要任何化學物質就能打開他的暴力開關。至今我還是不能明白這樣的惡魔。

「他對我媽動手長達好幾年。」丹尼爾說。「什麼小事都能激怒他。」

我想起黛安眼睛下方的瘀青，她的手臂跟軟化過後的肉一樣。**我丈夫厄爾脾氣不好。**

「我不明白她為什麼不能離開他。」他繼續說。「帶上我們一走了之就好，但她一直沒有離開。所以我猜我們學會評估狀況。我跟蘇菲，我們會保持距離，躡手躡腳繞過去。不過，有一天我放學回家……」

他看起來像是經歷了什麼實際的痛楚，彷彿是吞下一顆石塊一樣。他緊閉雙眼，然後抬頭看著我。

「克蘿伊，他把她打得半死，他自己的女兒。而這還不是最糟的，最糟的是我媽並沒有阻止他。」

我允許自己想像，十七歲年紀輕輕的丹尼爾，背包擱在一側肩膀上，正要回家，卻聽見熟悉的哭號聲從大門傳出來。他連忙進屋，客廳裡滿是菸味，但他沒有看到平常的景象，只看到媽媽低頭望著廚房水槽，想要用流水聲蓋過其他的聲音。

「老天，我希望她能做點什麼，起身反抗他也好，但她就是任由事情發展。我猜，至少挨揍的是蘇菲，不是她吧？我真的覺得她鬆了一口氣。」

我想像他沿著走廊跑過去，穿過散落在地毯上的成堆垃圾、癩痢貓、菸屁股。敲著緊閉的房門，對著充耳不聞的耳朵大喊。他跑進廚房，搖晃著母親的手臂，做點什麼。我回想起我踉蹌闖入父母臥室時，我的母親幾乎沒有生氣的軀體倒在衣櫥上，彷彿她也只是一件從櫃門裡撒落出來的衣物。庫柏看得發愣，毫無作為，驚覺我們只能靠自己了。

「就是這個時候，我知道她不能繼續待下去了。要是我不送她走，她永遠也不會走。她最後會變成我媽，更慘的是，她根本沒有機會長大。」

我允許自己朝他走近一步，就一步。他似乎沒有注意到，他迷失在回憶之中，毫無遮攔。我們的角色對調了。

「我聽說妳爸在布羅布里治的事情，所以我有了一個想法，一個讓她消失的靈感。」

塞在他書架上的剪報，我爸爸的犯人照片。

理查·戴維斯即布羅布里治連環殺人魔，屍體尚未尋獲。

「放學後，她去朋友家，再也沒有回來。一直到第二天晚上，我的父母才發現她不見，整整失蹤了二十四小時……毫無反應。」他擺擺手，做出消失的動作。「我一直等著他們說些什麼，我只是坐在那裡，等著他們發現，等著他們報警，採取反應，但他們沒有。她那年才十三歲。」他不敢置信地搖搖頭。「隔天是她朋友的媽媽打電話來，我猜她先前去他們家的時候，把課本留在他們家了，她知道她再也用不上這些書了。這時我爸媽才發現，別人的父母反應都比他們快。那個時候大家都以為她跟其他那些女孩一樣，遭人綁架了。」

我想起蘇菲的照片出現在那臺又小又破的電視機上，那種會架在廚房檯面上的電視，但他們把電視擺在客廳的移動小桌上。同一張學校拍的照片，她唯一的照片，出現在螢幕上。黛安看著，丹尼爾曉得事情的真相，他會在角落裡淺淺微笑。

「那她在哪？」我問。「要是她還活著——」

「她在密西西比州的哈蒂斯堡。」他用誇張的口音講話，很像是坐錯車的通勤者在讀的地圖地名一樣。「小小的磚造房屋，綠色的百葉窗。我一有空，一上路就會去看她。」

我閉上雙眼。我在他的收據裡見過這個地名，密西西比州的哈蒂斯堡，名為瑞奇小館的簡餐店，雞肉凱薩沙拉，七分熟的起司漢堡，兩杯酒，兩成小費。

「克蘿伊，她沒事，她還活著，她很安全，我要的就只有這樣。」

一切開始說得通了，但不是我以為的那樣。我還不是確定我能不能完全相信他，因為他還有很多沒有解釋到。

「你為什麼不告訴我？」

「我想啊。」我盡量不去理會他語氣裡的哀求，微微的顫抖，聽起來好像快哭了。「妳不曉得我多少次都差點脫口而出。」

「那你為什麼不說？我都告訴你我家人的事了。」

「這就是原因。」他扯起自己髮尾。他聽起來非常無力，我們彷彿是在爭誰該去洗碗一樣。「克蘿伊，我一直都知道妳是誰。我在醫院大廳看到妳的那一刻我就知道了。那天在酒吧裡，妳沒有主動提，我覺得我不該替妳開頭，不該逼妳解釋那種事情。」

有意無意的刺探，似乎一直忍不住盯著我看。我回想起那天坐在沙發上，我脹紅著臉。我忍不住憤怒起來，他對我撒了多少謊？他讓我相信他不知道，他讓我對他產生了情感。

「你裝出一副什麼都不知道的樣子，讓我跟你解釋一切。」

「我該說什麼？說到一半打斷妳？噢，對，理查．戴維斯，是他給我靈感捏造出我妹妹的謀殺案。」他發出自我厭惡的笑聲，然後幾乎是同一時間，他又恢復嚴肅的神情。「我不希望妳覺得之前的一切都只是謊言。」

那晚我記得很清楚，在我解釋完一切之後，我覺得心情變得輕鬆許多。我的內在發炎疼痛，卻很乾淨，這是將疾病吐出的言語淨化過程。他用手指揚起我的下巴，他說出我這輩子的第一句：我愛妳。

「不是嗎？」

丹尼爾嘆了口氣，雙手放在大腿上。「妳生氣，我不怪妳，妳有權利生氣，但，克蘿伊，我不是殺人兇手。我實在不敢相信妳居然這麼想。」

「那你去找我爸幹嘛?」

他看著我，眼神相當疲憊，彷彿一直盯著太陽看一樣。

「如果這一切都有說得通的解釋，如果你沒什麼好躲躲藏藏的，你為什麼要去找他?」我繼續說。「你是怎麼認識他的?」

我看著他忽然癱軟了一點，好像哪裡漏氣了一樣，不安飄在角落的舊氣球，皺縮到什麼也不剩。然後他伸手去口袋裡，拿出一條長長的銀色項鍊。我看著他用拇指撫摸中央的珍珠，畫起小小的圓圈，摸了又摸。感覺很柔軟，很像是在搓揉兔腳護身符，或新生兒的小臉，柔軟多汁，宛如過熟的桃子。我回想起診間裡的蕾西也是這樣前後上下摩挲她的玫瑰念珠。

終於，他娓娓道來。

Chapter 46

我坐在廚房中島，開了一瓶紅酒，倒了滿滿兩杯出來。我將一杯握在手裡，用手指輕撫杯腳。右手邊是蓋子打開的橘色藥瓶。

我望向牆上的時鐘，時針指向七點。外頭長太大的木蘭樹樹枝刮著我的窗戶。在我聽到之前，我幾乎是感覺到了有人敲門，期待的寂靜凝重懸宕在空氣中，宛如閃電打下來的剎那，你等著聽到隆隆的雷聲一樣。接著是那陣握著拳頭的急切敲門聲，每次都這樣，獨特到跟指紋差不多，最後是那熟悉的聲音。

「小蘿，是我，讓我進去。」

「門沒鎖。」我喊回去，目光凝視前方。我聽到開門聲，以及保全系統的嗶嗶兩聲。我哥走了進來，腳步沉重，在身後帶上門。他走進到中島來，親吻我的太陽穴，我感覺到他僵硬的姿態。

「別擔心那個。」我察覺他注意到了藥丸。「我沒事。」

他嘆了口氣，拉出我旁邊的吧檯椅，坐了下去。我們沉默了好一會兒，這是較勁的遊戲，我們都在等另一方先開口。

我沒說話。

「聽著，我知道妳這兩個禮拜很不好過。」他屈服了，雙手壓在檯面。「我也不好過。」

「妳都還好嗎？」

我拿起酒杯，嘴脣碰觸到杯緣。我保持這個動作，看著我吐出的氣息結成霧氣又消失。

「我殺了人。」我終於開口。「你覺得我好嗎？」

「我很難想像那是什麼樣的感覺。」

我點點頭，喝了一口，將杯子放在檯面上，轉頭望向庫柏。「你真的要讓我自己一個人喝喔？」

他看著我，目光在我臉上探詢，彷彿在尋找什麼，尋找熟悉的東西。他找不到，便拿起第二只酒杯，小啜一口。他嘆氣，扭動脖子。

「丹尼爾的事我很遺憾，我知道妳愛他。我一直都知道他不對勁……」他稍作停頓，遲疑了一下。「不管怎麼樣，那都結束了，我只是很高興妳沒事。」

我靜靜等著庫柏又喝了幾口，酒精開始在他血液中流竄，放鬆他的肌肉，我再次望向他，這次直視他的雙眼。

「跟我聊聊泰勒．普萊斯。」

我看著詫異的神情在他臉上如漣漪般擴散，就一秒鐘的時間。彷彿是迷你地震爆發，然後他打起精神，恢復冰冷的神情。

「什麼意思？我可以跟妳說我在新聞上看到的狀況。」

「不。」我搖搖頭。「不，我想知道他究竟是什麼樣的人。畢竟，你知道，你們是朋友。」

他望著我，目光移回藥丸上頭。

「克蘿伊，妳講話很不合理。我沒見過那傢伙。對，他跟我們是老鄉，但他誰也不是，就是個獨行俠。」

「獨行俠。」我複誦起來，旋轉起手裡的杯腳，杯子在大理石檯面上發出規律的聲響。

「對，那他是怎麼進去河岸園區的？」

我回想起那天早上去看媽媽，在訪客登記本上看到艾倫的名字。我很生氣，想到他們讓一個陌生人進她的房間。我氣到甚至沒有仔細聽人家解釋，沒有消化人家的話語。

甜心，我們不會讓沒有得到授權的人進去。

「老天，我一直叫妳不要再吃這鬼東西了。」他伸手去拿藥瓶，我感覺到瓶子在他手裡相當輕盈。「拜託，妳全吃完了？」

「庫柏，重點不是藥丸，去他媽的藥丸。」

他看著我的神情就和二十年前一樣，我看著螢幕上的父親，咬著牙，吐出那句話，彷彿那是什麼又髒又有砂的唾沫：他媽的懦夫。

「庫柏，你認識他，你誰都認識。」

我想像青少年泰勒的模樣，細瘦又格格不入，總是孤身一人。小龍蝦節上面目模糊又不知名的身影，跟著我哥到處跑，跟著他回家，在窗外待命。我哥只要開口，他就會聽命行事。畢竟，我的哥哥跟誰都能做朋友，他會讓他們覺得溫暖、安全，得到接納。

我回想起我與泰勒在河邊的對話，聊到麗娜的時候。說到她對我很好，都會照顧我的時候。

那就是朋友，他點點頭，**要我說，我會說那是最好的朋友**。

「你聯絡他。」我說。「你去找他，帶他來這裡。」

庫柏盯著我，嘴巴大開，很像櫃門鉸鏈壞掉的櫃子。我看得出來話語卡在他的喉頭，宛如沒咬爛的麵包，也知道我說的沒錯。因為庫柏總是有話好說，他一直都很會講話，會講「正確」的話。

克蘿伊，妳是我的寶貝妹妹。我希望妳得到最好的一切。

「克蘿伊。」他悄聲地說，雙眼圓睜。我注意到了，他頸子上的脈搏，他搓揉交握的雙手因為汗水而溼滑。「妳到底在說什麼？我為什麼要做這種事？」

我想像起今天早上在我家客廳的丹尼爾，那條項鍊在他的指間擺盪。他開始解釋時，語氣充滿遲疑，眼神流露哀傷，彷彿是他要替我進行安樂死一樣，因為我猜這麼說也沒錯。我的確即將在自家客廳經歷人性的死亡，溫柔殺死那一部分的我。

「妳一開始跟我分享妳爸的事情時。」丹尼爾當時說。「妳提到布羅布里治發生的一切，他的行為，我都已經知道了，或者，至少我以為我知道。不過，妳講的很多話都讓我很意外。」

我回想起那晚，我們剛交往的時候，丹尼爾用手指按摩我的頭皮。我告訴他一切，我的父親、麗娜，他在小龍蝦節上雙手插在口袋深處看她的神情。那個穿過我家後院的人影，衣櫥裡的珠寶盒，跳舞的芭蕾舞女伶，我至今還能在腦海中聽到的叮噹音樂聲響，作夢也揮之不去。

「我只是覺得很奇怪。我這輩子都以為我知道妳父親是什麼樣的人，殺害小女孩的純粹邪惡。」我想像青少年時期的丹尼爾在他房裡，手裡有那張剪報，幻想起那些場景。報導將我一家人寫得黑白分明，助紂為虐的母親，金童庫柏，還有我這個小女孩，一再耳提面命提醒他青春肉體的存在。以及我的父親，惡魔他本人，平面的人物，就是邪惡，就是壞。「不過，當我聽妳描述他的時候，不知道耶，覺得有些時候說不通。」

因為跟丹尼爾在一起的時候，也只有跟丹尼爾一起的時候，我才能說起其他沒那麼可怕的事情。我也可以聊起美好的回憶。好比說，爸爸會用浴巾鋪在樓梯上，讓我們坐在洗衣籃裡往下滑，因為我們沒有坐過雪橇。以及新聞爆發時，他顯露出相當害怕的神情，當時我站在廚房裡，扭著我的薄荷綠抱毯，紅色的跑馬出現在螢幕上——布羅布里治當地女孩失蹤。還有他在門廊階梯上等我，緊抱著我，夜裡，他還會檢查我的窗戶有沒有關好。

「如果他會做這些事，如果他殺害了那些女孩，他又為什麼要保護妳呢？」丹尼爾問。

「他幹嘛在乎？」

我的雙眼開始刺痛。對於這個問題，我沒有答案，我這輩子也在問自己這個問題。這些回憶讓我無法理解，這些回憶與我父親後來成為的怪物形象相當衝突。他會親手洗碗，卸下我自行車的輔助輪，這天讓我替他塗指甲油，隔天又教我怎麼釣魚。我記得釣到生平第一條魚的時候，我哭了，父親將手伸進牠的鰓裡，想止住血流，那條魚小小的嘴巴張合個不停。我們本來要吃牠的，但看到我這麼難過，爸爸便將魚扔回水裡。他讓那條魚活了下來。

「所以妳跟我說他遭到逮捕的那晚，他沒有抵抗，沒有逃跑。」丹尼爾靠上來，眉毛揚起，希望我終於能夠明白，終於能夠了解，他不用明確說出口，也許殺戮是他攬到身上的，我的頭腦可以自行想通這點，而他無須說出口。「他反而只有悄聲說出那句話。」

我的父親上了銬，最後被壓制住。他看著我，又望向庫柏。他的目光其實鎖定的是我的哥哥，彷彿當場就只有他們父子倆一樣。這時我才明白，彷彿是一記重拳砸在腹部。他是在跟庫柏講話，不是對我說。

他是在跟他說話，要求他，懇求他。

要乖乖的。

「布羅布里治的女孩是你殺的。」此刻的我望向我的哥哥。這句話已經在我嘴裡反覆咀嚼，讓這句話的味道合理一點。「你殺了麗娜。」

庫柏默不作聲，他的目光移向酒杯。他低頭看著杯底僅剩的酒，他拿到嘴邊，一飲而盡。

「是丹尼爾想通的。」我逼著自己繼續說下去。「現在一切都說得通了。你們兩人之間的敵意。因為他知道殺害那些女孩的兇手不是老爸，而是你。他知道，他只是無法證明。」

我回想起我們的訂婚派對，丹尼爾用雙手攬著我的腰，將我拉近一點，讓我遠離庫柏。我實在誤會他了，他不是想控制我，只是想保護我，不要受到哥哥跟真相的傷害。我實在難以想像這是多難達成的平衡，不能太疏遠庫柏，卻又不能透露太多。

「而你也很清楚。」我繼續。「你知道丹尼爾盯上你了，所以你才一直在我面前質疑他。」

庫柏在我家門廊上，說起之後一直跟癌細胞一樣啃食我大腦的話語：克蘿伊，妳不懂他。那條深埋在我們家衣櫥裡的項鍊就是庫柏派對那晚放的。他第一個到，用鑰匙開門進屋，將項鍊偷偷藏在他知道會傷我最深的地方，然後他前往室外，躲在黑影之中。畢竟，這種事我不是沒有經驗，大學時跟伊森在一起的時候，只會懷疑最糟糕的景象。庫柏知道只要挖掘出對的回憶，以正確的方式重新植入，它們就會在我的心靈之中自由生長，不受控制，跟雜草一樣。它們會占據一切。

我想起奧布芮、蕾西、萊麗，還有以完美手法再現庫柏罪行的泰勒・普萊斯，因為手法是庫柏傳授的。我想到一個人必須多麼崩壞，才能讓另一個人說服你動手殺人。我猜，這跟壞掉的女人寫信向罪犯求婚沒兩樣，或是看似平凡的女孩總是勾搭上會動手動腳的男人。統統都一樣，寂寞的靈魂想要找到陪伴，任何陪伴都好。他那時說：我誰也不是，雙眼有如空蕩的玻璃瓶，脆弱也溼潤。就跟我一而再、再而三發現自己糾結在陌生人的床單上，擔心自己會遇上危險，但同時卻也願意冒這個險。泰勒用手撫摸我的頭髮，對我說：

妳沒瘋。因為危險的感覺就是這樣，能夠增強一切，你的心跳，你的感官，你的碰觸。那是感覺到活著的一種欲望，因為當你身處於危險之中時，你感覺不到其他的情緒，只有活著，整個世界籠罩在幽暗的迷霧之中，你只需要危險的存在，告訴你，你在這裡，還有呼吸。

而這一切可能稍縱即逝。

我現在看得很明白。我的哥哥對泰勒再次施展魔咒，他以前就這樣，對迷惘寂寞的人下咒。是他逼我的。畢竟，他就是有這種力量，他有一種能夠擄獲別人的氣場，幾乎無法擺脫的吸引力。就像想要對抗鐵塊的磁鐵，那溫柔，看似無害的吸引力。短時間內你可以嘗試擺脫那累積的壓力。不過，到頭來，你會屈服，就跟他每次用熟悉的擁抱就能融化我的怒氣一樣。也像高中時期總是圍繞著他打轉的那群人，他不歡迎他們、不需要他們的時候，就會給他們一點顏色瞧瞧，彷彿他們不是一個一個實際的人，只是小蟲，是拋棄式的陪伴。只存在於他的喜惡之中，僅此而已。

「你想要嫁禍給丹尼爾。」我說，這句話有如大火之後的塵埃，覆蓋在所有物品之上。

「因為他看透了你，他知道你是什麼樣的人。所以你要除之後快。」

庫柏看著我，牙齒咬起臉頰內側。我看得到他雙眼深處的齒輪高速運轉，正在精心策劃，該透露多少，不該透露多少。接著他終於開口。

「克蘿伊，我不曉得該怎麼告訴妳。」他的聲音濃郁有如糖漿，但他的舌頭是沙子做的。「我內在有一片黑暗。這片黑暗會在夜裡出現。」

我在父親嘴裡聽過同樣的話語。他幾乎是自動的反芻這些話語，坐在法庭桌邊，腳踝拴著鐵鍊，一滴淚掉在面前的本子上。

「黑暗太強烈，我無法與之抗衡。」

庫柏的鼻子貼在螢幕上，彷彿空間裡的其他物品都蒸發了一樣，在他身邊統統化為蒸氣。看著我的父親，聽著他背誦起庫柏露出馬腳當時背誦的話語。

「總是籠罩在角落的巨大的黑影。」他說。「將我吸進去，吞噬我整個人。」

我喘起大氣，在腹部深處回想起最後一句話。那句話在我父親的棺木上敲下了最後一根鐵釘，彷彿緊緊絞著他，讓他肺裡再也沒有空氣，讓他死在我的腦海之中。那句話讓我打從心底憤怒，氣我的爸爸，將責任推往在這個虛構之物上頭。他哭不是因為他抱歉，而是遺憾自己落網。不過，此刻我明白了，並不是這樣，真的不是這樣。

我開口說出那句話。

「有時我覺得那就是惡魔本人。」

Chapter 47

答案彷彿一直以來就在我面前舞動，伸手就搆得著。在瓶子裡旋轉，跟麗娜一樣，剪得短短的短褲，兩條龍蝦辮，黏在她皮膚上的幾根雜草，她的鼻息也散發著青草味。跟那個芭蕾舞女伶一樣，斑駁的粉紅色，隨著叮叮噹噹的清脆樂曲的節奏翩翩旋轉。不過，當我伸手想要碰觸他們，想要抓住他們時，他們卻在我的手裡化為煙霧，在我指尖縈繞，直到什麼也不剩。

「首飾。」我看著庫柏的側影，他中年的臉龐變回我青少年時期的哥哥。他好小，才十五歲。「都是你的戰利品。」

「爸在我的房裡找到，在地板下面。」

在我翻到庫柏的色情雜誌後，我跟爸爸打小報告的地板。我低下頭。

「他把盒子拿出來，擦乾淨後，藏在他的衣櫥裡，還沒想到該怎麼辦。」他說。「但他沒有機會好好想，因為妳發現了。」

我發現了，我在尋找絲巾的途中碰巧遇上的秘密。我打開盒子，從中央拿起麗娜的臍環，灰濛濛，死氣沉沉的。我知道，我知道這是她的，那天才看過，我的臉靠在她的肚子上，我的手貼在她溫暖光滑的皮膚上。

有人盯著咱們看喔。

「爸不是在看麗娜。」我想起父親的神情，心神不寧，害怕，說不出口的念頭折磨著他的思緒——他的兒子正在打量下一個受害者，準備要動手了。「小龍蝦節那天，他看的人是你。」

「自從泰拉之後。」他的雙眼爬起粉紅色的蜘蛛絲。現在他開始解釋了，話語相當流暢，如我所料。我低頭看著他的酒杯，看著底部小小一口。「他就會那樣看我，彷彿是他知道一樣。」

泰拉．金恩，在這一切開始前一年逃家的女孩。泰拉．金恩，西奧多．蓋茲跟我媽媽提過的女孩，手法不合的謎，沒有人能夠證實的謎。

「她是第一個。」庫柏說。「我一度好奇那是什麼樣的感覺。」

我的目光忍不住眺望角落，伯特．羅德曾經駐足之處。

妳有沒有想過那是什麼樣的感覺？我以前夜裡都會這麼想，都會好奇，都會想像。

「而有天晚上，她出現了，一個人站在路邊。」

我看得非常清楚，彷彿是在看電影。對著虛無吶喊，想要阻止即將到來的危險。不過沒有人聽得見，沒有人願意聽。庫柏開著爸爸的車，他那時才剛學會開車，自由，能夠呼吸新鮮的空氣。我想像他坐在方向盤前，沒有熄火，靜靜觀察，思考狀況。他這輩子身邊總是聚著人，在學校、體育館、小龍蝦節上簇擁著他，半步也不離開。不過，在那獨處的一刻裡，他看到了機會，泰拉．金恩。肩上提著重重的行李箱，廚房檯面隨手寫的字條。她要走了，逃家。她消失時，根本沒有人想到要去找她。

「我記得覺得很驚訝，太簡單了。」他的目光盯著中島檯面。「我的手就掐在她脖子上，動作就……停了。」他停下話語，看著我。「妳真的想知道這一切嗎？」

「庫柏，你是我哥。」我伸手蓋在他的手上。現在，碰觸他的皮膚讓我想吐。我想逃跑，但我還是逼迫自己說出這些話，我知道能夠對他起作用的話語。「告訴我發生什麼事。」

「我期待有人發現。」他終於說。「我一直期待有人跑來我們家，警察什麼的，但一直沒有人來，甚至沒有人討論這件事。而我發覺……我可以逍遙法外，沒有人知道，除了……」

他再次打住，用力嚥下口水，彷彿他知道接下來的話語會比先前更具殺傷力一樣。

「除了麗娜。」他說。「麗娜知道。」

麗娜總是一個人在外頭待到很晚，她會撬開房門溜出來，在夜裡遊蕩。她看到庫柏坐在車上，鬼鬼祟祟跟蹤毫不知情走在路上的泰拉。麗娜看見他，她並不是暗戀庫柏，她是在逼迫他，測試他。全世界只有她知道他的秘密，而她享受這種權力關係，跟平常一樣玩起火柴，越靠越近，直到火光灼燒她的皮膚表面。**你有時該開你那輛車來接我呦。**庫柏僵硬的背脊，雙手插在口袋裡。**妳不會想跟麗娜一樣。**我想像她躺在草地上，螞蟻爬上她的臉，她動也不動，讓牠爬。闖進庫柏臥房，就算被他活逮，她臉上還是那個賊賊的笑容，知情的笑容，然後雙手扠腰，彷彿是在說：看你能拿我怎麼辦？

麗娜是無敵的，我們都這麼想，她自己也這麼想。

「麗娜是個累贅。」我想要嚥下從我喉頭深處爬上來的哽咽。「你得除掉她。」

「在那之後……」他聳聳肩。「就沒有理由停手了。」

我的哥哥渴望的不是殺戮，看他低著頭靠在我的中島上，二十年的回憶席捲著他，此刻的我明白了。重點在於掌控。不知怎麼著，我明白了。這是只有家人才能明白的事情。我回想起我所有的淚水，我想像起自己無法控制的一切。兩隻手用力掐著我的脖子。這是我害怕失去的控制，而庫柏喜歡的掌控。在那幾個女孩驚覺她們麻煩大了的同時，他感覺到的是掌控，他望著她們的雙眼，她們聲音顫抖著哀求，說道：求求你，要我做什麼都好。

他一個人就能決定生與死。他一直如此，他用手推著伯特．羅德的胸膛，挑釁他的時候。他踏上摔角的墊子，手指在身旁扭動，彷彿老虎繞著虛弱的對手，準備伸出惡爪。我在想，當他碰觸到對手的脖子時，他是不是在想掐下去、扭絞、斷裂。多簡單，他的指下就是跳動的頸動脈。當他放開對方時，他會以為自己是上帝，讓他們多活一天。

泰拉、羅萍、蘇珊、瑪格麗特、凱莉、婕兒，這對他來說也是快感的一部分，可以選擇，就跟選擇冰淇淋口味一樣，伸出手，站在玻璃冰櫃後做出決定，手指著，接過去。不過，麗娜總是與眾不同，感覺特別。她彷彿不僅如此，因為她的確不僅如此。她不是隨機選擇的受害者，她是必須除之而後快的對象，麗娜知道，為此，她不能不死。

我的父親也知道，但庫柏用不同的方式解決了那個問題。他用話語就搞定了，噙著淚，哀求起來。說什麼角落裡的陰影，他不是沒有與之抗衡過。庫柏總能說出最恰當的話，作為他的利器，控制別人，影響別人，奏效，每次都奏效。用來對付我爸，他就不用受到懲罰，用在麗娜身上，讓她以為她天下無敵，誰也傷不了她。也用在我身上，特別是我，我就像他的傀儡，用他想要的方式起舞。在恰當的時機投餵我適合的資訊。他是撰寫我生命故事的作者，一直都是，他要我信什麼，我就信什麼，他在我心靈裡編織出一張充滿謊言的大網，彷彿是用精心設計的絲線逼近獵物的蜘蛛，看著小蟲掙扎，然後一口吞下。

「爸發現的時候，你說服他不要檢舉你。」

「妳會怎麼辦？」庫柏嘆了口氣，看著我，皮膚下垂無力。「如果妳的兒子是個怪物？妳就不愛他了嗎？」

我想起我的媽媽，去了警局之後還要回家，她在腦袋裡構築了各種理由。**他不會傷害我們，他不會的。他不會傷害他的家人。**我，看著丹尼爾，就算目睹了成山的證據，我還是不願意相信。心裡想著、希望，也許其中還是有善良的一面。當然，我的父親就是這麼想的。所以當我為了庫柏的罪行檢舉我的父親時，警察來抓他的時候，他完全沒有反抗。他只是看著他的兒子，看著庫柏，要求他作出承諾。

我望向時鐘，七點半。距離庫柏抵達已經過了半個小時。我知道時機已經成熟。在我邀請庫柏過來時，就開始思索的時機，我想像起各種可能的場景，各種可能的結果。在腦海裡跟揉麵團一樣，反覆反轉，反覆揉捏。

「你知道我得報警。」我說。「庫柏，我得通知警察，你是殺人兇手。」

我的哥哥看著我，眼皮彷彿千斤重。

「妳不用這麼做。」他說。「泰勒死了，丹尼爾沒有證據。克蘿伊，我們可以讓過去留在過去，留在那裡就好。」

我盤算起這個想法，唯一一個我先前沒有想過的選項。我想像我起身，打開家門，讓庫柏走出去，永遠離開我的生命，讓他逍遙法外，就跟二十年前一樣。我好奇這種秘密對我會產生什麼結果？知道他就在外頭某處，躲在眼皮子底下的怪物，行走在人間。成為某人的同事，鄰居，朋友。而我就像伸手碰到靜電一樣，一股電流刺過我的脊椎。我看到我的媽媽，她被迫湊到電視螢幕前，聽著父親審判過程中講的每一句話，直到他的律師西奧多．蓋茲來我們家，提到認罪協商的事。

除非妳手上還有我能夠操作的東西。妳沒有告訴我的事情。

她也知情，我的媽媽知道。在我們從警局回家後，在我們繳獲那個盒子後，在我跑上樓，爸爸攔住她後，肯定跟她解釋過。不過，那個時候已經來不及了，轉輪已經開始運轉，警察要來抓他了，所以她坐看事情發生。希望也許在沒有兇器與屍體的狀況下，不足以起訴判刑，也許能夠無罪獲釋。我想起我跟庫柏坐在樓梯上偷聽，人人提到泰拉．金恩的名字時，他的手指掐進我的臂膀裡，留下了有如葡萄顏色的瘀青。我當時沒有注意到，但我目擊了母親的決策時刻，她選擇說謊的時刻，她選擇與庫柏的秘密共存。

沒有，沒有這種東西，你知道的就是一切。

她也是在那一刻開始轉變，開始凋零，因為庫柏。她跟兒子住在同一個屋簷下，看著他逍遙法外。她眼裡的光芒因此熄滅，她從客廳退回臥室，將自己鎖在裡頭。她沒有辦法面對這個事實，面對她的兒子是怎麼樣的人，他又幹了什麼事。她的丈夫入獄，砸破窗戶的石塊，伯特．羅德在院子裡揮舞雙手，指甲扯著自己的皮膚。我感覺到她的手指在我手腕上舞動，當我指著D跟A時，她的手指在毯子上點個不停。我現在明白了她到底想說什麼了，她要我去找老爸（dad），她要我去找他，他才能跟我說明真相。因為她明白，她聽我說過失蹤女孩的事，今昔案件的相似之處，似曾相識的感覺，她比任何人都清楚，當我們極力將過去留在過去的時候，將過去狠狠塞在衣櫃深處，希望能夠遺忘的時候，過去不會乖乖留在那裡。

我一直不想回布羅布里治，不想走進那間房子裡，不想重返我試圖留在那個小鎮的回憶，不過我現在明白了，回憶不會待在那裡。我的過往這輩子一直糾纏著我，彷彿永遠不肯停歇的鬼魂，宛如那些女孩。

「我辦不到。」此刻的我看著庫柏，搖搖頭。「你知道我辦不到。」

他瞪著我，手指緩緩握成拳頭。

「克蘿伊，別這樣，事情不該走到這一步。」

「就是走到了這一步。」我開始將吧檯椅往後推，但在我起身時，庫柏伸出手，他抓著我的手腕。我低頭，他關節用力到泛白。這一刻我至少確定庫柏的確幹得出那種事，若有必要，他也會殺死我。就在這裡，坐在我家廚房中島旁邊。他會伸出雙手，掐在我的脖子上。他用力時還會與我四目相視。我不懷疑哥哥愛我，就是用他那種人能夠愛人的方式愛我，但到頭來，我跟麗娜一樣，也只是累贅，需要解決的麻煩。

「你傷不了我。」我惡狠狠地說，把手臂抽出來。我將椅子推開，站直身子，看著他又想撲過來，但他卻笨手笨腳地往前跌倒。他的膝蓋撐不住他忽然施加的重量。我看著他的腿絆在椅腳上，身體重重摔在地上。他一臉困惑抬頭看我，然後望向中島檯面，看著他空空的酒杯，以及空空的橘色藥瓶。

「妳是不是——」

他想要開口，但他說出不下去，講話太累了。我想起自己上次有過同樣經驗的時候，那天晚上在汽車旅館，泰勒穿上牛仔褲，走進浴室。他將那杯水塞給我，逼我喝下。後來警方在褲子口袋裡找到藥物，他將藥摻在水裡，就跟我把藥摻在庫柏的酒裡一樣，我看著他的雙眼在短時間內變得無比沉重。隔天早上我劇烈嘔吐的黃色膽汁。

我沒有費心回應，反而望向天花板，看著角落的攝影機，小小的針孔微微閃起，錄下一切。我伸手示意請他們進屋，湯瑪斯警探坐在屋外車上，丹尼爾的手機就擱在他大腿上。他看著一切，什麼都聽得清清楚楚。

我低頭看了哥哥最後一眼，最後一次與他獨處。不去想過往實在很難，在我們家後面的樹林跑來跑去，被有如化石大蛇般的糾結樹根絆倒。他會替我擦掉破皮膝蓋上的血，將紗布緊緊蓋在我又痛又癢的皮膚上。他把繩索綁在我的腳踝，而我爬進那個幽暗的洞穴，我們的秘密地點，此刻，我曉得她們在哪裡了，失蹤的女孩，就藏在眼皮子底下。塞進幽暗之中，只有我跟他會知道的地點。

我想像起我在樹林裡見到的人影，手握著鏟子，那是庫柏，十五歲的他已經很高，多年的摔角讓他身材壯碩。他低著頭，黑暗到看不清楚臉。陰影吞噬他整個人，直到最後他化為烏有。

2019

·

July

·

二〇一九年七月

Chapter 48

沁涼的微風從打開的車窗吹進，我的髮絲在天光下舞動，輕撫我的臉。西下斜陽的光線在我的皮膚上感覺暖暖的，但天氣很乾爽，很不尋常。今天是七月二十六日，星期五。

我舉行婚禮的日子。

我低頭看著大腿上的路線，轉上一連串的彎，最後會抵達一個寫在紙條上的地址。我透過擋風玻璃，看著面前長長的馬路，信箱上出現了四個銅紅色的數字，每個字都釘在木頭上。我轉了彎，輪胎揚起飛沙，直到我停在一間小小的屋子前面，紅磚屋，綠色百葉窗。這裡是密西西比州的哈蒂斯堡。

我走下車，甩上車門。我走上車道，爬上階梯，伸手在厚厚的松木門上敲了兩下，這扇門漆成淺淺的綠色，中間還掛了一個稻草編的花環。我聽到屋內傳來腳步聲與喃喃交談聲。門開了，一個女人站在我面前。她穿了樸素的牛仔褲與白色坦克背心，踩著拖鞋。她臉上有輕鬆的微笑，一條茶巾披在她裸露的肩膀上。

「有什麼事嗎？」

她看了我一秒鐘，不確定我是誰，直到我在她眼中看到明白的神色。她認出我的那一刻，她客氣的微笑開始消失。我吸吮起在丹尼爾身上聞過太多次的氣味，有如盛開忍冬加上焦糖的甜膩氣味。我看到學校照片裡的那個小女孩——蘇菲．布利克斯，她一頭金色的亂髮現在抹了髮膠，是長長的鬈髮，她鼻梁上有宛如星辰圖案般的雀斑，彷彿有人跟捏了一撮鹽一樣，捏了一小撮雀斑撒在她臉上。

「嗨。」我忽然覺得很不自在。我站在門廊上，好奇起如果麗娜有機會可以長大，她現在會是什麼模樣。我喜歡假裝她就在某處，跟蘇菲一樣躲在某個地方，安全窩在屬於她的世界小角落裡。

「丹尼爾在裡頭。」她轉身比著門。「如果妳要——」

「不。」我搖搖頭，臉頰又燙又紅。庫柏落網後，丹尼爾就搬出來了，不知為何，我沒有想過他會跑來這裡。「不，沒關係，我其實是來找妳的。」

我伸出手，手裡握著我的訂婚戒指。上週，警方將戒指還給我，他們在泰勒．普萊斯的車上找到了。她沒有說話，伸手接下，在手間把玩起來。

「這屬於妳。」我說。「屬於你們家族。」

她將戒指戴在中指上，攤開手，彷彿是在欣賞戒指回到老位置，有多好看。我望向她身後的走道，看到入口小桌上展示了幾張照片，鞋子隨意置放在室內梯底部旁邊。角落扶手上擱著一頂鴨舌帽。我把目光從室內移到院子，整個家小巧古雅，真的有人住在裡頭，樹枝上用兩條繩索綁著木板鞦韆，直排輪擺放在車庫旁邊。然後屋內傳來男人的聲音，丹尼爾的聲音。

「菲菲，是誰？」

「我該走了。」我轉過身，忽然覺得自己是在遊蕩，彷彿是在陌生人的浴室藥櫃前探頭探腦，想要拼湊出人家的生活。想要一窺過往這二十年，從她踏出那棟破敗老屋，頭也不回地離開後，她過得怎麼樣。肯定很辛苦，畢竟她才十三歲，只是個孩子。她離開朋友家，一個人走在黑暗的筆直道路上。一輛車停在她車後，沒有開頭燈。她的哥哥丹尼爾開得很慢，送她到兩個鎮之外的公車站，塞了一包錢給她，這筆錢是他為了這一刻存的。

他承諾道：我一畢業就去找妳，那我也可以離開這裡。

他的母親用骯髒的指甲搔著薄如蟬翼的皮膚，注視我雙眼時，淚水在眼眶裡打轉：他高中畢業那天就離家，之後我完全沒有他的音訊。

我好奇他們是怎麼度過那些日子的，丹尼爾，在網路上修課，得到文憑。蘇菲想盡辦法賺錢，當服務生，去賣場替人打包商品。然後，有一天，他們看著彼此，發覺他們長大了。過了這麼多年，危險已經不存在了，他們值得過上完整的人生，真實的人生，所以丹尼爾離開，去巴頓魯治闖蕩，但總是會想辦法回來。

我踏上門廊階梯的第一階，蘇菲終於再度開口，我在她的聲音裡聽到她哥哥的聲音，果斷也強壯。

「給妳這個是我的主意。」我轉過身去看著她，她還站在門口，雙手環抱胸口。「丹尼爾一直聊到妳，現在也是。」她笑了笑。「當他說他要求婚的時候，想像妳戴著這枚戒指，我覺得我跟妳好像產生了什麼連結。彷彿有一天，我們能夠認識彼此。」

我想起丹尼爾，想到他塞在兒時臥房書本裡的剪報。庫柏的罪行成了他讓蘇菲逃出魔掌的靈感——讓她消失。因為我哥哥，這麼多人死掉，我因此夜裡還是輾轉難眠，她們的面容烙印在我的腦海裡，就跟麗娜手上打火機燃燒的痕跡一樣，又黑又大的印記。失去這麼多條人命，除了蘇菲．布利克斯，她的性命得到拯救。

「我很高興妳這麼做。」我笑了笑。「現在我們認識了。」

「我聽說令尊出獄了。」她向前走了一步，彷彿不希望我離開。我點點頭，不確定該如何回應。

我想得沒錯，丹尼爾的確去安哥拉找我爸，所謂的出差，他都是去那裡。他一直想問清庫柏的真相。他告訴我爸，命案再次發生，又有女孩失蹤，還拿出奧布芮的項鍊做為證據，我的父親這才同意全盤托出。不過，當你已經因為命案認罪協商，你實在不能說翻盤就翻盤。你必須掌握更多證據，你必須取得自白。因此我就派上用場了。

畢竟，一開始將我父親打入大牢的是我的話語，二十年後，用我與庫柏的對話讓他重獲自由似乎也合情合理。

上週，我在新聞上看著父親道歉，道歉他為了保護兒子而說謊，道歉因此又有其他人受害。我沒辦法逼自己去監獄裡探視他，但我記得在電視上看到他的時候，感覺就跟之前一樣。只不過，這次我盡量接受了他的新長相，跟我腦海裡已經不太一樣了。他的粗框眼鏡換成了金絲眼鏡，樣式簡單，邊框窄細。先前警方將他的頭撞向警車時，那副眼鏡破裂，血流如注，在他鼻子上留下一道疤。他的頭髮更短了，臉更粗糙了，好像是在砂紙或水泥地上摩擦過，直到臉上傷痕累累。我注意到他手臂上的坑坑疤疤，也許是燙傷，皮膚拉撐、亮亮的，正圓形，很像是香菸燙的。

但除此之外，他還是他。我的父親，活生生的。

「妳有什麼打算？」蘇菲問。

「我不太確定。」我說。這是實話，我真的不曉得。

某些日子，我還是很生氣，爸爸撒謊，背負庫柏罪行的責任，他找到那個珠寶盒，藏了起來，替庫柏保守秘密。用自己的自由換取庫柏的性命。因此，又有兩個女孩死掉。不過，在其他日子裡，我可以理解。因為父母就是這樣，無論代價為何，他們都會保護自己的孩子。我想起那些凝視鏡頭的母親，以及在她們身邊癱軟融化的父親。黑暗奪走了他們的孩子，但如果你的孩子就是黑暗本身呢？你難道不會想要保護他們嗎？畢竟，重點還是在於掌控，我們以為死亡這種幻象是我們能夠容納的，可以用雙手圈起，緊緊握住，永遠不讓它逃走。好比說，庫柏，再給他一次機會，他也許就能改變。好比說，麗娜一直出現在我哥面前，感覺到火烤著她的皮膚，以為能在恰好時機全身而退，不受傷害。

不過，這只是我們欺騙自己的謊言，庫柏永遠不會改變，麗娜也逃不過火光的吞噬。就連丹尼爾也試過，他企圖控制流淌在血脈中的憤怒，在最脆弱的時刻裡，企圖壓抑閃現的父親暴躁脾氣。我也有罪，我辦公桌抽屜裡的那些小藥罐，在夜裡宛如低語般呼喚著我。一直要到我在自家廚房，站在庫柏虛弱無力的軀體面前，我才體嘗到真正的控制是什麼滋味，或該說，不只掌控，而能奪走別人控制的能力。奪走他人的控制力，任你所用。而那一刻，宛如暗夜裡的微小爍光，感覺相當美好。

我對蘇菲笑了笑，再次轉身，踏下幾步臺階，感覺到鞋子踩上了人行道。我朝車子走去，雙手插在口袋裡，看著暮色以粉紅、金黃與橘色沾染地平線，一如既往，在黑暗降臨之前最後的彩色時光。這時我才注意到周遭的空氣裡發出熟悉的電流般嗡嗡聲。我停下腳步，完全靜止，我毫無動靜，耐心觀察。然後我朝著天空交握雙手，我從緊扣的指間望進去，看著被我困住的生物，看著這條被我玩弄於股掌間的生命。我把手拿到面前，從指縫看進去。

裡頭是一隻亮著光芒的螢火蟲，軀體充滿生氣。我看著牠好一會兒，額頭貼著緊握的雙手。近距離看著牠在我的掌握之中亮起光芒，想起麗娜。

然後我鬆開雙手，放她自由。

致謝

沒有我的經紀人丹・康納威（Dan Conaway），這一切都不可能發生。你在其他人之前相信這本書，在只讀了三章的狀況下就簽下本書，之後每天親切地回答我各種發瘋的問題。你給我機會，因此改變我的人生。一聲感謝似乎不足以表達我的謝意。

感謝作家之屋經紀公司的每一位成員，你們就是夢幻團隊。感謝蘿倫・卡斯利（Lauren Carsley），謝謝你從一大疊的手稿中挑到我的書。感謝版權部門的佩姬・布羅—史密斯（Peggy Boulos-Smith）、瑪雅・尼科黎克（Maja Nikolic）、潔西卡・伯格（Jessica Berger），謝謝你們聲援這個故事。

感謝聖馬汀出版集團（St. Martin's Publishing Group）及麥克米蘭（Macmillan）的米諾陶（Minotaur）出版品牌全體團隊，感謝我的編輯凱莉・雷格蘭（Kelley Ragland），妳的編輯工作非常寶貴，我非常幸運能夠得到妳的協助。感謝瑪德琳・霍普特（Madeline Houpt），一路讓我井然有序，感謝大衛・羅特斯汀（David Rotstein），打造出我夢想中的封面，感謝海克特・迪吉恩（Hector Dejean）、莎拉・梅林克（Sarah Melnyk）、艾莉森・席格勒（Allison Ziegler,）、保羅・霍克曼（Paul Hochman）宣傳本書。同時也非常感謝珍・艾德林（Jen Enderlin）與安迪・馬汀（Andy Martin），感謝你們從一開始就對這本書充滿熱情與信心。

感謝我的英國編輯茱莉亞・威斯頓（Julia Wisdom），感謝所有英國哈波柯林斯出版集團（HarperCollins）的同仁。額外要感謝的是我所有海外的出版社，將本書翻譯成這麼多不同的語言。

感謝奮進公司（WME）的席爾維・藍比諾（Sylvie Rabineau），謝謝妳看到這則故事在銀幕上的潛力，妳將我的夢想提高到全新的層次。

感謝我的父母，凱文與蘇，雖然這本書的主題暗示了父母的缺陷，但我的父母是非常有愛、相當支持我的人，自我有印象以來，他們只會鼓勵我對寫作的熱情。沒有他們的愛與鼓勵，這一切都不會成真。一切都非常感謝他們。

感謝我的姊姊馬洛莉，謝謝她教我讀書寫字（認真的！），在糟糕的初稿階段就一頭栽入，總是能提出寶貴的建議，就算我會因此鬧脾氣也一樣。同時也感謝妳讓我在小時候就陪妳看那些恐怖電影。妳永遠都是我最好的朋友。

感謝我的丈夫布里特，你永遠不放棄我。感謝你在我窩在辦公室的時候，煮了這麼多年的晚飯，謝謝聽我聊起我每天創造出來的角色，總是我嗓門最大、最得意的啦啦隊。為此，以及其他一百萬個理由，我愛你。沒有你，我辦不到。

感謝布萊恩、蘿拉、艾爾文、琳賽、麥特，以及我其他美好的家人，謝謝你們一直的驚喜、熱情與支持。生命裡有你們，我覺得無比幸運。

感謝我的宣傳小組及首批「外頭」讀者，艾琳、凱特琳、蕾貝卡、艾許莉、賈桂琳，無論你們是在場外尖叫，還是偷偷傳來鼓勵的低語，我都聽到了。感謝你們成為「我的人」。我一定是做了什麼好事，才值得擁有你們這群好朋友。

感謝我的好朋友珂比，妳全程的熱情充滿感染力。妳總是替我打氣，甚至在我沒有好消息可以分享時，還是會鼓勵我。同時，我欽佩妳的意志力可以等到書出版才看。我希望這樣的等待值得！

最後要感謝的就是你，捧著這本書的讀者。無論你是買、是租、是借，還是下載這本書，此刻你讀到這段文字就代表你也在我成真的瘋狂美夢裡扮演重要的一席之地。非常、非常感謝你的支持。

國家圖書館出版品預行編目資料

暗夜爍光 / 史黛西．威林漢 Stacy Willingham著；
楊沐希譯. -- 初版. -- 臺北市：皇冠, 2022.12 [民111].
面; 公分. --(皇冠叢書; 第5062種) (CHOICE; 357)
譯自：A Flicker in the Dark
ISBN 978-957-33-3966-3 (平裝)

874.57 111019342

皇冠叢書第5062種
CHOICE 357

暗夜爍光

A Flicker in the Dark

作　　者—史黛西．威林漢
譯　　者—楊沐希
發 行 人—平　雲
出版發行—皇冠文化出版有限公司
台北市敦化北路120巷50號
電話◎02-27168888
郵撥帳號◎15261516號
皇冠出版社（香港）有限公司
香港銅鑼灣道180號百樂商業中心
19字樓1903室
電話◎2529-1778　傳真◎2527-0904
總 編 輯—許婷婷
責任編輯—陳思宇
美術設計—鄭婷之、李偉涵
行銷企劃—許瑄文
著作完成日期—2021年
初版一刷日期—2022年12月

法律顧問—王惠光律師

讀者服務傳真專線◎02-27150507
電腦編號◎375357
ISBN◎978-957-33-3966-3
Printed in Taiwan
本書定價◎新台幣450元/港幣150元